我一定要去寻找，就算无尽的星辰令我的
探寻希望渺茫，就算我必须单枪匹马。

——［美］艾萨克·阿西莫夫

鲲鹏
青少年科
幻文学奖

一二三四五号前来报到

陈卓然 等 著

中国大百科全书出版社　　知识出版社

图书在版编目（CIP）数据

一二三四五号前来报到 / 陈卓然等著 . -- 北京：中国大百科全书出版社，2025.1. --（鲲鹏科幻文学奖丛书）. -- ISBN 978-7-5202-1666-1

I. I247.7

中国国家版本馆 CIP 数据核字第 2024R4S965 号

YI ER SAN SI WU HAO QIANLAI BAODAO

一二三四五号前来报到

陈卓然 等 著

出 版 人	刘祚臣
策 划 人	姜钦云　张京涛
责任编辑	任　君　易晓燕
责任校对	朱金叶
封面设计	罗　艳
美术编辑	侯童童
责任印制	吴永星
出版发行	中国大百科全书出版社　知识出版社
地　　址	北京市西城区阜成门北大街 17 号
邮　　编	100037
网　　址	http://www.ecph.com.cn
电　　话	010-88390725
印　　刷	文畅阁印刷有限公司
开　　本	710 毫米 ×1000 毫米　1/16
字　　数	243 千字
印　　张	17.25
版　　次	2025 年 1 月第 1 版
印　　次	2025 年 1 月第 1 次印刷
书　　号	ISBN 978-7-5202-1666-1
定　　价	55.00 元

目 录
CONTENTS

一二三四五号前来报到

陈卓然

"果林，快起床！"我妈N年如一日的人工叫醒服务响起。我回敬了一个懒洋洋的翻身，继续睡。我起床的意志如钢铁般坚定，但无奈松软的床就像一块吸铁石。

"起床！你是全家的希望。"

我艰难地爬起来。对着浴室里的镜子，一面洗漱，一面练习入职自我介绍："我是果林，20岁，男性，编号一二三四五，人类调研员。今天是我入职的第一天，请各位多多关照……"

我皱了皱眉。时过境迁，几十年前的初代机器人是为了在人类社会谋一份差事。但是人类让机器人在不到百年间飞速发展，现在，当我们走在街道上，仅仅从外表是无法分辨谁是人类，谁是机器人的。这一部分源自人类的自负，他们认为自己足够强大，无须担心机器人对人类产生的潜在威胁；另一方面，源自机器人自我的意识觉醒。我曾经跟我的机器人好友长城说："这早晚会出问题，人类自以为可以掌控一切，愚蠢。"长城回报一个不屑的眼神给我："科学家、社会学家、人类学家都不知道这点？就你知道？"

看吧！这就是证据，长城作为机器人已经完全融入人类社会且完全不把自己当外人。人类和机器人已经不分你我了。如今，机器人不但成功谋得了差事，而且用我妈的话说："都是好工作呢"！他们几乎主导了各个领域，使得像我姐果岭这样的卷王高才生都无事可做。

去年的一天，因为我优秀的姐姐第1000次教训我赶紧刷题做功课，我忍无可忍爆出一句："你那么优秀，不还是赋闲在家，跟我有什么区别？我还比你消耗的能量要少！"当时我爸、我妈、我姐三个人合起来把我赶出家门。显然，我说到了他们的痛点上。当然，也不仅仅是他们的痛点，"精英群体普遍的焦虑感罢了"，那天晚上无处可去的我跟长城这样说。

"这次你说对了，"长城少有地附和我，"高级工作都让机器人承担了，人类再怎么努力也比不上我们。"夜色中，春天的风拂过我们的额头，一丝失落从畅销书作家长城的眼中掠过，我捕捉到了。

"你同情人类？"

长城摇摇头说："我焦虑自己罢了。我也是精英啊，高处不胜寒。有一天，我写不出好东西了会怎样？"

"哈哈哈，那我给你讲个笑话吧。"我这人对于严肃话题有自动过滤的功能，"几十年前，人们希望制造机器人，这样就可以将自己从做饭、擦地这样的重复体力劳动中解放出来，花时间去附庸风雅，去写诗作画。几十年后，人类还在做饭、擦地，而机器人在写诗作画。"长城爆笑："这笑话虽然有点冷，但是有效。没准能写到我的小说里去。"

那天我们海阔天空地聊到凌晨两点。我蹑手蹑脚回到家里，爸妈和姐姐佯装刚兴高采烈地看完一场篮球比赛，各自回房间睡觉了。第二天，仿佛争吵从来没有发生过。

所谓时过境迁，就是现在，我无非希望在"机器人的世界"里混口饭吃。虽然精英人类都鲜有如此机会，可偏偏我这个"中尉"就获得了。

"中尉"是长城同学送给我的绰号,当时我秒懂,并且惊呼:"精准!"跟我给长城取得如此波澜壮阔的名字不同,我的绰号不好起。为啥呢?因为长城同学是畅销书作家,少年成名,啥大词儿他都配得上。之前他自己想起名为"长安",因为盛唐气象时的长安繁荣无二,多少英雄豪杰、文人墨客会聚于此。但是我敏锐地指出,长安是几十年前一款经济型小货车的名字。"那你有何高见?"机器人作家问我。

"长城。"我盯着机器人的脸,那是一张意气风发的脸。"万里长城永不倒……不到长城非好汉……"他小声反复念着,仿佛品味一道酽茶,随即真诚地说:"不可,我配不上。"

"长安你就配得上啦?就长城。"我没有告诉他,其实长城也是一款经济型车,不过后来他知道了,觉得这样挺好。

而我呢?自小就是"中不溜"小孩,长大是"中不溜"青年。从来没有过高光时刻,也没有因为学业、纪律和品行被老师批评过,更没有麻烦过家长来学校,总之,我样样都是中游,不好不坏,不急不缓,就刚刚好。我姐可能认为我平庸,我却不这样认为:"你以为保持中位线水平容易啊?比你得前三名都难,中位数就一个!"然后,爸妈和我姐就无言以对了。他们完全对我的自信摸不着头脑。长城同学脱口而出"中尉",取中位数的谐音,朗朗上口。

我们两个生活的世界,人类普通而自信,机器人优秀而谦逊。我们无话不谈,不需要考虑名望、地位、才学,甚至金钱。用我妈的话说:"长城那么优秀,还不嫌弃你跟你做好朋友。"别人听了这话可能会觉得受伤,我倒是无所谓:"可能这是我的人格魅力吧,我把它叫作:松弛感。"我妈白了我一眼。

别不信,我就是凭借着这股松弛感,在一个星期前,一举从半无业状态成为一二三四五号人类调研员，而且薪酬丰厚。所以，有了今早我妈那句"你是全家的希望"。

忘了介绍一个重要的背景：我所生活的城市是全球 10 个试点城市之一。试点什么呢？由机器人管制。这是长期以来机器人争取以及和人类博弈的结果，全球机器人道德委员会经过无数轮商讨，决定先开放 10 个城市由机器人来管理，基础设施建设、治安维护、教育医疗、交通运输、健康娱乐等一切重要岗位，均由机器人来管理。

"我觉得挺好，你说呢，果林哥哥？"我邻居家上小学三年级的弟弟天真地说，"反正他们看上去跟人类没有不同，而且情绪很稳定。"

真有点不稳定，我心里嘀咕。

"你向人家果林哥哥学学吧，人家轻轻松松地就当上了人类调研员。这城市里上百万人里有几个可以做到？是吧，果林？"这位妈妈略带谄媚地看着我："我就说吧，果林这孩子从小就不一般，就跟别的孩子不一样……"

这位妈妈还在不停地讲，我借口"上班要迟到了"溜掉了，否则她还能说上一整天。事实上，她不知道，我能够在众多应聘者中脱颖而出，成为人类调研员，并没有什么理由。虽然不得不说我的全息简历令人印象深刻，但是那完全拜我姐所赐。

上班的第一天，我所在的 404 调研部部长为我进行了简短的入职引导，她是一位精力充沛、略带神经质的中年女性机器人。当天，没有安排给我任何实质性的工作。

"你先自己熟悉一下办公环境，观察一下别人的工作内容。"下午，调研院里的首席调研员"接见"了我。他是一位中年男士，沉稳而智慧，全身上下充满精英范。

"如果你有任何疑问，可以向首席调研员提出，不用紧张。"我的部长热情地介绍。

"请问我们机构有多少位人类调研员？"我问。

"这是一个好问题。"首席调研员微微颔首，"目前只有你，但是在短期内，我们计划招募更多，你们会被分配到不同的团队，平行工作。我回答了你的问题吗？"

"回答了，谢谢。"其实我并没有太懂，但是也问题不大吧。无所事事地度过了职业生涯中的第一个星期。

"乐得轻松啊！"周末长城一边在他的终端上输入创作内容，一边艳羡地说。嘿嘿，我也暗自庆幸，这真是天上掉馅饼的工作。以至于我姐好奇又略带愤愤不平地问我每天工作内容是什么，我都是轻描淡写地说："其实不干啥事，就是……"

"行行行，"我姐不耐烦地挥挥手，"保密工作是吧？"

其实，我说的都是实话。

长城的写作终端刚刚升级了，终端感应器可以读取他的脑电波，所以，他不再必须手动输入创作内容。当然，他有时还是会坚持这么做，用他的话说："手动输入更有质感。"此刻，我看到他略带疲惫地坐在书桌前，在终端屏幕上输入又删除，删除又输入。

"机器人不会创作灵感枯竭吧？"我质疑。

长城文学青年个性发作，毫不客气地回击："不会枯竭，但是质量有好坏之分哪！你知道被编辑逼稿的痛苦吗？曾有一位作者就以担任亚运会火炬手为借口迟发新书一个月……"

人人都有自己的烦恼。入职一个月后，我成功收到第一个月的薪水。我带着烦恼踏进了首席调研员办公室。

"呃……我是上个月入职的一二三四五号调研员，名字叫果林，您还记得我吧？"

"当然啊，我过目不忘。"首席调研员略带诧异地看着我。

"是这样，我已经入职一个月了，也熟悉了工作环境，但是到目前为止我还没有收到过任何工作。"我的潜台词是担心因为太闲被炒掉，"我看同组的机器人非常忙碌，希望能够帮上忙。"

首席调研员的眼中闪过一丝惊喜："你介意我请你的部长来加入我们的谈话吗？"

"只要您说是您发起的讨论会议。"我机智地回答，我可不想让部长知道我越过她直接来找了首席调研员，虽然她也鼓励我这么做。首席调研员眼中再现惊喜。

谈话后，我如愿以偿地获得了一个时间紧、任务重的项目。"72小时内，将团队上个月度的能源项目调研数据以全面、立体、多维、生动的方式呈现出来。"部长微笑着对我说。

"长城，你的交稿期紧急吗？"我试探地问。

"不行，我不具备这项技能。"长城即刻明白我的潜台词。"但我知道有个人能够帮你。"

其实我也知道这个人——我姐果岭，以及我姐所在的"无所事事精英人类"俱乐部。长城从小就是我姐的忠实拥护者，作为一个机器人，他不能理解像果岭这么优秀的人找不到称心的工作。他跟我偶尔聊起这个话题，我都从我作为"中尉"的客观角度回应："是不是因为她太优秀了呢？优秀得跟 AI 一样。那些工作已经有 AI 做啦。"

虽然长城内心认同我的说法，但是他还是深深地遗憾。

"果岭。"晚上我叫住精英人类，故作姿态。"不行。"我姐似笑非笑地对我摇摇头。

"我还没说话呢，你就说不行？"我上前理论。

"你肯定是工作上搞不定的事情来找我帮忙，无须多言哟。"她捏着我的脸，"你的小算盘我还不知道？"

唉！我从小就被她拿捏得稳稳的。

"嘿，果岭，啊，不，老姐，"我转为低声下气。俗话说"识时务者为俊杰"。"是有点小忙想请你帮一帮，第一，这点事对你来说轻轻松松，另外——"我故意拖长音调。

"闲话少说，你出价多少？"果岭略带轻蔑地看着我。

"嗯，"我挺直后背，庄严地给出报价，"我本月薪酬的三分之一。"

"不行，二分之一。"果岭想都不想地回答。

"哎！你都没看工作量就还价。"

果岭再次笃定地看着我说："第一，你的报价从来不真诚，我必须还价。第二，没有我的帮助，你整月的薪酬都成泡影。"

唉！我从小就被她拿捏得稳稳的。

部长精力充沛的脸出现在我的工作终端屏幕上，"一二三四五号调研员，请你到首席调研员的办公室来。"

我内心一紧，72小时的期限虽短，但是在老姐和她的精英人类帮助下，以半个月薪酬为代价，我还是顺利交差了。难道我暴露了？

不容多想，我已经来到首席调研员的门前。

"一二三四五，请进来。"首席调研员气定神闲，"是关于你的项目的讨论。"

"虽然72小时确实时间紧迫，但是我已经尽力了。所以，如果有需要改进的地方，请您指出。"我边说边瞄了一眼部长，希望从她的脸上捕捉到一丝信息。

"你的报告非常出色。"

我长舒一口气。

"事实上，堪称完美。"部长补充。

我的嘴角不受控制地上扬，还是果岭同学靠谱。

"但是……"

我一激灵，笑容僵在脸上，疑惑地望向首席调研员。

"它太完美了，像是 AI 出品。"

此刻，我的内心不合时宜地五味杂陈起来。开心是为果岭，即便在竞争激烈的当下，她的作品依然可以媲美 AI——这不是冒犯，而是褒奖。老姐强硬的外表下是她的不甘心。担心是为我自己，首次任务以作弊告终，不但我自己，老姐和爸妈、邻居小朋友、小朋友的妈妈、长城，都会和我一起蒙羞。

部长走过来，她的工作终端上显示着我的操行评价页面。"首席调研员跟我讨论过了，"她沉吟了片刻，仿佛有一个世纪那么长，"还是决定再给你一次机会，但是需要你签署这份诚实守信的守则，果林。"这次她居然叫了我的人类名字，"你要知道，我们雇用你，就需要你表现得像你自己，而不是 AI。那么多优秀的人才竞争这个岗位，为什么身为'中尉'的你能获得这个机会？那是……"

"总之，诚实做自己就好了。"首席调研员迅速打断了部长的话，"我们并不期待完美的人。"

接下来的一整天，我的头脑里不断重复着谈话的画面。"为什么身为'中尉'的你能获得这个机会？"这句话一遍又一遍在我耳边响起。不过，这本来也不是我这样的中位线人士能解开的谜题吧。无论如何，工作保住了，收工！

晚上回到家，果岭迫不及待地想知道结果，却又故作镇定。这次轮到我拿捏她，嘿嘿。睡前，我敲敲她的房门，不想跟她面对面，就隔着门轻声说："顺利通过，受到表扬。"

接下来的两个月风平浪静。我继续被分配着调研工作，有时还要跟机器人同事一起出外勤，有时项目简单，有时困难。但是无论何种，我都保持着稳定输出。所谓稳定，就是有时胜任，有时不胜任，有时请教，有时摆烂。反正首席调研员和部长都要求我"做自己",那我也就不客气了。

"下周就到中秋节了,你准备怎么过?"一天晚上我问长城。

"没想呢,可能跟平时一样吧。"

"我妈和果岭邀请你来我家一起过中秋。"

"中秋是家人团圆的节日,我去合适吗?"

"你也没少来啊,"我开他玩笑,但是立刻又觉得有点过分,"合适的,我妈和我姐巴不得有你这么优秀的家人。"

"好的,谢谢邀请。那我欣然前往。"长城乐和地说。

"嗯,千万别带礼物。"我调侃他。

源于我"别带礼物"的提醒,长城当天特地买了300年历史的冰皮月饼,"驾驶"着他的无人驾驶垂直飞行车,光鲜亮丽地来到人类居住社区。我们一家住在一套有着30多年历史的公寓里。

一块圆圆的冰皮月饼被完美地分成五份。果岭招呼大家一起品饼赏月。

"长城,你那本新书进展怎么样啦?我好几个朋友都是你的忠实读者,盼望一睹为快呢!"果岭问。

"有点一言难尽。"长城回答,"我的问题就是写得太好,现在的读者不想读滴水不漏的作品,那太像AI出品,大家越来越追求与众不同的阅读体验。"

"确实如此。难怪果林说你已经放弃了自动录入创作模式,改回手动模式,是刻意修得不完美吧?"

长城不置可否。

"你的飞行车停在我们家楼下吧?交警可能过来查车,那里是禁停路段。"我提醒。

"禁停路段也得给我这个40年的老交警一点面子吧？"没等长城回复，我爸加入了话题，"现在是谁分管这个社区？"

"是谁？机器人ABC，你认得呀？"我妈调侃我爸，"再说了，你身为老交警的觉悟呢？"

"长城，我还是去帮你移一下车吧……"我说。

古铜色的飞行车像一头蓄势待发的猎豹蹲踞在暮色中。中秋之夜，月光皎洁，我不禁回头望向我们家七楼的窗，透过米色窗纱，四个人的剪影映在落地窗上，有那么一瞬间，我觉得长城是羡慕我的吧。

转眼年关在即，我的一年期合同也即将到期。在过去这段时间里，我工作上虽无建树，但也算是勤勤恳恳，以至于从上个月开始，我成了部门里的香饽饽。无论遇到什么新的项目、棘手的工作，部长都会说："你去问问一二三四五号调研员的看法。""一二三四五号调研员，你有什么建议？""一二三四五号调研员，如果是你会怎么做？"我挺不好意思，其实论能力，部门里的机器人个个比我强。也许是因为我是唯一的人类调研员吧，特别受重视。现在，几乎每个项目都留下了我无私的建议。看来，我合同续签十拿九稳。

"一二三四五号调研员，首席调研员请你来一下。"这天接近下班的时间，我的工作终端显示屏上再次出现部长精力充沛的脸。我赶紧一路小跑到首席调研员的办公室，多亏今天一直坚守在工作岗位，我暗自庆幸。

"一二三四五号调研员，你新年假期有什么安排？"首席调研员开门见山地问。我心里暗自思忖："老板，你是懂寒暄的。"

"呃，安排吗？请问要具体到什么程度？"

部长忍不住笑起来。

"我们是调研员，职业习惯啊，"首席调研员略微笑了笑，"我会办一场跨年家庭聚会，邀请你和家人来参加。与工作无关的纯私人聚会，所以请放松心情。"

哇，我这么重要了吗？被老板邀请参加家庭聚会。

"感谢邀请，我非常荣幸。"我表现得很得体，"我还想邀请姐姐和一位朋友一起，可以吗？"

"当然可以，荣幸之至。"

其实我不是果岭口中"啥也不懂的弟弟"，我想邀请果岭来参加老板的聚会，说不定能创造一个工作机会，毕竟她那么优秀。另外，长城也许能获得一些创作灵感，最近他都愁得快抑郁了。

时间飞快地来到新年前夕。果岭虽然口中说着"我倒是要会会你们机构的老板，看看他有多高明"，但还是精心准备了一份礼物——她画的画。长城一直对果岭的才艺赞不绝口，她绘画、摄影、雕刻、大提琴演奏样样在行。

长城的礼物就很妙，直接搬了一盆家里的多肉植物过去。"你确定不去花店买一束像样的花吗？"我姐再次发问。

"这不是很符合我作家的个性和创造性吗？"长城回答。他可真能给自己贴金。

首席调研员热情地接待了我们。事实上，那天他邀请了几十位宾客参加聚会，有机器人，也有人类。朗月当空，花园里布置宜人，宾主相谈甚欢，食物美味可口。

我跟长城有一搭没一搭地闲聊，果岭在旁边跟一位北极科考探险家火热地聊着可燃冰的项目。

我的部长意气风发地走过来，长城忽然不自然地挺直了背。

"一二三四五号调研员，哦，不，今天是假期，应该称呼你果林，你喜欢今天的晚会吗？"部长以她机器人特有的做作发问。

"非常喜欢。"我一边回答，一边介绍，"这是我朋友，他是机器人畅销书作家，你一定读过他的作品。"

"长城，你好。"部长热情地伸出手。长城略微不自然地伸手回握："您好！很高兴认识您，听果林说您在工作上给予他很多指点。"

"其实并没有，果林的工作内容很自由，可以自由发挥。"

不知什么时候，果岭加入了我们。

"时间不早了，我们告辞了。"果岭说，"请转告首席调研员，我们非常享受今晚的安排。"

长城古铜色的飞行车载着我们一行来到我家楼下。

"长城，上来坐坐吧。"我说。

"呃，中尉，我今天就不打扰啦，还要赶稿……"

"好，那我们就在这里说。"我紧紧地抓着车门，手心里都是汗，心想："我为什么比长城还紧张啊？"然后说："长城，你是认识调研部长的吧？"

长城似乎预判了我的问题。虽然回答的声音不大，但是清晰入耳："确实是。"

果岭一定如丈二和尚般摸不着头脑，但是她聪明地选择了沉默。我多希望她能秒懂我的感受，站出来一起质问长城！

我火冒三丈："你们既然认识，居然不早说。我早该明白你们认识，她有一次居然叫我'中尉'，这个绰号只有少数人知道，她怎么可能知道？还有今晚，我只说你是畅销书作家，都还没提你的名字，她就脱口而出'长城'。快说，你们是什么关系？"

长城脸上先是浮现出疑惑的表情，继而如释重负。

"啊——"果岭发出愤怒的低吼，"果林，我真是被你蠢哭了！"

"长城！"果岭的声音异常严肃和冷静，长城略微缩了缩，"我略听懂了一二。你和这位部长早就认识，还讨论过果林本人，而且是非常详细地讨论过果林本人，否则她怎么会知道'中尉'这个绰号？你即刻解释清楚会提升效率，否则……"果岭紧握双拳。忘了说，我老姐还是空手道黑带。

我心里暗自庆幸，还好今晚有老姐在。

"果岭姐，不至于。"长城在掩饰他的惊慌失措，"我和盘托出好吧。其实，从最开始，我就一直在犹豫要不要告诉你们，今天被你们发现了，也好。"长城长舒一口气。

长城有记日记的习惯，事无巨细，这是作家们的习惯。作为好朋友，我自然经常出现在长城的日记中。

长城因为追求创作的便利，掷重金升级了他的个人终端，可以读取他的脑电波，替代手动或者语音录入。生活原本一切如旧，直到有一天，他在调取素材的时候，发现日记曾经被读取过，也就是说，他的个人信息泄露了。

长城对这样的事情非常敏感，作为作家，作品的原创性至关重要。任何未问世的创作内容的泄露，都可能让作品功亏一篑。所以他立即向信息监管机构提出请求——追踪读取源头。结果很快出现：本市调研院读取了信息。但是当他进一步尝试追踪投诉的时候，却被告知这完全是公益调研所需，是无商业目的的行为，请他放心。

长城当然不会轻易放手，当追问是何项调研所需时，对方告知是与机器人发展息息相关的至关重要的项目，但是细节无可奉告。长城也就无法追踪下去了。

自从那次之后，长城关闭了优化升级的输入功能，坚持离线手动输入，这也是进度拖慢的原因。

知道我"过关斩将"顺利进入调研院工作，长城隐隐感到其中有蹊跷。但是获知我工作一切顺利，也就放下心来。直到今晚部长称呼他

"长城"，还从我口中得知部长知道我的绰号"中尉"，他因此十分笃定，部长就是读取他终端内信息的调研员。

就算我只是"中尉"，直到如今也明白了我为什么能够获得这份工作。是因为"他们"指定我获得这份工作。

"可是为什么如此安排呢？"面对着两位高智商人士，我诚恳发问。

果岭率先发言，"以下是我的理解，长城如果有不同观点可以直说。机器人历史发展到现在，这个特殊的群体约等于精英群体，他们是每个领域的佼佼者。但是精英群体的趋同性反而不利于长久的可持续发展。举个例子，今天的竞争是在人类和机器人之间，明天可能是在机器人之间。因为他们都是顶尖高手，所以也会更加激烈"，果岭顿了顿，"甚至是惨烈"。

倾慕的表情出现在长城的脸上："透彻，我完全认同。"

我心里很不舒服，探身挡住长城的视线："老姐，你慢慢说。"

"我老弟果林是完美中位线。我断言在这近一年的时间里，他们一直在监测你的各种表现。"

"嗯。"我不尴不尬地应和着。

"这些所有都是他们近距离全面观察普通人类工作状态的宝贵数据。我记得上个月你说调研院很重视你的建议，感觉续约稳了，其实他们也在尽可能多地获取你的行为数据。今晚的聚会说明他们已经开始关注你的生活状态了。"

"啊！这点我没想到，果岭，你真睿智。"长城由衷地赞叹。

"你别插话，听我姐说。"我警告长城，"你干的好事我可没忘。"

果岭转向我："果林，你现在应该明白调研院为什么高薪雇用你，不需要你工作上的优异表现，仅要求你做自己就好了吧？"

突然被问到，我有点不知所措。

"果岭，我来说吧。"

"好吧，让长城分析一下。"

"就像我的小说一样，读者不再喜欢完美合理的情节。同样，只有出现不完美的机器人，才能让机器人群体发展制衡。而由人类设计出的机器人，只追求完美，所以他们希望在这个由机器人治理的城市中找到突破口，自己去开发'中位'机器人。"

现在，我终于明白了。拜长城所赐，我就是那个实验样本。

接下来，我向长城表达了我的不满，他垂头丧气但并不辩解。

"果林，差不多行了。长城也是无心之失，只是后来没有追查到底。"果岭出来解围。她越这样说，我越生气。

"机器人真不靠谱。老姐，当务之急，得毁掉这些数据，不能让他们的计划得逞。另外，我也不想当小白鼠啊！"

飞行车窗外，朝阳已经冲破地平线缓缓升起。

"是新年的第一缕阳光。"果岭欣喜地说。

"目前还没有万全之策，现在能做的就是回家美美睡上一觉。"老姐用手按住我的肩，"来日方长。"

新年假期后，我照例回到调研院上班，重复着朝九晚五的生活。三月，春暖花开，我的雇用合约即将到期。

"部长，那个调研北极可燃冰能源的项目，我又从一位科考站专家处获得了新数据，希望再补充一下报告。"数据完善是我们常做的事。

"好啊，一二三四五，授权你进入数据源一小时的权限，你可以继续完善，好了之后，请立刻传送出去。"部长在终端答复我。

"没问题。"我很快就补充完整数据了。准备发送的时候，我看到一条创建于一年前的最高级别加密数据，应该是同一个项目，一起发送吧。

第二天一早，我还没到调研院，终端上就出现了部长扭曲的脸和咆哮声："一二三四五，以最快速度到首席调研员办公室来！"

当我气喘吁吁地站在他们面前时，质问排山倒海地喷涌过来。

"昨晚为什么把加密数据也发送出去了？"首席调研员的脸色同样难看，"谁要求你这样做的？"

我惊恐万状，"我不知道啊，对不起，对不起，我以为……不能发吗？可以撤回吧？反正是加密的，对方应该无法读取。我的错，我的错……"

"你以为你无法读取，别人就……你……"首席调研员气得语无伦次。"你，"他狠狠地盯着部长，"你的好主意！"继而转向我："你！我无话可说，人类……一二三四五号调研员，你出去！"

办公室的门在我身后重重关上。

我是中位人类。

人类嘛，难免会犯错。

后 记

"人类调研员，编号一二三四五，前来报到！"

果岭从部长席上站起身，"欢迎你入职，一二三四五号调研员。"她冲我微微颔首。

自从我误将那条加密数据发送出去以后，数据成功转入全球机器人道德委员会的手中并被破解。机器人招募、观察并调研人类的事情被公之于众。尽管调研院声称此数据是出于对员工的管理，但是人类的抗议声一浪高过一浪。为了平息舆论，机器人调研院不得不终止这一项目，并增加了人类就业岗位。果岭成功地在竞聘中脱颖而出，获得部长的职位。而我，也顺利续约。

果岭用手按住我的肩："来日方长。"

旅 者

赵泽铭

序幕 全面回忆

城市里，人群在沸腾。

一座充满未来科技风的研究所前，所有人都在激动地等待着，他们手里拿着礼炮，脸上难掩兴奋，一齐向着同一个方向张望着。整个城市的人行道上都站满了人，但马路却是空旷的。

研究所门前等候的人们不时能听到城市其他地方传来的惊呼。这也让他们变得越发焦急。

忽然，有人振臂高呼："来了！来了！我看到车了！"呼声惊起了人潮翻涌，只见马路尽头缓缓驶来一支车队。

压抑最久的人群爆发出了最热烈的欢呼，一条条横幅被众人高高举起，车队到哪儿，礼炮就响到哪儿。

没有人组织这些人，他们完全是自愿的，为了这些英雄。

车队慢慢靠近研究所，在离研究所 50 米处停了下来。与此同时，研究所里走出了一小队英姿飒爽的军人。他们分别在马路两侧就位，拉起了警戒线，面色严肃地站着。

就在这时，车队的车门被同时打开，每辆车都下来几位全副武装的护卫后，最后才下来 12 个被层层保护的人。他们有男有女，年龄各不相同，最年轻的只有 24 岁，最年长的已经 84 岁了。

魏来就是最老的那位。

随着这 12 个人露面，人群再次爆发出了震耳欲聋的欢呼。魏来下车后，其他几个人立马过来搀扶他。随后，他们一边热情地向人群打招呼，一边走向研究所。

事实上，魏来内心的激动绝不比周围的人群少多少，但他的脸上始终带着平静慈祥的笑容。

作为一个行将就木之人，魏来参加了"永生"计划。

"永生"计划其实就是实施以往科幻影视作品中常出现的人体冷冻技术。而在这个时代，人体冷冻技术已然试验成熟，以魏来为首的这 12 个人就是第一批被选中的，作为计划的最终参与者。

魏来是一个商人，他曾自己开创了一个品牌，是一个时代的见证者。他经历过很多，因此并不害怕死亡。但不怕死不代表想死。在得知有这么一个计划后，他随手就报了名，但没想到自己真的通过了筛选。

想到这里，魏来不由得感叹命运的神奇。他扫视周围，挥着手与人群告别。在看到某一个方向时，他的视线一顿。那里站着一个年轻人，眉宇间跟他年轻时很相似。那个年轻人也与周围的人有些不同，他没有那么激动，但眼眸中似乎流转着一抹欣慰。一老一少的目光仿佛跨越了异常久远的时光，在这一刻像两条本不该相交的平行线产生了交集。

魏来回过神来，想向对方致以微笑，却发现那个年轻人站着的地方已站着另一个人，而之前那个年轻人早已消失不见。

"嘿，看来我都激动得产生幻觉了。"魏来对身边的人说道，"我刚才居然看到了年轻时候的自己。不得不说，我年轻的时候还是很英俊的。"其他人被魏来这番打趣的话逗乐了，心中的紧张感也散去不少。

"魏叔，您现在容颜虽老，但您出色的气质决定了您的不凡啊。"一个中年人也笑着打趣道。

很快，这12个人就进入了研究所。随着大门的关闭，街道上的喧哗被隔绝，研究所内的静谧让他们冷静了不少。

一位穿着白大褂的研究人员向他们走来，说道："欢迎各位先驱者来到永生大厦研究所，请随我来。"

魏来等人被研究员带到了一个空间十分宽敞的电梯里。研究员按下了通往地下8层的按键。

"在对各位进行冷冻处理前，我将最后向各位确认一遍你们所选择的冷冻方式。"研究员从怀中掏出一沓表格。

魏来接过自己的表格后只是扫了一眼就还了回去："我这把老骨头啊，还是只冷冻我的大脑吧。我承认有点赌的成分，但我还是希望未来的人们能开发出重塑人体的技术。况且，我还希望我再醒来的时候能看到我年轻时候英俊的脸呢。"

研究员推了下眼镜，笑道："您真乐观啊。看来您这个年纪还能达到我们的检测标准，很大一部分原因是您的积极态度呢。"

很快，其他11人也做好了最后的确定，没有人更改自己的选择。

手术台上。

"魏来先生，您在本次'永生'计划中的代号为'旅者'。现在，我们将对您执行麻醉处理，并取出您的大脑进行冷冻保存。您准备好了吗？"

"呼——"魏来长长呼出一口气，"好了，开始吧。"

几位研究员对视一眼，为首那位再次确认道："冷却液和冷却装置是否准备完好？"

"一切妥当。"

"保护装置和检测器呢？"

"安装完毕。"

"好的，那么……"为首的研究员看向魏来，"魏来先生，祝您有个好梦，未来见。"

"未来见……"还未说完，魏来就感觉世界在旋转，周边的一切都变得十分模糊，仿佛沉入了无尽黑暗的海底，最终，一切归于寂静，魏来陷入了沉睡。

第一幕　苏醒

"……载体……无……异常……"

"神经……接……正常……"

"暂无……倾向……"

黑暗拥抱着魏来。

但是，他总能听到一些断断续续的模糊的声音。

不知过了多久，魏来感觉自己似乎在变轻，他的意识正在一点一点从黑暗中上浮。

本能让魏来开始挣扎，他渐渐可以感受到自己的肌肉和自己的四肢。他甚至都可以清晰地感觉到体内血液的流向，但他目前也仅限于"感觉"，而非控制。

"第157次唤醒，失败……"

随后，魏来就觉得自己的意识又开始模糊，黑暗再次包围了他。

"'永生'计划还是要失败了吗？就连唯一可以苏醒的'旅者'也不

行吗……"

旅者！

这个熟悉的名字瞬间让魏来的意识翻腾。他这一次用上了全部力气挣扎，他仿佛见到一个光点，这让他在无边的黑暗中有了更多的希望。

"'旅者'的脑电波在急剧波动！他有苏醒的征兆！这次的波动比以往都要剧烈！"

"快，注射辅助药剂！"

魏来依旧在挣扎，光点愈来愈大，他不甘心就这样再次沉睡。他知道，如果这次还失败，那他很可能就会一直沉睡下去了。

突然，他感觉有一股力量在帮助他突破黑暗的束缚，同时他的意识仿佛摸到了一个绳子一样的东西。在二者共同的帮助下，魏来眼前的白光越来越多！

终于，一双眼睛猛地睁开，刺眼的冷白色灯光十分晃眼，但那双眼睛依旧瞪得大大的，生怕一放松就会再次回到那一片黑暗中。

魏来醒了。

他只感觉自己的脑袋涨涨的，稍一思考就会剧烈疼痛。

"嗡——"

魏来身下的床板一样的机器开始运作，让魏来得以缓缓坐起。

"旅者……先生？"

魏来的视线逐渐聚焦，向声音的来源看去。

他的眼睛因为长时间没有眨眼变得干涩，即便刺痛到泪水涌出，魏来依旧没有眨眼。

"旅者？"魏来的脑海中产生了一些破碎的记忆画面。

终于，魏来看到了声音的来源。那是一袭白衣，视线上移，是一副平光眼镜。

这一幕让魏来浑身一颤，过往的记忆潮水般上涌。

他以前似乎也见过这种装扮的研究员。

钻心的疼痛刺戳着魏来的大脑。

"啊！"魏来双眼通红，痛苦地蜷缩成一团，倒在了地上，还碰翻了一些器材。

剧烈的疼痛让魏来的意识越来越清醒，随之而来的对疼痛的感知也越发清晰。

"忍住！这种情况很正常，这只是你的大脑刚刚苏醒，不适应短时间内处理大量信息。你尝试放空思想，让自己冷静下来！"

魏来听后，努力强迫自己什么都不去想，但越是这么尝试，他就越不自觉地去回想过去。

他双眼通红，死死咬住牙关，双手死死按住太阳穴，似乎这样他的脑袋才不会感受到爆炸般的剧烈疼痛。

这时，他突然看到一道白光闪过，自己的大脑瞬间空白，疼痛也随之减弱不少。

过了一会儿，魏来的思绪再次聚拢，但这次没有那么痛苦了。

他尝试站起身，却险些跌倒。好在一旁的研究人员扶了他一把，他才没有摔到地上。

研究人员把他又扶回了躺椅上，然后拿出了一堆魏来从没见过的仪器对他好好检查了一番，随后对着为首的研究员点了点头。

"呼——"为首那名研究员松了口气，微笑道，"恭喜您成功苏醒，魏来先生。或许，我应该叫您'旅者'。"

直到这一刻，魏来才恍然意识到，自己成功苏醒了，从无尽的冷冻中醒了过来。

突然，魏来好似意识到了什么，浑身一颤。紧接着，他就抬起自己的手臂，仔细查看了一番，又掀起自己上衣的一角。

他看到了一个年轻的躯体，与他沉睡之前那个迟缓、垂暮、一到下雨天就浑身疼的身体完全不同。现在的他支配着充满青春活力的身体。

魏来尝试了好几种不同的动作，却完全感觉不到迟滞感。一时间，他竟有些哽咽。

"我……我能借一面镜子吗？"魏来的声音颤抖着。

"当然。"研究员笑着回答道，转身从手术台上拿来了一面小镜子。

魏来颤抖着接过镜子，犹豫片刻后，将镜子对准了自己。镜子中是一副熟悉的面孔，一双眼眸如浩瀚夜空中闪烁的星辰，棱角分明的五官透着一股英气。

魏来就这么静静捧着镜子，看着镜中的自己，看着年轻时的自己。他的嘴唇颤抖，喉结上下滚动，话终究还是没讲出口。

许久，魏来才缓缓放下镜子，轻轻抹了把眼泪，笑道："嘿，我赌对了。人类果然已经发展出了人体再生的技术。我就说吧，我年轻时还是很帅的。可惜，这门技术只能展现我当年十之七八的风采啊。"

接着，他仿佛意识到了什么，猛地抬头，对为首那名研究员说道："那个……呃……"

研究员回以善意一笑，自我介绍道："秦子秋。您叫我子秋就行了。"

"啊，好的，子秋……同志，当初和我一起参加'永生'计划的不是还有 11 个人吗，他们应该都醒了吧？他们之前还有人不相信我年轻时候的颜值。现在，哈哈，我顶着这张脸去见他们，绝对能让他们心服口服！"

魏来已经想象到他和其他 11 人再次相逢，分享彼此的喜悦和激动的场景了。

然而，他激动地自言自语了半天，却始终没有得到研究员的答复。

魏来疑惑地抬起头，却见秦子秋依旧带着一副笑容，可这笑容此时却显得有些沉痛与无奈。

魏来的身体一顿，一种不妙的感觉升起。

"很遗憾，'旅者'先生。'永生'计划只有你一人苏醒，也只会有你一人苏醒了。"

魏来瞳孔一震，艰难地开口道："这……怎么会……就我……一个人？"

"'旅者'先生，请您节哀。我们也对这件事感到万分遗憾。当时人类的人体冷冻技术虽然有所成就，但终究无法做到长久保存。事实上，若非当年一名研究员自作主张，将您的思维数据上传到了网络当中，您可能也在沉睡中死去了。"

魏来原本笔直的身体慢慢弯了下去。这一刻，他仿佛又变回了那个无力抵御死亡的迟暮老人。

许久，魏来的头才慢慢抬起："小童是个很好的孩子，他很聪明，也很善良，他之前最喜欢的就是打篮球和吃炸鸡；舒同也是个很善解人意的女孩，她总会在我感到孤独的时候陪我出去散步；冷轩人如其名，性格冰冷冷的，但他其实外冷内热，他从不会说一些煽情的话，但总能在你最需要的时候给予你温暖……"

魏来记得跟他一起接受人体冷冻适应训练的 11 个人的所有细节，包括他们的性格、喜好，以及一些小秘密。

他们真正相处的时间不长，但早就把彼此当作了家人。他们曾约定过，苏醒后如果不适应新的时代，那么就他们 12 个人一起生活，按照他们以前的习惯生活。

但如今呢？只剩下了魏来一个人。说到底，他已经是一个老人了，没有年轻人的热情与适应力。他真的能在这个全新的时代立足吗？

此刻的魏来感到了前所未有的迷茫。

"无论如何，您还活着，不是吗？就当是为了您那 11 位，唔，家人，好好见证这个时代吧。"

秦子秋见魏来依旧没有反应，微微叹了口气。他能理解魏来的无助和痛苦，但他同样没办法扭转这些现实。

"您先在我们研究所休息几天，这几天我们会持续对您的身体稳定状况进行检查。您正好也舒缓一下情绪。之后我们会为您安排好您在这个时代的身份。"

两周后。

"请问是魏来先生吗？"

"是我。你是谁？"

此时的魏来已经把情绪调整好了。正如之前所说，魏来是个勇敢的人。他不害怕死亡，也因此能正视死亡。

魏来面前站着一个西装革履的男人，只是他的两只眼睛并非正常的肉眼，而是一对机械义眼。

"您好，魏来先生，我叫楠枫，是未来科技集团董事长林健飞的秘书。我是来接您的。"

第二幕　未来

未来科技集团是魏来年轻时创立的品牌集团，没想到现在依旧存在。

通过这几天的观察，魏来了解到他已经沉睡了将近 3000 年。

3000 年足以沧海桑田，但魏来创建的品牌依旧屹立，这是他没想到的。

魏来跟随楠枫办完了一系列手续后，终于"出院"了。

走出研究所的那一刻，魏来第一次见到了这个时代的社会全貌。

令他意外的是，想象中那种赛博朋克风格的建筑群并没有出现，眼前的建筑大体上与魏来沉睡前的建筑相似，只是空中多了许多轨道似的东西。

"这……怎么感觉这些建筑和我沉睡前的相比，几乎没什么变化？"魏来疑惑地问道。

"房子说到底还是用来住的嘛，不需要建得那么花里胡哨。"楠枫笑着回答道。

说话间，二人来到了一个类似汽车的载具前。

"小型飞车，这是我们现在最常用的交通工具。它可以在海、陆、空任意行驶。"楠枫为魏来拉开了车门，介绍道。

很快，楠枫驾驶着飞车，带魏来来到了一个结构上类似机场的地方。

"这里是空间跃迁站点。我们要去的地方在另一个星球。现在我们跨越不同星球都是靠空间跃迁技术。"楠枫一路上仿佛导游一般，尽职尽责地回答魏来提出的所有疑问。魏来也大概了解了当前时代的科技水平。

在楠枫的带领下，魏来来到了建立在另一个星球上的未来科技集团总部大厦。与之前那些居民楼不同，这座大厦光从外表上看确实有着前卫的设计和充满科技感的外观，完美符合魏来对未来社会的设想。

他们来到大厦下方的时候，已经有人在等候了。为首的中年男人身姿挺拔，面容刚毅。显然，这就是现任未来科技集团董事长林健飞。

见到林健飞后，楠枫加快脚步走到林健飞面前，恭敬道："老板，我把魏来先生带来了。"

林健飞用一双炯亮有神的眼睛仔仔细细地将魏来上下打量了一遍，眼中带着激动与崇敬。但看到魏来年轻的面孔之后，林健飞的表情有一瞬间变得有些奇怪。

与此同时，魏来也在打量着林健飞。

终于，林健飞先打破了沉默，咧嘴一笑："魏来先生，久仰，久仰。您可是我的偶像啊！我曾无数次幻想与您见面，没想到这一天真的能到来。"说着，他激动地伸出手。

魏来立马也伸出手，与林健飞的手握在了一起。"唉，我只是一个有着年轻身体的老年人罢了，哪里值得崇拜啊，时代还是属于你们这些年轻人的。我啊……已经跟不上时代了……"说到最后，魏来心中也有些苦涩。

"不，您的成就不会因为您年老而褪色。您将永远是我最崇敬的人。"

说话间，林健飞注意到魏来眼中的疲惫，善解人意地说道："太多寒暄的话就免了吧，想必您也累了，我这就叫人带您去休息，有事的话您就用这个联系楠枫就行。"林健飞说着从一旁的楠枫手里拿过一个手表样的东西。

"这是一个移动终端，它有很多种功能。您只需要把自己的脑电波输入匹配，以后用意念就可以操作它了。"

"它能检测到我的脑电波？"魏来感觉有点不可思议。

"是这样的，魏来先生。现在的人们在出生后会在大脑里植入一枚芯片。由于您的身体是新塑造的，自然也有芯片。我来帮您接入吧。"楠枫解释道。

随后，楠枫在终端上摆弄了几下，对着魏来的头一扫，就递给了魏来。

魏来好奇地用大脑下达了几个指令，发现终端的运行十分流畅，不由得啧啧称奇。这个时代给了他太多惊喜，哪怕有人跟他说可以穿越时空，恐怕魏来也不会太震惊。

"好了，魏来先生。有事您就联系楠枫，他把联系方式留在了您的终端里。我还有事，就先走了。楠枫，拜托你带魏来先生去休息的地方。"

"好的。魏来先生，请跟我来。"

来到休息的地方，魏来躺在床上，回顾着他苏醒以来的种种惊喜，他感觉庆幸，又有些遗憾。

他庆幸自己成功地醒了过来，看到了这一切，也遗憾他那 11 位胜似家人的同伴。

同时，他也发现，哪怕是在这个时代，人们的生活与以前其实都差不多。房子能让人感到温馨就行了，内部装修能让人舒服就行。也因此，他所在的房间与以前的房间相比并没有太大差别。简洁的阳台，柔软的床铺，温暖的灯光，并没有什么让他感觉十分超前的东西。魏来看着这些熟悉的东西，回忆着以前的种种，不知不觉间就睡着了。

第三幕　过去

接下来的几天，魏来在楠枫的带领下四处游览，魏来对这个时代也有了更具体的认识。

有一天，魏来早上醒来，发现楠枫正在门外等候。

"魏来先生，您醒了。"

"早啊，有什么事吗？"

"确实有一点事，林老板说有件事非常需要您的帮助。"

魏来想到这几天的盛情款待，也不好意思拒绝，就说："没问题。只要在我力所能及范围内，我一定帮忙。"

"好的，请跟我来。"楠枫得到肯定的答复后，如释重负般露出了放松的微笑。

很快，魏来和林健飞又见面了。

"魏来先生，这几天休息得怎么样？"

"多谢林老板的关心照顾，我休息得很好。这几天楠枫秘书也很辛苦啊，一直迁就着我这把老骨头。"魏来笑着说道。

"没有，没有，这是我应该做的。"楠枫连连摆手，两只机械义眼发出的光芒闪烁着。

"辛苦了，楠枫。你先去休息，我和魏来先生有些事要说。"林健飞满意地看着楠枫，含笑开口。

"好的。"楠枫出去时顺便把门关上了。

楠枫走后，林健飞拉开了办公桌前的椅子："请坐。"

两人面对面坐下，林健飞看着魏来的眼睛，沉吟片刻后说道："魏来先生，您觉得……穿越时空这件事，可能吗？"

魏来眼眸一震，露出无比惊讶的神情。

"难道，你们……做到了？"

林健飞苦笑一声："只能算是实现了一半。我们目前的推算结果显示只能回到过去，而且局限性很大。这件事事关重大，只有少数人知道。我们未来科技集团刚好是这项技术的技术投资方，才能知道。"

魏来内心的震惊依旧无法平复。他试探性地问道："局限性？这怎么说？"

"这也是我们想请您帮忙的原因。我们发现，过去的时空会对现在的人产生排斥。也就是说，我们这些现代人，回到古久的过去会受到极大的时空排斥。被排斥的后果目前还不知道。而且，这种排斥是针对意识而言。同样是回到过去某一时间点，意识年龄越大的人受到的排斥就越少。因此，我们需要您的帮助。"林健飞面色严肃地看着魏来。

"也就是说，我是最有可能成功的那个人，是吗？"魏来眼帘低垂，喃喃自语道。

"是的。人类需要您的帮助，'旅者'先生。"一个穿着白色研究服的人突然推门而入。

林健飞见到这个人，起身道："您终于来了，李博士。介绍一下，这是我国时空领域最高成就的获得者，李毅博士。"

魏来抬头看向李毅。李毅面容严肃，不怒自威。

"如果你答应的话，我们将重启'永生'计划。"李毅认真地说。

"我有一个请求。实验后，我想回到某一个特定的时间点，可以吗？"魏来突然想到了某种可能，带着期望问道。

"很抱歉，恕我驳回这个请求。事关时间，我们必须严谨。我们无法确定你回到过去的某个举动会不会对现在造成极端影响。我们必须达成一个共识，就是你回到过去后也只是一名历史的旁观者，希望你不要主观参与那个时空的任何事。"

魏来闻言，失落地低下了头。

"唉，没事，我早有预料了。"

说完，魏来停顿了一下，似乎在衡量什么，接着又抬起头："不过，我答应帮忙。"

李毅和林健飞两人听到后，嘴角不自觉地上扬。

"感谢您的理解。既然您答应了，那我们也就开始准备了。接下来，我们会对您进行一系列培训。"

"没问题。"魏来一口答应下来。

接下来的 6 个月，魏来经历了各种培训，比如历史课程培训，体能训练，穿越配套设施使用训练，等等。

魏来在这 6 个月也时常感慨，自己都是一个老年人了，还要学这些。这些培训内容让魏来想起了他沉睡之前的集训内容，不同的是，以前是12 个人一起训练，但现在只剩他孑然一身。

6 个月很快过去了，魏来又一次迎来了一个十分重要的日子。

研究人员为魏来穿戴好了相关设备。

"魏来先生，欢迎您再次参与'永生'计划。我们将延续您之前的代号'旅者'。这次，我们为您设置的时间坐标在第一纪元中期。当时，人类派出的星空探索队中有一支突然传来消息说发现外星文明造物，并附上了空间坐标和图片。但是，后续人员赶到那个坐标时，却什么都没发现，而那个小队也失联了，至今下落不明。您本次的任务就是回到那个时间段，发掘出当时的外星文明造物所隐藏的秘密。"李毅对魏来认真叮嘱道。

"我们会把您投放到那支小队所处的飞船上。他们的详细资料，您应该记住了。"

"对了，还记得我说的话吗？请您当一名旁观者，尽量不要主观参与那个时空的任何事。"李毅又一次严肃强调。

"当然。我时刻铭记。"魏来说道。

"好的。"李毅顿了顿，放下手中的研究资料，对魏来敬了一个标准的军礼，"那么……祝您凯旋。"

"嗯。我会……查明真相的。"魏来眼神坚毅地保证。

随后，穿越装置开始运行。随着机器的轰鸣声，魏来的意识开始模糊。

恍惚中，他仿佛被裹挟在时光长河中，逆流而上。魏来并没有感受到所谓的排斥感。

魏来的意识一点一点陷入混沌。在他即将进入沉睡之时，一种恐慌感突然涌上心头，他的潜意识想起了之前从沉睡中挣扎着苏醒时的无力感。

第四幕　一个文明的重量

"啊！"魏来猛地起身，双眼瞪大，大口呼吸着。

片刻后，魏来才压下心头的恐惧。

他开始观察四周，发现自己正躺在一间卧室的床上。这间卧室的结构他很熟悉，是第一纪元宇宙航行飞船的标准卧室。

魏来连忙起身整理好床铺，防止别人看出他穿越过来的痕迹。紧接着，他开始检查自己本次穿越所携带的东西是否都完好。

检查完毕后，魏来小心翼翼地从卧室内溜出来。他在飞船内部四处走了一遍，确定自己确实穿越到了目标小队的飞船上，时间也对得上。

随后，他启动了手腕终端上的某个功能。那是李毅他们研究团队精心为魏来设计的一个功能，它可以散发出某种力场，将魏来的存在隐藏起来。此时即便魏来站在一个人眼前对这个人挥手，这个人也不会察觉魏来的存在。

这个功能可以最大限度地防止魏来穿越后被迫卷入某些事件中，对后世产生影响，可以让魏来安心做好一名历史的旁观者。

魏来跟随飞船上的探索队员来到了飞船的操作窗口，然后发现小队内所有探索队员都聚在一起。

其中一名队员对这个小队的队长说道："队长，那个不明飞行物到现在都没有回复信号，也没有移动。距离我们上次发送信号已经过去十分钟了，要不要再发一次？"

队长皱着眉思考片刻后，说道："再发最后一次。如果还是长时间没有回复信号，那就先向总部报备，然后来几个人和我一起乘坐小型飞行器过去，查看具体情况。"

"是!"那个队员回应道，然后又发送了一次信号。

又过了十分钟，他们发出的信号就像石沉大海一般，没有掀起半点波澜。

"时间到了。你先向总部报备，就说发现不明飞行物。来几个人和我去确认一下。"队长安排道。

后面，魏来默默跟着队长和其他几名队员登上了一个小型飞行器，向那个不明飞行物飞去。

途中，队长让几名队员时刻保持警惕，但直到他们飞到不明飞行物跟前也没有出现半点被攻击的迹象。

不明飞行物并不大，和这个小队所在的主舰大小相当。

队长始终与主舰保持着通话。他们绕着这个飞行物飞行了一圈，终于找到了一个入口。队长向主舰报告后，指挥队员飞向了那个入口。

奇怪的是，他们没有向这个不明飞行物发出登录申请信号，入口就自动打开了。

"里……里面不是没人吗？"一名队员咽了口唾沫，害怕地说道。

"没有回复信号不代表没人。做好登舰准备，带好武器。"队长冷静地指挥着。

一旁的魏来眯起双眼，猜测这个所谓的不明飞行物应该就是那个外星文明造物。

随着小型飞行器缓缓驶入入口，几人突然发现飞船外的空间一阵扭曲，然后飞行器就出现在了一个极宽敞的类似飞船降落处的地方。

"这……这么宽敞？明明从外面看上去这个飞行器也不大啊。"一名组员直咂舌。

队长微微蹙眉，猜测道："按照我们外面所看到的飞行物规格，它确实不可能有这么大的降落处。除非……"

"除非这里的空间进行了折叠。"一名机灵的组员立马接话。

"没错。如果当真如此的话，这么先进的技术明显是当前我们人类所达不到的。那么只剩下一种可能了。"

说到这儿，所有人眼睛一亮，齐声道："外星人！"

队长强行压下心中的激动："没错，外星人。快向主舰报告，说发现疑似外星文明造物。我们先去探索一下，等确定后再把主舰也叫来。"

"是！"几名队员都十分激动，迅速准备好一切后，在队长的带领下离开小型飞行器，开始探索。

魏来依旧悄悄跟在他们后面。

一路上，几人没有碰到任何一个活着的生物。但根据一路上看到的种种，他们已经可以确定这是外星文明造物了。诡异的是，几人探索了整整一个小时，却连一点生命迹象都没有发现，但飞船内的一切都在正常运行。

"不行，这样探索效率太低了。我们两两一组，分头探索。"队长向主舰汇报完情况后，指挥道。

魏来见几人都分开了，没有选择跟随任何一个队伍，而是自己向深处走去。

魏来一路兜兜转转，突然发现一处特殊的地方。

这是一个液压门，门口有着其他地方没有的标识，类似警告一般。

魏来挑挑眉，觉得这肯定是一个很重要的地方。

他在门口搜索一番，很快就发现了一个类似开关的东西。

魏来尝试着按了下去，令他惊讶的是，那个极其厚重的门竟然就这么缓缓打开了，他甚至没有发现验证措施。

魏来也因此留了个心眼。但当他缓缓走进那扇门后，他彻底愣住了。

魏来眼前密密麻麻的全是类似培养舱的装置。这种装置魏来很熟悉，他就是从这种装置中被唤醒的。

魏来走近其中一个培养舱，透过玻璃向里面看去。里面装着一个橙红色物体。

"这……该不会就是外星人吧？"魏来心里想。

他仔细观察了一番，发现这是个类似章鱼的种族。他们的身体细长，身下长着类似触手的东西。但由于隔着一层玻璃，魏来也看不清更多的部位了。

观察完后，魏来又在这个巨大的房间内发现了一个操作台一样的东西。

魏来尝试着将手放在上面，紧接着就感觉有什么接入了他的大脑。

这个装置是精神操作的！而且，魏来甚至不需要了解这个外星种族的文字，就能理解其中的内容。

魏来心念一动，选择查看冷冻情况。

紧接着，魏来的脑海中浮现出了几个统计数字。

总数：2789300

冷冻中：2789300

死亡数：2789300

存活数：0

魏来猛地断开链接，不由自主地往后退了一步。一双明亮的眸子中充满了不可置信。

魏来再看向眼前这些密密麻麻的冷冻舱，只觉得浑身冰冷，四肢无力，倍感恐慌。魏来只觉得好像有一双手掐住了他的脖子，并且在一点一点用力。

无论如何，魏来都无法保持平静。

就在他眼前，这些冰冷的罐体中，躺着近300万已经失去生命体征的躯体。尽管他们不是人类，但也是一个文明剩下的全部火种，可惜，是熄灭的火种。

就在这时，魏来听到旁边传来"嘭咔"一声，魏来转头一看，发现刚才那个操作台上弹出了一个芯片模样的东西。

直觉告诉魏来，这很可能就是这艘外星文明造物中最重要的东西，也就是他所追寻的真相。

犹豫了片刻，魏来终究还是小心翼翼地把手伸向那枚芯片。

一滴冷汗从鬓角滴落，魏来抓住了那枚芯片。

与此同时，魏来感觉到一股电流通过芯片传到了自己的身体里，一段文字突破语言的限制直接将意思传达到了魏来脑海中。

读完这些文字后，魏来再次睁开眼睛。他再次看向那些密密麻麻的冷冻舱时，只感受到无尽的恐惧。

魏来几乎是逃也似的冲出了之前那个巨型液压门。出来以后，魏来靠在墙角，大口喘着粗气，眼中不知何时布满了血丝。

"不……不可能，真相……怎么会是这样？不行……我要离开这儿，对，离开这儿……我得……去找李毅……"魏来语无伦次地自言自语。

说完，魏来在自己身上四处摸索了一番。

"在……在哪儿来着？哦，找……找到了……"

魏来掏出了一个勋章似的东西，按下了它背后的一个按钮。片刻后，魏来周围的时空一阵扭曲，随后，魏来就化为了一束光粒，消失在原地。

然而，魏来不知道的是，他传送回现代的波动似乎惊动了这艘外星飞船的什么警戒装置，舱内的电源瞬间切断。紧接着，过了3秒，一个黑色球体从这艘外星飞船中央凭空出现，其散发出的强大吸力甚至扭曲了空间，将周围的一切吸入了这个"黑洞"之中。

这个过程持续了5分钟，就连探索小队的主舰也被吸了进去。然后，这个"黑洞"消失了，一切仿佛都没有存在过。

魏来只感觉一阵眩晕，随后周围逐渐涌上亮光。魏来回来了。

魏来刚出现在传送装置上，就觉得两腿一软，他瘫坐在地，大口喘着粗气。

魏来立马抓住了一名研究人员的衣角，用颤抖的声音说道："快，快去，把……李毅找来，快！"

那名研究人员一愣，然后迅速做出反应。很快，李毅就赶过来了。

"怎么了，这么着急？是出什么问题了吗？"李毅皱着眉头问道。

魏来递出了他一直藏在掌心的那枚芯片。李毅疑惑地接了过来。

跟魏来一样，李毅在接触到芯片的瞬间仿佛被电了一下，紧接着就紧闭着双眼开始接收芯片里的信息。

随后，李毅缓缓睁开了双眼，眼底一片血红。他强忍着不可思议与悲痛，把魏来叫到了一个没人的地方。

"这枚芯片里面说的是真的吗？"李毅沉重地问道。

魏来将自己的所见所闻描述了一遍后，李毅陷入了沉默。

许久，李毅才沙哑着嗓音开口道："呵呵……同一时间段内，一个宇宙只能存在一个智慧文明……古尔特……这是你们的名字吗？你们探索了这片宇宙的每个角落，最终得出了这个结论吗？所以，你们才会整个种族一起迈向死亡……这份绝望，这份重量，我……人类……真的承受得住吗？"说罢，李毅仿佛失去了全身的力气，瘫坐在地上。

魏来经过了一段时间的缓冲，现在也已经接受了这个事实。他默默捡起了刚才被崩溃的李毅摔在地上的芯片，只觉得无比沉重。

这时，窗外淅淅沥沥下起了小雨，雨点打在研究所的玻璃上，发出令人烦闷的声响。

这是魏来醒来后第一次见到雨天。

魏来隔着窗户，望着窗外厚厚的乌云，喃喃道："所以，一个文明的重量，到底是数百万的尸体，还是一枚几克重的芯片，抑或是一段令人绝望的文字呢？"

终幕　无须多言

距离魏来带回那个名叫古尔特的外星种族遗留下来的消息已经过去一个月了。

不出意料，这个消息被封锁了。

令人遗憾的是，李毅辞职了，离开了研究所，后来就再也没了消息。

魏来这一个月过得倒是很平静。

但是，魏来的心里一直有一种躁动。他还想要回到过去一次。他想要见见过去的自己。

他跟研究所的人提出申请后，研究所召开了一次会议，详细讨论了魏来的诉求。

最终，他们同意了。但条件是魏来不能参与当时的任何事，只能当一名旁观者。

魏来答应了。

设备调试好后，魏来再次坐上了那个神秘又伟大的装置。

随着意识的模糊，魏来再一次体会到了失重的感觉。等他再次醒来时，已经来到了那条他熟悉的街道。

魏来一时间竟有点想哭。他拨开拥挤的人群，默默俯下身去，轻抚着大地，眼中流转无限追思。

片刻后，魏来站起身，四处看了看，大致确认了方向后，向研究所的方向走去。

一路上，魏来见识到了人群的激情盎然，他们每一个人都涨红了脸。相比之下，默默穿梭在人群中的魏来显得格格不入。

终于，魏来穿越了人山人海，来到了靠近研究所的地方。

魏来抬头望向天空中的太阳，等待着那个时刻。

不久后，人群中传来一阵惊呼："来了！来了！我看到车了！"紧接着就是礼炮声。

熟悉的车队缓缓驶来，先是安保力量下车，接着就是魏来他们 12 个"永生"计划的参与者。

一切都在按照魏来记忆中的流程继续。

也在这时，这个时空的那个年迈的魏来注意到了混在人群中的魏来。

两个人的目光再次产生了交集，本不该相见的两人相见了，原本平行的时光在此刻产生了短暂的交集。

此时的魏来眼中带着欣慰。

这是来自未来的审视。

魏来想通了。因此，他趁这个时空的魏来呆愣的片刻，开启了那个可以隐藏自己的力场的装置，消失在年迈的魏来的视线中。

年迈的魏来依旧同上个时间线一样，与同行的人打趣。

而魏来，他目光带着怀念，在这 12 个人每一个人的脸上都停顿了片刻，最终，目送他们走进了研究所。

沉吟片刻，魏来返回了原来的时空。

当阳光再次透过研究所打在魏来的脸庞上时，魏来已经不再在意所谓的智慧文明同一时间只能存在一个的问题了。

魏来在见到过去的自己之后，就想通了。

这么久以来，人类一直都是这样孤独地成长。现在如此，以后亦如此。文明的传承不会中断，过去、现在、未来……

就像一位独行的旅者，人类这个种族在发展过程中，领略过无数的美景，也体会过无数孤独的辛酸。

但至少，每个时代的人类都在期盼着，想象着未来的人们能过上更舒适、便利的生活，可以领略不一样的风景。

未来会怎样，没人知道。

研究人员见魏来这次传送回来后，就这么静静站着，脸上带着恬静的笑容，不由得开口问道："您这是了结了什么心愿吗？"

魏来回过神来，微微一笑，"无须多言。"

守星人

甘屹立

一

行常常说，那枚星星维持着母星的安定，因此我们在做的是一项崇高的职业。

每当说这句话的时候，行都坐在一只用光滑铁皮拼接成的摇椅上，眯着眼睛端详着手中的玩意。摇椅前后摇着，他的手指翻飞，不一会儿便能修理好那些已是铝片或是金属碎屑的东西。他的手指上痕迹斑驳，有时候那些废料会粘在手指上，他便摇摇头，把手指凑到眼前将它们取下。那时我还很小，坐在小屋的地板上，排列堆积着用金属做的玩具积木。明则一如既往地待在房间里，沉浸于行的藏书。屋子的东西两面各有一扇窗户，向西边的窗外看，那枚星星就镌刻在遥远的天空中，散发着淡淡的黄色的幽光。母星庞大的身躯屹立在我们后边，好像很近，近到能看清纵横的纹理。灰色的凹凸不平的表面嵌在宇宙的幕中，灯火阑珊。

行是一个守星人，自从他诞生，这项使命就交给了他。所谓守星人，便是守望着围绕母星运行的星星的人。大部分磁人所居住的星球，正是我们身后的母星。母星是一个引力稀薄的星球，它内部的地核与磁人体内的磁体相吸引，从而形成拉力，磁人才能维持在地面上的正常活动。因此，在母星上所能见到的大多是金属制品，材质和构成磁人躯壳的金属相似。但为了使磁人的活动不过度受到磁力的干扰，在磁人左胸的磁体上安装了磁性抑制器，这降低了磁人本身对金属的吸引却不影响其受地核的吸引，可以尽量避免一些意外的麻烦。尽管如此，这维持着磁人生命和正常生活的磁体仍然影响着我们。每个磁人体内的磁体都是相同磁极的，正因此，它阻碍着磁人之间互相靠近，甚至只是触碰也无法完成。当然，这里的无法接触指的是直接的触碰。在生活中，双方的动作交流还是可以正常完成的，只不过中间隔着一段斥力的距离。

母星是个奇妙的星球。在一定的周期内，其地核的磁极会不断偏转，所以需要"星星"来维护母星磁场的稳定。行所守望的星星仅是众多中的一颗，在母星之外，还有千百颗这样的星星，它们织成一张网，笼罩着母星。跟随着星星的是守星人所在的子岛，其运行轨迹和星星的运行轨迹保持一致，确保星星的状态。子岛不大，仅是一方小岛，孤立地悬浮在宇宙中。沟通子岛和母星的人叫作摆渡人，他们驾驶着摆渡船定期来往，将母星上产生的金属废料运送给守星人。守星人所拥有的大部分时间都用来改造这些废弃金属，将它们转变为可以重新铸造的状态，便于在摆渡人下一次到访时将其交付。剩下那些无法利用的废弃金属便会被运送到星星的下方，行称之为"垃圾山"。这是个形象的概括，金属废料堆成山一般，被笼罩在星星幽深的光泽下。星星本质上是一种强磁性的物质，或许能从这些金属中获得某些能量来维持自己的磁性，以此保证母星的稳定。不过这并未得到任何证实，仅是我的猜想。

除此之外，守星人就没有别的任务了，充塞的只有亟待打发的时间。时间正是守星人拥有的最多的东西。我们没有用来准确计量时间的工具，时光失去了实感，只是像黏稠的河水般流过。然而行很少对这份职责表现出厌烦，他把它当作与生俱来的使命。即使是我已经百无聊赖，而明也望着夜空露出了忧伤而寂寞的神色时，他也常常笑着，坐在那只摇椅上晃啊晃。他总是说：

"你向外看，宇宙那么渺无边际，怎么会无聊呢？"

的确，那纯粹的墨色背后还有更深的宇宙。但是我并非是他那种能自得其乐的天性，并不能理解那黑得深邃的空间的奥秘。我内心的世界太小了，只装得下我的喜怒，而这些情感也仿佛缥缈无依。直到现在，我还是无法像他那样洒脱。我接替行成为守星人的原因，我同样说不上来。如今离我最近的，只剩下了那颗悬浮在不远处的星星。我尚能理解它的孤独。

二

在不远处的淡黄色的发光物体，就是我们所提及的星星。从这扇窗向外望去，正好能望见它淡淡的光辉笼罩着废品山。准备结束今天的日记，我放下手中的笔。转头时，我听到了脖子处的吱呀声，也许我需要回母星一趟报修了。

今天是摆渡船接应的日子，也是为数不多的可以在这片土地上看见其他人的日子。我已经把需要准备的东西装进了轻铁皮制的箱子里，它们堆在房子的门外。

还有一点时间，我干脆站在屋外眺望。母星浅灰的躯壳上布满了参差的建筑，可以看到有隐约的亮光在闪烁。它太大了，让人觉得它离得很近，然而其间的距离却难以跨越。即使快如摆渡船，也要耗上不少时间。比起庞大的母星，这一座小岛显得那么渺小。我心中忽地生出一种无可言说的伤感。向房子的西边远望，就是堆积的垃圾山，星星挂在最上面闪烁。这形成一种错落的反差：从金属的坟场上孕育出的圣洁的星光，笼罩在寂静的荒原上，同时又好像和浩瀚墨空中其他的星星凭借无形的线连接着。这里的确是一片荒原，土壤是暗红色的粗砂，天线也感受不到任何声音的颤动。虽说宇宙中应该有许多我这样的磁人，但我从未见过。实际上，我早就习惯了这样的孤独。

淡黄色的摆渡船降落到了地面，一个磁人从驾驶舱中走下，打开货舱开始搬运东西。我讶异地认出了那个磁人是明。我才知道明原来是去当了摆渡人，自从他选择离开之后，我已经很久没见过他了。

我走上前，和他简单地打了个招呼。不知为何，我心里突然一阵抽痛，朦胧的记忆笼罩了我的心。

他点了点头，算是礼貌的回应。

明和记忆中一样沉默，让人不知他在思考些什么。但他是从什么时候开始变成这样的，我却记不得了。之前负责我这座子岛的摆渡人并非明，而是另一个老化严重的磁人，我猜测是因为他去维修了才让明来代替。我认出他时确实感到一阵惊讶，但眼前的这种重逢并未带着喜悦，反倒是有些陌生的尴尬。我不知该如何开口。

明低着头，无言地干着活。我转身去把门前的箱子搬过来，又接过明搬下来的箱子。他的外观和我记忆中相似，只是多了更多修补的痕迹。小的时候，我和明的性格就有很大的差别。他喜欢看行的书，行在屋子里收纳了很多书，有的是在垃圾中淘出来的，也有的是他很久之前从母星带回来的。而我与明相反，喜欢出门，尽管这片小岛上的每一寸土地我都了如指掌。我常坐在子岛的边缘，望向无边的母星，尽管只是出神地望着。行事习惯不同，我和他也就有些生分，即使如今也是这样。我不了解我在他心中的形象，也从没问出口。

搬完后，我向他汇报了我机体的情况，请求回母星一趟进行维修。他说会向母星申请。临走时，他转头告知我更换轨道的事宜，让我记得准备。我说好的，之后会注意。

他没再说什么。摆渡船摇摇晃晃地起飞，尾部喷出浅蓝色的气体。在这之后，我想，大概又会回到那种一个人的生活了。虽然明白这是自己的常态，但心中似乎还是有着一团灼热的火，攀附得生疼。我叹了口气，心里突然有些郁闷，便盘腿坐了下来，倚在刚搬下来的那堆货物旁边，望着那艘飞船远去。刚才还在眼前的身影，现在已经缩小成了一个点，融入茫茫的母星背景中。它离去的轨道就像一束暗淡的流星，直直坠入视野之后的山峦。

我有些出神。黑色的宇宙似乎直直地朝我倾泻而来。

三

在磁人的社会中，社会关系是仅限于职业和姓名的。这源于磁人的生存方式和构造。磁人的繁衍和人类不同，他们只需要取用老化的磁人的磁体进行锻造，再组装成新的躯体，就完成了繁衍。行告诉我们，母星上最大的建筑便是铸炼炉，每天都会有新的磁人从那里生产出来。因此，磁人的诞生只取决于技术，而并非某种亲缘关系。从这个方面来说，我和行、明两人也称不上亲人，只不过是同在一个屋檐下生活过的关系。

但是除此以外，在磁人的生活中却很常见用人类社会的语言来说明的情况。比如我们会称磁人的显示器为"头"、机械臂为"四肢"，甚至我们拥有"思想"和"感情"，尽管那也许只是电信号所模拟出来的感受。这种演变是由于磁人的文化是在人类文明之上发展起来的。据说在磁人社会的早期，便是以人类文明进行教育和演化，现在所能见到的史书，也大多讲述的是人类历史。如今我们进行的教育，同样是在人类社会的教育方式上进行发展衍生的。但是人类早已灭绝，没人知道这些古老的人类历史是如何流传下来的，或者第一个磁人是如何出现的。不过我已经离开母星很久了，不知现在母星上对历史文化的探索是否已有新的进展。

上面这些大部分的知识，有的是我看书了解的，但更多的是行慢慢讲给我们听的。他有着收藏书籍的习惯，总把那些书——无论内容、时代——都储存在他的房间里。看书，或许是我们能够了解外界的最有效的途径了吧。守星人困在一个偏远的孤岛上，遗忘向这方角落淤积，唯有文字能带来些许慰藉。行缓慢且柔和的语调已经成了记忆的一种信号。

但是只对于一点，他会反驳。他认为磁人不仅仅是机械生命，而是和人类一样的智慧生命。他的语调很慢，却充满温暖：

"宇、明，我们三个人总有一天会分开，也许你们会留下，也许不会留下，但这不代表我们曾经生活在一起的记忆就会消散，经历就会改变。磁人的确是机械的产物，不过我们仍然有感情的价值。无论走了多远，我们都依旧有着不可分离的关系。这是真切的情感。"

我望向他们：行的面孔似乎老化了，他的身体有时候会发出尖锐的摩擦声；明在这时放下了手中的书，但并没有看向行，而是望向窗户。窗外的星星亘古明亮，是褪淡的记忆中唯一灼目的亮光。它几乎烧破了记忆，将往昔焚烧得只剩了落寞的余烬。

"行，你为什么要选择做守星人呢？"我后来问过他。

他当时坐在摇椅上，听见我的问题后，便把手中的东西放下。

"因为这是一项崇高的职业。"他说，"我们……"

行似乎还说了些什么，但我记不清了。虽是如此，他的话语带来的重量仿佛还坠在我的心上，如同我的笔刻在金属的纸张上。写日记是我最近才养成的习惯，虽说之前尝试过，不过总是不能沉下心来，如今我终于能安静地写作了。印刻笔的重量落在我的手心，分量让我安心，仿佛我无依的灵魂有了锚点。

"窗外的宇宙会有什么呢？"我曾不止一次地问过行。

他总是回答得含混不清，让我心生疑窦。藏在那墨色后的是危险还是美景，是起点还是结局？我们又处于这个宇宙的何方？我常常存着许多问题。漆黑的画布上是没有星光的，不像星星一般幽亮恬静，是纯粹的静谧。好像对着它说话，声音也会被淹没。——当然，这只是个比喻。磁人的对话其实是通过一根天线来接收和传播信号的。站在子岛的边际，我向深处眺望，期待着什么不平凡的事情发生。但寄托于外物的愿望似乎十分脆弱，那希冀的枝丫在即将触碰到黑暗时，便节节寸断，再无声息。

我一次次地期盼，却并未迎来结果。久而久之，我所期盼的事物好像转变成了期盼本身，如同我现在的写作。在我尚且年轻时所释放的光芒，想要映照更多的挣扎，如今也抽搐着收敛，那些光藏在我的内心，把自我映得通透。

四

其实更换轨道时所需要做的工作，无非是要去监视下周围是否产生了损坏，以及在移动过程中是否造成了某些损失。但除此之外，真正需要守星人去处理的事情寥寥无几，和往常平淡的生活并无不同。于是我百无聊赖地等着移动结束。过了许久，地面的颤动终于停止了，我望向窗外。

令我惊讶的是，我的视野中出现了新的东西。

从小屋的东侧望去，出现了另一座子岛。那座岛比我所在的岛小很多，但岛上的事物基本相同。从这个方向，正好能望见岛上的小屋和另外一颗明亮的星星。我走到子岛的边缘，试图和另一座岛上的磁人搭话。

"你好？有人吗？"我歪着头，试探性地问道。

过了不久，一个磁人的身影从小屋中冒出。他一边调整着头上的天线一边走到岛的边缘。他看见我时，似乎被吓了一跳。

"你是谁？……看起来，你也是个守星人？"磁人疑惑地问道。

"对，我叫宇。你也是个守星人吗？"

"是的，我叫峰。照现在的情况，似乎我们两个的子岛轨道挨在一起了。"

"这大概也不错，我还是第一次见到其他守星人。——不过，你的岛好像比我的岛小一些？"

"'母星坍塌'，是这样导致的吧。"

"有道理，毕竟子岛只是在母星坍塌时分裂出的陆地，所以大小会有不同也很正常。"

他饶有兴趣地双手环胸："这是很久远的事情了，没想到还会有人知道。难道你平常也喜欢研究历史吗？"

"称不上是研究。"我挠了挠头，"那些我拥有的书中包含的知识，我一般都会了解罢了。"

他似乎投来了惊奇和喜悦的眼神，就像终于找到共同话题的孩子。这意外的相似迅速拉近了我们彼此的距离，于是很快，我们就开始分享起自己所知晓的见识。行收藏的书籍种类繁多，内容广博，从地理到天文，从神话到现代科技，几乎均有涉猎。而峰所掌握的知识主要是向历史文明方面深入的。也因此，他总能以一种更深入、更直接的方向切入重点，而我同样也能从其余视角为他提供佐证，或以此来驳斥他。二人隔着深空，却如同并肩而坐般相见恨晚。直到双方都相继疲倦，我们才彼此告别，为第一次的见面画上句号。我突然感到一种不真切的晕眩。自行和明离开后，我已很久未和人相谈甚欢了。

那晚休息时，我躺在床上，感受着不舒服的关节传来阵痛。沉浮在虚幻思绪的海中,现实的感官无法使我清醒,只是与体内更深处的疼痛交相呼应。那些漫长的浑噩的岁月从眼前闪过,分不清是我走入了梦中,还是梦境吞噬了我。我的视角仿佛脱离了躯体,模糊地融入黑夜,然而所目及的另一座岛屿却让我明白自己身处现实。可比起惊异和欢喜,我竟坠入了无所适从的茫然。

我感受到一阵更剧烈的疼痛。

我的内心清楚我在逃避,却不知我在逃避什么。难道有人做伴不是我所向往的吗?那本应是道破空的光亮,将我心映照得澄净,而如今我却只沦落在无边的痛苦里。——是啊,我早已放弃了期待转机,那为何命运要在我叹息时再次给予我希望呢?光总会熄灭,而长夜漫漫,暮穷途渺,即使今日之灿烂,也在转瞬间化作余烬之尘滓。或许我逃避的,正是这种坠落时的无可奈何吧。有什么轻盈地从我心中抽离,我的灵魂将沉重地羁押回孤独的存在。

恍神中,视线里出现了一台天文望远镜。

我的心情渐渐平复下来。那台望远镜的金属外壳闪烁着光芒,仿佛行站在那里,眼神熠熠生辉。他的身躯投下阴影,温暖地包裹住我。

我坐起身,拾起望远镜。行,现在你能听见我的声音吗?

五

明是个有点奇怪的人。他总是一言不发地埋在书堆里,一看就能看好久,好像书中的内容比外界有趣得多。他也不爱说出自己的想法,只有遇到那种不得不选择的时候,他才会露出一种"怎样都好"的表情。行最开始还会担心明会不会太过寂寞,不过后来,他似乎就习惯了明的沉默。而我试图接近明的尝试,同样都无功而返。因此,尽管我努力显得我们三人关系密切，如同家人一般，明也从来游离在外，让人捉摸不透。

所以后来有一次，我决心要改变这一切。

明总是缄默不言，即使开口也并不会带着关切，好像我们只是素不相识的陌生人。这怎么可以呢？明明实际上，我们每一天都在一起度过，互相扶持着才能经历这段时光。他却毫不在意，冷淡地侧目旁观，用淡漠的眼神否定这一切。就算是一块石头，也应该多少产生了些感情吧？于是在我那时的心中，明的行为开始被判为错误，我暗暗纠正着他的缺点。缺少交流、待人冷漠、只会读书……我列举着他的种种"罪状"，预备让他改过自新。孩子的世界很单纯，磁人亦然，单纯到世界非黑即白，非对即错。即便如今我回望那时的固执，也无法责备明。或许有些事情直到现在我也未曾明白。

我还清晰地记得那天的情形。那时明坐在房间的地板上，沉默地读书。当我走到他面前时，他也不为所动，连头都没抬，仿佛根本没有在乎我的存在。我开了口，说想和他谈谈，但他只是挥了挥手示意我走开。这样冷漠的回答激怒了我，我一把抽走他手中的书，远远地扔到一旁。见他还未反应过来，我便快速地说道：

"明，你能不能不要只读书不和我们交流？你还把我们当一家人吗？"

这突如其来的指责终于让他回过神来。他不苟言笑的神情转变成了阴郁。

"把书给我捡回来。"他一字一顿地说。

然而我没有在意，继续说道："明，你想，如果你一直不说话，那我们怎么了解你呢？你不能一直……"

他突然站起，朝我的脸上狠狠地来了一拳。原本我比明高，力量也比明大，然而出于未加防备，以及明因怒火而生出的额外气力，我向后倒在地上。他扑上来，压在我的身上，向我吼道：

"你为什么想要了解我？你凭什么觉得你能了解我？"

"因为我们是家人……"他突然的暴起压灭了我的气焰，我只能这样答道。

"家人？好笑，我们之间本来就没有任何的关系。"

"你不能这么说！难道我们不是每天都生活在一起吗？"

"那又如何？难道所谓的家人就是强迫我变成你们想要的模样吗？"

"当然不是这样。可明明是你先什么都不说的——"

他打断我："我不需要你了解我，你也不需要装作想要了解我的样子。"

"那是因为你封闭了你自己！明，我和行都很关心你，我们能够互相了解的，不是吗？"我用尽全力喊道。

明在那一瞬间露出了忧伤的神情。行姗姗来迟，让我们停下。明很快又恢复成了冷漠的模样，从我身上离开。他摇摇晃晃地站起来时，丢下了一句话：

"你根本不能理解我，不能理解任何人。"

行伸出手，把我从地上拉起。我本以为他会责备我的莽撞，但他只是摇了摇头，招手让我跟着他走。我回头，看见明蹒跚地走开，捡起先前那本被我丢出去的书，坐回了原来的位置。行来到客厅，开始在一堆杂物中翻找。我低着头，只敢微微抬起脸看向他。一会儿，他找出了一台手工组装的机械，像是一台巨大的相机。摩挲着它光滑的表面，行心满意足地笑了，对我说："我们出去吧？"

行走在前面，我走在他后头。他的足迹印在红褐色的沙土上，我的足迹依偎在他的足迹旁边。视线里一片荒凉，寂静铺满了岛屿。

"行，你要带我去哪里？"我抬头问他。

他没说话，只是向前加快了脚步。我便也不再言语。

走到岛屿中央，他停了下来。他耐心地放好手中的机械，接着调节高度，校准焦距，最后才让我上前。我好奇地问他："这是什么？"他回答说："这叫作天文望远镜。"

"这段时间我一直在做这个，所以才没时间陪你们……来，你不想试着看看吗？"

我好奇地上前，把眼睛对准了镜头。眼前一片漆黑，我试着移动镜头，却什么也看不到。

"行，我只能看到一片黑。"

"你再仔细看看呢？"

于是我重又观察了一遍。这一次，我发现在那浓厚的黑色天幕中，竟然出现了微光。

"行，我看到了微弱的光点。"

"没错。"

"一闪一闪的……它们是什么？"

那些亮晶晶的像碎片一样散在天幕里的光，时隐时现在苍茫的海中。每次我都试图记住它们的位置，一转眼，它们就全跑乱了。

"那是星星。"

"星星？也就是说，在宇宙中也有星星吗？"

"那是当然。"

"那它们和我们的星星有什么不同？"

"我不知道，也许你要自己找到答案。不如，你再试着放大看看？"

于是我学着行的动作将倍数又放大了一点。

"行，我看到了更多的星星。它们连成一片，就像一条河一样，真美……"

"那条星星的河的名字叫银河。"

"银河？这个名字真好听。"

于是我又看了一会儿银河。散乱璀璨的河缓缓淌着，从镜头的一端流向另一端。

"行，我知道不同点在哪里了。"

"你说说看。"

"银河里有很多星星，而我们只有一个星星。"

"不对哟，母星周围有很多星星保护着它。"

"但我们的星星也见不到其他星星……或者说，只有一颗星星是我们的，对吧？"

他笑了笑："那一颗星星和很多颗星星的差别又在哪里呢？"

"只有一颗星星的话，它就有点孤单。但如果有很多颗星星，它们就可以生活在一起了。"

"难道仅仅是待在一起，就可以不孤单了吗？"

我迟疑了一下，摇了摇头。

"你也觉得不是这样的，对吗？实际上，让星星不孤单的，不是它们之间的距离，而是它们之间的联系。"

"联系？"

"对，联系。"

"什么联系？"

"很多都算联系。时间上、空间上，社会关系、亲缘关系……这些都是。只要有这种联系存在，每一个星星就都不会是孤立的，而是被缠绕在一张网中。通过这张网，星星们就能互相知晓对方的讯息，连彼此的命运也紧密相依，这样，不就不孤单了吗？"

"那这么说，我们的星星也……"

"没错。我们的星星和其他的星星一样，都是为了保护母星而存在。它们织成一张网，彼此陪伴着对方。在这种联系下，我们的星星也并不孤单吧？"

我犹豫着："可是，倘若有的星星并不满足于只是联系，它们希望有接触，能感受到其他星星的光和热，那怎么办？"

行摸了摸自己的下巴："这种星星，我们称之为'流星'。它们有着更深的渴望，这种渴望使它们脱离了原来的轨道，最终从天空中掉落。

当它们掉落时，会划出长长的光焰，最后消失在宇宙中。"

"那流星是不是什么不太好的东西？"

"至少对它们自己来说不是。它们积蓄了一辈子的光，终于能在生命的尽头释放，尽管坠落，也能不顾一切地绽放，朝着其他星星的方向奔去。所以在某种程度上，它们也是值得尊敬的。"

"这样啊。流星……"我咀嚼着这个词。望远镜里的夜空闪烁着星光，我突然很希望有一颗星星突然掉下来，好让我见到真正的流星。

星星眨着眼，不语。

"行，我想我今天不该那么说。"

"没关系，你们都只是在学着成长而已。"

"那我们也像星星一样，拥有着联系吗？"

行本来正在重新整理望远镜，听了我的问题，便转过身蹲下，望向我的眼睛。他的显示屏上反映着淡淡的光亮。

"是的，无论多久，我们都是被紧紧联系在一起的。"他肯定地回答。

回去的路上，我问行是否见过流星，他摇了摇头。

"我也只是在书中读到过。……不过，我觉得你以后肯定能见到流星。"

"真的吗？"我想象不到那样的场景。

"真的，我保证。当你看到流星时，就会知道我没有骗你了。"

我没再说话。天穹下的夜空离我远去，宇宙的星星也杳无踪迹，只有我们的星星还挂在空中。辽远的旷原下，我是那么渺小。那一刻所见到的景色永久镌刻在了我的记忆里。

自那以后，每天晚上，星河都会涌到我的梦中。

六

　　我逐渐开始习惯有峰的日子。

　　每天早上，我都会向东边探头望望。如果看到房子里的人也活动着出来，我便会感到喜悦。杂谈式的聊天逐渐变成了我消磨时间的主要方式。坐在岛的边缘，声波源源不断地被天线接收，我的生活因为某种缘分而得以充实。他总是举起左手，重重地点一下头以示招呼，而我则会露出微笑，向他轻轻地挥挥手。

　　我们的话题最初总是由寻常的问候开端。"睡得好吗？""心情怎样？"这类的问候语，常是我们侃侃而谈的开端。从梦境聊到梦想，从身体聊到身世，从心情聊到心灵，不断深入的探讨让我们更加了解彼此。大约因为所见已无什么未解之谜，我们的话题最终总延伸向更加缥缈的事物。情感、思想、死亡和爱，这样的词语竟能从机械的口中说出，仿佛我们只是寄寓在世界上的灵魂，俯瞰着无边的宇宙。他和我的成长经历并不相同，我是被行带来子岛的，而他似乎是一直住在了这里。至少在以往，我还有行和明做伴，但他只是一个人默默地生活着。他是如何度过那段岁月的，又是如何不忘记对社交的认知的，我没有问他，大概那也是他不愿意提及的记忆吧。

　　也因此，他无法真切地体会到我对于"家人"这个概念的感受。

　　"宇，我们只是磁人，不具有家庭关系。"他有时候会这么说。

　　我试图反驳他，却不知道从何说起。的确，他说的是现实——但我想表达的，是高于现实的理想和情感。可他并未体会过，也无法于言语中了解，我甚至不知道该如何表述。每当这种时候，我只能无奈地笑笑。毕竟我连自己的感受是否真实都无法确认。

　　尽管如此，我们的思想在很多领域中都能碰撞在一起。大概是出自相似的孤独，我们对于事物的认知难免都带上了朦胧消极的客观。而对于个体生命的思考，更让我感到现实的偏斜。有时不免想到，自己的孤独只是如尘埃般幽微，行的声音似乎从往昔开始呼唤我：

"宇，我们在做的，是一项崇高的职业。"

大概他还是会笑着说这句话吧。视野焦点聚集，眼前的形象化成了峰的形象。如今，我和峰只能像幼鸟一样抱团取暖，沉陷温暖的现状中。

我曾向他提到行带我看星星的经历。他静静地听我说完了，才问我，星星对我而言是什么。

我有些手足无措："也许星星就是它本身。"

"但在你心里，星星也可以是其他事物。"

我沉吟了一会："嗯……那么，星星算是一种依赖吧。"

"为什么这么说？"

"银河中的星星因为互相依赖而存在，母星的星星也是一样，依赖着彼此的能量转移。对于我而言，我是一个守星人，因此我对星星也算是一种依赖吧。"

"你是想说，你的生活和星星，存在着某种'联系'？"

"应该是这样。"我不确定地说。

他罕见地沉默了一段时间："但是，只是联系，也不够吧？你和星星之间应该是更紧密的关系。"

"那是什么？"

"你想，作为守星人，不仅你的生活是依赖于星星的，你的衣食住行、喜怒哀乐，甚至一切的精神活动和意识，都是依附于星星的，尤其是你一生都将生活在子岛上。如果哪一天——我指假设——哪一天星星消失了，那你作为守星人的职责也会不复存在，你必须以新的身份存活于世界上。到了那时，因为脱离了星星，你的思想会产生新的认识，你的行为会发生新的变化，这时你就会进入一个全新的生命阶段，你会成为一个新的磁人。这种无法复原的改变，是不能只用'联系'来概括的吧？"

"我的存在是建立在星星的存在之上的……所以，我是依存着它而存在的，是这样吗？"

"同样，星星也是建立在你的存在之上而存在的。"他微笑着说，"因为你的认知中包括了它的存在，你才能见到它，你才能成为一个守星人。星星的存在和你的存在，本身就是无法分离的。它是你的生命，你也给予了它你的生命。"

我静静地听他说着。

"那么，从星星的方面进行深化，世界和你也是相依存的。存在本身就是相对的，因此一切才都有联系吧？不过不是事物'拥有'联系，而是事物'需要'联系。譬如我们自身，不也需要他人的存在吗？因为那时候，我们才能感受到自己的生命吧。可我们又孤立地活着，存在于一个叠加的状态中。世界万物的命运交错在一个巨大的空间里，这大概就是宇宙吧。"

我不知道该如何接他的话。他抽丝剥茧地希望探寻到某个真相，而我却只能守着个人的感情兴叹。这时我会感觉他和我隔得很远，仿佛两个子岛间的鸿沟，超越了子岛和母星的距离，跨越了整个宇宙。我望着他的身影，想起我曾见过一个和他相似的人，他们都孤独地试图理解世界，然而孤独只能将他们困得更深。我的眼前出现了一片星河，在漫长的光阴中，星点的光芒连绵流淌。

"我又何尝不孤独呢？"我想，可是我似乎又不能完全接受。我是从何时开始意识到，自己是孤独的呢？或许追根究底，还是要回望那颗星星吧。星星永恒的孤独也许已经慢慢地浸润了我，久而久之，它也成了我的一部分。辽阔的宇宙包裹着每一个人，我们安适于这种空洞和孤独，沉醉在这样的良夜。

但或许，我们不该温和地走入。

我后来曾再次用那台望远镜观星。行和明都已离开，望远镜在经历了久远的时光后显得有些简陋。我把它架在地上，忐忑地将它调好，最后下定决心向镜头里观望。

起初还是一片黑，随着旋钮的调节和镜头的移动，视野一震，那激荡的星光又汇成江洋向我冲来。宇宙像是幽暗的静水，而银河直直地将它贯穿，星火肆然。这跨越了时光的星河不仅冲破了黑暗，也嵌入了我的身体，让我久久不能言语。我产生了匍匐的冲动，那是渺小在宏伟面前的颤抖。

我又一次在夜里想起行和明。无形的泪水从钢铁的脸颊上融进飘忽的银河中。

七

似乎今天有什么不同。自从早上起来，我便出现了这种想法。跟随着内心的声音，我没有像往常一样去找峰，而是站在了房子的门口张望。如同预言一般，我看到一道轨迹朝我的方向划来。

但今天并不是摆渡人到来的日子，这突然的拜访者是谁呢？我产生了这样的疑惑。

我很快就得到了答案。从摆渡船上下来的，正是许久不见的明。他依旧是一副冷淡的表情。

"明，你怎么来了？"我走上前。

"你之前向我提出了回母星修理的申请，经上报后，我得到了今天带你回去的指令。"

"那这座岛怎么办？"

"它会暂时处于看守状态。"他双手环抱在胸前，"我们不会去很久的。你还有什么事情的话可以现在去完成。"

"好，那你等一下。"

我跑到岛的边缘，准备告知峰。他此时正站在岛的边缘，探着头观察我这边的情况。我向他说明今天缺席的原因，他点点头，留下了一句"祝一路平安"，便又走回了房子里。接着我进了房间，将要带的物品放进背包里，随后去找明。明已经坐进了摆渡船的驾驶舱，示意我坐在另外一边。我爬上座位，待舱门关好后，摆渡船就悠悠地起飞了。

显示屏发出的明亮白光提示着剩余的路程，明娴熟地操作面板，让摆渡船平稳进入了规定的轨道。我安静地靠在座位上，寂静到尴尬的氛围萦绕着我。我和小时候一样，都不太擅长和他对话。

"啊，这个船还挺大的嘛。"最终我也只能勉强开了个头，希望他继续接下去。不过这倒也不是假话，平常我只从外面看过，但没有想到内部空间这么宽敞。驾驶舱是不大的，主要空间在后面的货舱。由于今天不是为了搬运货物而来，所以货舱内显得异常空旷，仿佛有隆隆的回声作响。

"嗯，是这样的。"明只是淡淡地接了一句话。我感觉空气再次凝固起来，还好他继续说了下去。"摆渡人一趟要去往几个子岛，既要发配也要接收，因此摆渡船要有巨大的空间来储存。"

"但是摆渡人不是在一定的时间内才来一次吗？剩下的时间你们会做些什么？"

"实际上，摆渡人算是一个'兼职'。平常我是有其他工作的。"

"原来如此。明，你平常是做什么的？"

他稍微沉默了一下："我是……我是在抚育所做护工的。"

"抚育所？那是一个什么样的地方？"

"照顾那些新被制造出来的磁人的地方。"他简短地说。

我后来才了解到，因为新生磁人是没有监护人的，为了确保安全，城市里存在着许多抚育所。等到更换完第二具素体后，他们才能离开抚育所去工作。

"原来你离开子岛之后，去了这种地方啊。"我笑了笑。

他瞟了我一眼，随后继续看向前方，无法得知他是怎样的情绪。我感觉又陷入了莫名的尴尬，于是试探着问他："那你在抚育所都干些什么？"

"我们什么都做。我们需要讲解知识，也要照顾他们的起居，有时还需要处理一些突发性的损伤。"他的语言像官方回答一样干脆。

"听起来，你做的事情和行很像呢。"我说道。

当听到"行"这个名字时，他眼神颤动了一下，旋即恢复了平静。这仿佛是什么开关，让他没再言语。我不知这是为何，但也没有再开口。

子岛和母星间的距离缓慢拉近，母星灰色的躯壳逐渐放大，表面的纹理化成了城市和建筑。我已经对母星没有任何记忆了，因此我能感受到的只有惊异和好奇。摆渡船降落在一处机场，旁边的工作人员围上来查看明的证件，我坐在一旁兴奋地东张西望。这四周是金属的墙壁，地上大大地画着一个用圆圈围起来的"P"，机场工作人员的头部涂成了有辨识度的橙黄色，让他们在昏暗中格外显眼。

明带着我下了船，穿过几条幽深的走道，我的眼前突然一亮。

并不是由暗变明，而是视线突然被打开。

被称作"汽车"的银白色的交通工具悬浮在地面上行驶，许多搬着资料的文员在楼内外进进出出，负责整理城市各方面的资料，还有一种车厢一节节的大型交通工具沿着轨道运行，向铸炼炉运送着材料。繁杂而喧闹的城市环境，涌动的人流，我好像失去了实感。这些在明眼中不足称道的事物竟让我有种奇异的感受。我就像从一口井中跃出，看到了井外的世界一般。

然而不知为何，我感到一瞬间的寒冷。我明白那是自我神经中传来的冲动。虽然子岛的孤独让我寂静，但这样的喧闹却带着独有的肃穆。人们步履匆匆，从不驻足，仿佛被无形的线牵引着，上演一出庞大的戏剧。他们面容平静，眼神看向虚无。

"明，这是怎么一回事？"我追上他，问道。

"这就是母星的生活。"他淡淡地说。

"那些人，他们真的还是磁人吗？他们难道不是真正的机器人吗？他们……"

"你觉得你有什么不同？"明突然回头打断我，"你难道不是机器产物吗？"

"但是，"我迟疑地说："我们……"

他没再理会我的回答，自顾自地向前走去。

明带着我走进一栋白色的高楼，几个挂着工牌的磁人围了上来，明替我说明了情况，随后让我跟着那几个磁人走。他们带着我上了四楼，穿过一扇铁门，让我将随身物品放在门旁边的置物架上，随后躺在中心的铁床上不要动。床旁有一张硕大的显示屏，几条细长的机械抓手从其后延伸出来，垂在地上。另外一侧有一个金属托盘，放着些许器具。正当我扭头观察时，一条机械臂忽然活动起来，探向我的颈后。我感觉一阵晕眩，昏昏沉沉地失去了意识。

等我醒来时，已经躺在了另外一间房间里，明坐在床旁的椅子上，扭头看向窗外。我勉强睁开眼，确认自己恢复知觉。

"明，刚才是怎么回事？我好像直接晕了过去。"我勉强直起身来，惊奇地看向他。

他转过头来。"刚才是对你的机体进行全面的检查。为了防止你乱动，所以让你暂时失去了意识。"他看向手中的病历单，"据检查结果，你有部分零件老化，明天就能给你换上新的。还有，你的随身物品放在那边的柜子里。"他指了指靠墙的一个柜子。

"这样啊。"我苦笑了下，"感觉我真的是对母星一点也不了解呢。"

"毕竟你上次来，还是在更换第二次素体的时候。"他耸了耸肩。

"对了，你不去抚育所吗？"我问，"我现在活动并无大碍，你不用留在这里。"

他犹豫了一会儿。这是我第一次看见他流露出某种复杂的情绪。

"我已经和那边请了两天的假了。"他说。

我有些疑惑，想问他原因，他却似乎并不想聊这件事，很快转移了话题："宇，今天早上你告别的那个人，是另外一个子岛的守星人？"

"嗯，他叫峰，也是一个守星人。这次更换轨道后，不知为何我们的岛之间挨得很近，可以互相通信。"

"这样啊。"他把脸别了过去。

"能有这样一个同伴陪我打发时间也真是幸运了。你也知道的，守星人的工作就是这么单调。还记得吗？当时行总是坐在摇椅上，你总是在看书。"

他没说话。当我说起守星人的生活时，他的脸上有点苦涩，让我有些在意。

"怎么了？你似乎在想些什么？"

"不必在意。"他轻轻地摇了摇头。

明好像有话想要说出，却一直没有开口，只是冷淡地搪塞。他和记忆中相比并没有变——我想。

他默默地站起身来，走到窗前，向窗外看去。

"明，好像上次我们这样聊天，已经是很久之前了。"

"确实是过了很久。但这也是没办法的事。"

"当初我还以为你会和我一样，选择留下来做守星人呢。"

"但可惜最后我没有这么选择。"

"那如今，你喜欢你选择的结果吗？"

"说不上喜欢，也说不上不喜欢。我们经历的很多事情都是这样的。"

"明，"我直起身来，"你现在能不能坦白地告诉我你内心的想法？"

他沉默了。

我们无法用形象的语言去描述一种感情和思想，因此有时避开是更为明智的选择。

"尽管你躲避，你的心里还是清楚的，只是你选择闭口不谈。"

"你不必装作理解的样子。"他叹了口气。虽然他背对着我，但我仍能看到他的头低了下去。"为什么你总是想要试图了解我呢？明明我已经明确拒绝过你了。"

"因为我们是家人，明，我们应该互相扶持，互相了解。"

"不，我们不是。我们只是一群曾经住在一起的机械，时间不会让我们产生所谓的血缘关系。"

"你真的这么想吗？难道我们的生命之间不会产生任何的联系吗？"

"当然不会。说到底，我们和陌生人又有什么差别呢？"

"如果行在这里，他听见这些话一定会伤心的。"

"别傻了，无论怎样我们都只是机械的产物，所有的情感都是我们模拟出来的罢了。"

"那对你自己而言呢？难道没有一件事能让你产生情绪波动吗？你就这么想否认你的情感的价值吗？"

他又叹了口气。

"如果失望算一种情感的话，那我确实有。我对于你像流浪般到处寻找归属感的行为感到失望。"

他的话如同一柄寒刀刺进了我的胸口，让我即使是呼吸也十分煎熬。他保持着望向窗外的姿势一动不动，像是一尊塑像。

"你不能这么说……"然而我的反驳却如呜咽般细微，"我只是……"

"你只是想强行控制我，不是吗？你以为你和我不是一类人，所以想改变我，把我同化成你所希望的模样？可是事实却不是这样。——你和我是一类人。"他忽然转过身来，漆黑的显示屏上不见一点光，"你和我都是那种差劲至极的人。"

"你不能这么说……"我重复的挣扎立刻被他的言语碾压过去。我试图摇头来否定他，但他依旧无动于衷地说下去。

"宇，我们不能得到任何人的理解。你以为自己和我不同，只不过你是在逃避这既定的事实罢了。你觉得把希望寄托在虚无的情感上，就能从根本上改变你吗？不可能的，你只是用虚假的美好来填塞你的幻想而已。行同样也是，你们都太理想化了。磁人永远都不可能得到和世界的和解，我们永远都只能是孤独的。"

"不是的，不是的……"

他讥讽一笑，转为凄凉的神情："你知道吗？我原本以为你和我是不同的。你说，我只是在封闭我自己，在那一瞬间，我竟真的相信了。可实际上那只不过是你制造的一个假象罢了。等我想清楚，想找你好好聊聊时，我却发现你们都不在家里——然后我去寻找，看到你和行在观星。观星？在那种时候？你们口口声声的理解，就是这种装模作样的谎言？如今你还装作想要理解我的样子，可笑。"

他说不下去了。他退后几步，倚在窗户上，把脸背了过去。

"明，对当时的事情我很抱歉。我的本意并不是那样，行也并非……"

"现在再去谈过去又能有什么用呢？不用再说了，什么都不会因为今天而改变。"

他深吸了一口气，直直看向我，然后说道："一直都是如此，你根本不能理解我，不能理解任何人。"

八

我是明。

其实我来抚育所工作的原因很简单，我和宇都是从这里离开的。可能他已经不记得了吧，但我还记得，至少从那时起我就记住了他。

小时候，我就发现自己难以和他人相处。他们总是能很自然地说出自己的想法，表达自己的情绪，而我却很难找到语言去形容自己的感受，我不知道该如何表达，所以只好用沉默应对。渐渐地，其他孩子熟络地玩耍时，我就一个人坐在一旁。我不是嫉妒他们的快乐，只是不明白，情感到底是何物。

但宇不同。像是和我互补一般，他热情开朗，活泼积极，在孩子们中一呼百应。无论他走到哪里，都会是人群视线的焦点。即使是我，有时也会有些许羡慕他。他如同一道灿烂的光芒，散发着无穷的热量。当他经过我身旁时，他的光热便会把我的寂寞灼烧殆尽，让我的存在一片狼藉。或许羡慕早已变成了嫉妒吧，此时的讽刺，大约也是自小压抑的情感的爆发。

行来的那天，所有的孩子都很兴奋。大家不知道他的来历、身份，也不清楚会被带去做什么，只是知道被他带走之后就会去很远的地方。孩子们还困在抚育所的象牙塔里，连社会中的职业有哪些都不清楚，只是一味地渴求生长。离开抚育所，快点长大，是他们当时共同且唯一的愿望。

行那时就站在教室的门口，还未老化。老师让他选择孩子带走。他一眼就挑中了我和宇，这让我非常惊讶。我并未对未来有任何迫切的愿望。把我们叫出来后，他问我们两个愿不愿意和他一起离开，说这一走就是很久。宇欣然同意，我也没有反对。随后老师让我们去收拾东西，宇走在前面和行热切地聊着，我走在后面默默地跟着。

当摆渡船第一次降落在我们面前时，行又重新问了我们一遍那个问题，是否确定和他一起走。我回答他说，我不知道我的未来是怎样的，因此我无法做出决策，但我愿意遵从他的想法。他听了我的话有些诧异，然后对我一笑。他问我叫什么名字。

我告诉他，我叫明，明亮的明。

"明，"他重复读了一遍，"明，你好。"

作为守星人的生活和我的想象有很大不同。虽然行在摆渡船上已经告诉了我们这是一份枯燥的工作，但我还是没有想到寂寞原来就已是它的全部。摆渡人送来的金属废料往往在期限的一半不到就能完成回收，而剩下的时间只能慢慢消磨。这时我发现了行的藏书，由于我一直有读书的习惯，所以我自然而然地投入到了书籍的世界中。行也从不干涉我的阅读，有时获得了新书，他还会拿来分享给我。

然而有时我却感到彻底地迷惘。我阅读原本只是为了在打发时间之余来充实自己，但似乎我并未因此得到慰藉或满足。不如说，我感到越发空虚——不，我无法描述那种感受。它像是不可直视的阴影，汲取着我周围世界的色彩。我先前的岁月和当下原本并无不同，可之前我就算是一个人独处也不会孤寂，而现在我却莫名地感到寒冷。好像这座孤立的岛，把我的灵魂和世界也隔开了。我害怕了，明白这是我自己的战争，我渴望得到他人的帮助。可我无法说出，又有谁能来拯救我呢？于是我转向更多的书籍，希望那些文字或知识能使我变得充盈。但这不过是徒劳。书读得越多，所接触到的内容也就越多，就像一座洞穴，最初只是一线隙缝，到后来却会越来越空旷。我越往心灵的深处走，那心的裂口便越大，我越发知道自己无法更充实。最终，我站在空落落的心中，过往的知识都在我的身后。

可能是因为我本来就不善于表达，所以，行和宇都并未发现吧，也可能他们从一开始就认为我一直都是这样。我对待生活的沉默，渐渐被曲解成了愤世的逃避。他们所说的情感和联系，若我不能否定，我又该如何存在呢？——我不愿意相信自己是和世界不相容的那个人，我的生命转变成了对他人信念的否决。既然如此，那我们本来就应该只是机械的产物吧。那些被模拟的电信号无足挂齿，真正的情感根本无从寄托。行是，宇是，我也是。每个人都是孤立的存在，尽管在某时人们会相遇，但也无法真实接触到他人。最后，我们每个人都飘散成了一座座孤岛。

可宇总是在我的眼前。他是我的准则下的异类。

或许宇是正确的，或许他说得对，我从一开始就封闭了自己，才会像如今这般惶惶不可终日。我自始以来的一切伤悲，在理解中都能得到释然。我走出房门，想要告诉他我明白了，想要告诉行我们其实是一家人，想要告诉世界我不再是孤独的——

可他们人呢？他们在做什么？他们在击溃了我之后，在其乐融融地观星？我转身逃跑，跑向房子，跑向书籍，跑进只有我自己的世界……

所以果然，我们每个人都只能是孤独的。我沉沦在书中，只是为了躲避现实内心的叫嚣。我想起了那颗挂在垃圾山山巅的星星，它是如何做到在出身浊秽之时，仍然有着高洁光芒的呢？直到现在，我也不时会仰望那远在天幕之外的星星。万千的光点泼散开，才让我感觉自己能超脱出尘埃。

如今我来到抚育所工作的真正原因，也尚未能解释清楚。大约是我想把自己的影子投到他们身上去吧。那些孩子渐渐远去，仅我一个人留在孤独的宇宙中徘徊。那伴随着我生命的孤寂，从未随之消融。

然而我还是回到了这里，回到了抚育所，回到了宇的身边。看见他震惊而木然的样子，是我想要的吗？但我是没有办法理解他的，因此我不知道答案。

现在我可以离开了，而此时此刻，我仍没有感受到任何满足的感受，好似我的心从生命的起初就是空荡荡的。

这真的是我想要的吗？否定自己过去的一切，否定自己的情感、自己的记忆，只是为了得到一丝一毫的宽慰……我现在不是还在逃避吗？

那我当时请了两天的假来陪宇，又是因为什么呢？

心里的洞变得越来越大了，完全没有任何修复的迹象。

床上的宇也冷静了下来。他走下床，慢慢地从柜子里拿出一个背包，又把包打开。包里装着的不是他物，只是一堆被拆分的机械部件。

"明，我不知道我接下来做的是否能改变你的想法，也不知道你是否能够接受，但希望你能等我组装好它。我曾经说过的和未曾说出来的，都在这里面了。这份礼物不是我送给你的，是行在很久之前想送给你的。他从未放弃过你。"

宇坐在床上慢慢拼起来：先是一些螺丝和旋钮，再是一台金属支架，他又从背包的夹层里拿出一根收缩的镜筒。渐渐地，那些零件拼接在一起，现出了它的形状——

一架天文望远镜。

"我见过它。这是那天行送给你的。"

"明，我想说，你刚才完全弄错了一个点。"

宇紧盯着我的眼睛，这是我第一次看到他如此坚定。

"这只望远镜不是行想送给我的，是他想送给你的。"

事到如今，你还要开这种玩笑吗？

他摇了摇头："明，那你来看看这里。"他把镜筒横过来，那上面轻轻地刻着一个字：明。我认得那是行的字，也知道那刻的是我的名字。

"这是行想送给你的礼物，明。"

"……但是，最后他还是把它送给了你，不是吗？"

宇轻轻地否认："行的本意并不是如此。——因为，他根本就认不清我们两人。

"行根本没有想到，由于自己太久没有见过其他人，他的认知区域早已出现了问题。这种症状表现为无法记住某人，总是会把人弄混，而行甚至已经到了不能辨认声音和外貌的程度了。由于独处，他一直没有发现。直到我们三人在子岛做伴时，他才发现，自己根本就无法区分我和你。

"于是他试图从身高、力量等方面区分我们。那次我们打架，你过于激动，才将我按在身下。平时我的力气都要比你大，于是行便认为那个被打的人是你，于是把这个望远镜送我。行根本就不知道他给错了人。这原本就是他给你准备的特别的礼物。那时候我也没有仔细检查，只是收在了自己的房间。直到前段时间，我才发现这个标记。

"明，你现在知道了吗？有的人不仅是不能理解他人，甚至连他人都辨认不出来。这很好笑吧？明明连人都分辨不了，还妄自说着什么相互的联系。——但是就算我们互相不能理解，就算我们有一天都忘记了对方，我们还有一件事，那就是去爱。我们从最初便一无所有，只是靠着爱而生活下去。因为爱，我们才能互相理解。

"明，如果你要问我这份爱的根源在哪里——那是因为我们是家人。"

当我将望远镜对准星空的一刹那，我突然理解了为什么行会带宇去看星星。

深邃的黑夜完全吞没了我的视野，也包裹住了我的心脏。我沉沦在这样的夜里。繁星刺破了黑夜，透出一点光来，随之而来的是千千万万的微光。星星在我心上漫开。它们站起身来，穿着洁白的纱裙，伸展灵动的身躯，在夜空下合唱。心上的星星也冒出芽来，带我挣脱黑夜的桎梏。它们唱着、跳着、笑着，渐渐把夜空染得透明，绽放新的色彩。心也在挣扎着，好似第一次拥有了活力，终于，一道白色的光劈落，将黑暗照得无处遁形。星星冲出镜头，撞进了我的心里。

乳白色的银河将我涤洗干净。

原本我以为宇已经睡了，才在他床边的窗户观星，此时他却突然开口说起话来：

"明，我们每个人都不会是孤立的。像星星一样，我们之间总有着联系。无论时间过了多久，无论距离多远，只要还有一分光亮着，那纽带就不会断绝。因为我们永远是家人。"

我回头看向他。他的眼里熠熠生辉。

"就算是磁人，也是有'人'的一部分。我们同样拥有爱，拥有理解。"

"事到如今，我们才能理解对方，未免也有些太晚了吧？"我勉强地笑着。

"不，我倒不觉得晚。至少我们在这一刻能够了解对方。"宇笑着说。

"但是过了今天，我们也只有在交接时会见面了。而且我不一定每次都能分到你那座岛。"

"那也没关系，你还有抬头的权利。当你觉得不能被理解时，就抬头看看天吧。我就在其中的一颗星上。既然你不知道我在哪颗星，那我就可以在任何一颗星上。因此只要你朝着星星呼唤我，我就能给予你回应。"

我望向刚才的窗外。母星的天空缀满了淡黄色的星星，每一颗星星仿佛都在微笑。

我从未想过哪一天，我的孤独能被理解取代，我的空虚能被充实填满。内心里的壁垒最终由我自己亲手推倒。直到今天，我终于感觉到了自己的心存在着分量。星星摇动着，我摘下一颗放进心里，摘下一颗放在胸前。以后无论我走到哪里，哪里都会有光。

——或许我能算是一个编外的守星人。我站在母星上，仰望着宇宙中的星辰。放在心里的那颗星星，也会野蛮生长，扩散成一条银河。

九

"听起来是个好结局。"峰在我结束讲述后，才这样说。

"算是——了解了一个心结吧。"我犹豫着不知该如何作解。可能也不算是心结，只是一片被遗憾覆盖的记忆。或许我们都是因为过去而踌躇不前。

"其实听完有些感慨，毕竟我是从小一个人在这边长大的，也没有回过母星。你能有一份相对温暖的过去，也算是幸运了。"峰笑着叹了口气，"所以我想明说的也不无道理，总有人无法理解，也总有人不能理解。"

"所以人们才会孤独。"我接道，"因为人们无法完全理解。我们会思考，会有独属于自己的想法，才不能完全置身于他人的世界之中，所以存在了孤独吧。"

"你是说，人们有了思想，才有了孤独？"

"大约如此。明的孤独也应该是他的思想只进不出。他的想法受困于他的身体，他才会孤独至此吧。"

"那从这里就可以引申出一个有趣的命题：孤独是否来源于我们的思想？"峰笑着说。

"若是孤独来源于我们的思想，那我们生来就是孤独的。因为我们不可能没有思想，身处的环境让我们有不同的境遇，自身生理条件的不同也让我们存在着不同的选择。这所有的差异最后结出了观念的果实，所以我们每个人都有着不同的观点和看法。但既然我们生来孤独，那孤独就应该是我们的属性，追求理解反而成为违反自然的道路……

"尽管那些差异各有不同，像树梢的分叉，它们也都有一个最初的起点，这个起点就是人们的信念。因为决心的方向不同，人们才会踏上不同的道路，最终得到独有的成果。也就是说，我们所追求的事物决定了我们的未来。尽管未来各有不同，不过究其根本，我们的本源都是相同的。"

我点点头。

他接着说了下去："所以我们的不同，来源于我们的未来。未来的结果在未降临时就影响着我们的过去。那么，假如人们没有追求、没有选择、没有思想，每个人都是相同的，那是不是就是真正的'理解'？没有了对错，人们就不会被约束于善恶观；没有了差异，人们也不再会有分歧和猜忌。每个人都是一个集体。到了这时候，才有了完全的理解，不是吗？"

"但如果人们已经失去了思考的能力，甚至不知道何为理解，它还能算得上是理解吗？那只是将集体的意识灌输于个体上，是强加的。而理解，本应该是心灵的碰撞、思想的交汇，若只剩下强制的统一，人们也不再会有思考，更不能去理解。"

"所以，人们不能失去他们本身的思想。同时，思想又带给了人们不同的视角，这种视角使人们永远无法设身处地地理解他人。那么，理解本身不就变得徒劳了吗？所以你先前说得没错，人们本就不应该追求理解，也不可能做到理解。"

"不对。人类之所以会有差异性，正是因为他们需要理解。人本身就有着分享欲。我们希望和他人相处，希望向他人敞开自己的内心世界，希望找到理解自己的知己，这都是因为我们的不同。我们孤独，我们不同，但这并不代表着我们不能去尝试。或许这个世界上就不存在着完全的理解，宇宙里也没有哪两颗星完全相同。但也许仅仅是尝试就够了。不需要结果，只需要过程。若我们因为思考而孤独，那是因为我们尚处于稚嫩的阶段。当迈出尝试理解的那一步时，我们就不再孤独了。至于结果，不过是后话。"我深吸了一口气，"换而言之，我们的孤独实际上并不来源于思考，更不是我们之间的差异，而是我们的懦弱，我们害怕无法被理解而畏缩不前，使我们瑟缩在自己的世界里，才有了心灵的孤独。而理解并不需要结果，尝试已经是它所带来的最佳结局。"

我长长地说完一段话，就像把我心中一直困惑的浊气一下子吐了出来。有些地方我本来还未想清楚，不知为何，那些朦胧的想法却自然地组成语言说了出来。我突然发现自己的思想好像在我未留意时就已经形成。峰似乎也久久思索着我的话语，并未反驳。他最终释怀地笑了，缓缓地对我说：

"宇，我一直在寻找某个真相，为此我思考了一生，也迷途了一生。不过你大概快触碰到了吧，现在你已经站在它的面前了。"

"……我不明白。我从未想过寻找什么真相，我只是在思考我自己罢了。"

"不，那也足够了。你还尚未清楚地认识它，只是因为你还没准备好。宇，你能改变我们，能改变所有的磁人。"

他的语气忽然放得很重，让我一时迷惑不解。

"我不理解你在说什么……"

"你会的，宇。你会成为一颗星星，你会成为一道光。"

躺在床上，我抬起手，望着我的手掌发呆。峰的话让我依旧迷茫不解，我不明白他说的"真相"到底是何物，也不知道自己能做些什么。我所做的只是一直踯躅于我个人的情感罢了。此时指节的活动也似乎那么不真切，就像那已不是我的手了一般。放空着，目光似乎越过了掌心，穿过了屋顶，映出了星空。宏伟的星河流转着，覆盖住我的视线，包裹住我的身体。万千光点中，忽然有一点光开始松动，它摇曳着，震动天穹，直直地划破银河。它的光热瞬间无限地增大，熔成一颗白色的球体，在夜幕上留下淡淡的长痕。坠下星海，没入黑暗，消失在视线的尽头，一切都完成在一刹那。我知道那是什么。行告诉过我，那是流星。它们隐忍了一生的光焰，酝酿了上万年的渴望，终于在生命将尽时得以燃烧。那这道流星呢？它也有着某种渴望吗？

或许那不是一颗流星，那只是我的心在坠落。仅仅做一颗茫茫银河中的星星就能够满足吗？仅仅像围绕着自己的轨道运行般活下去就是我所能做的吗？我又为何而驻足呢？

我又飘荡在了沉浮的思绪中。然而这一次，我所见的不是朦胧的黑暗，也不是清明的痛苦，这里只剩下我自己。我一直蜷缩在自己内心的一隅，而如今我终于能站起来了。一束淡光幽幽地照进，像一捧馥郁的花，在雾霭中舒展。我蹒跚地向它靠近，但越走近，它似乎却越是远离我，越是渺小。当我即将触碰到它时，它凝结成一点，融成了暖黄色。它变成了一颗星星，静静地挂在岛的空中。

十

当我抬笔写下第一篇日记时，是怀着怎样的心情呢？我是否会想到现在的生活呢？随着沉溺于当下，我开始觉得过去的记忆是虚假的，而现在的我才真正地活着。我甚至无法想象如果未来自己重新回到一个人的生活，会多么痛苦。

然而虽然事情接连不断地发生，我也试图用文字来记录它们，挽留住一段岁月，但它们终究还是过去了。时间平等地对待每一秒钟，当下如同过去所有的日子一样，如梦般闪过。

我曾不止一次地幻想，要是这样的日子能够永续，那该多好，但这样的愿望总是不能实现的。小时候，我希望我和行、明能够一直生活在一起，等长大了点，我又希望行不要因为衰老而离我而去，到后来，我希望能够在母星多停留一会儿，而现在，我重新许下了这个愿望。我已经不记得自己有过多少虚妄的愿望了。要是世上真有神灵这种东西的话，我的愿望也该"心诚则灵"了吧。但许是觉得我太贪心，每当我许下这样的愿望时，很快就会被重重地扔出来，被迫适应另一段时光。

话说回来，磁人相信"神灵"的存在，不也是挺可笑的吗？明明是机械的产物，却相信自己能够拥有真实的情感，甚至是虚无的神明。可当在你已经明确知晓事实是无法改变的之后，就算是一根脆弱的藤枝，也会成为掉落山崖者唯一的希冀吧。

那时行还坐在他最喜欢的摇椅上，不过因为严重老化，已经很难再自由活动了。再过几天，他就会被摆渡人带回母星，他的躯壳会被粗暴地扔进铸炼炉中，熔化成原料。不久之后，从这副躯体上便会成长出另一个磁人。他会接受他的名字，履行他应有的职责，然后汇入千千万万的磁人中。

和行一起离开的，还有明。不过，他们二人的结局截然不同。一个走向了终结，一个走向了开始。我问行，是不是我们分别的结局是必然的。

他笑了笑，挣扎着抬起头："就是这样，你说得没错。"

那是我第一次听他语气如此肯定。说完后，他的脑袋重重地垂下，再也没能抬起来。

峰也说过类似的话。他说："文明就是在这样的阵痛下成长的。生命总有周期，而时间是流淌的河流，一代人只能在属于他们的鹅卵石上刻下痕迹，水却即刻浸润了它，然后将它遗弃在历史中。生命不过是发展的血肉，渺茫如天空的繁星，存在与毁灭在宇宙里都无关痛痒。一颗星星的坠落或闪耀，沧海一粟，不足挂齿。"

"但对于他们自己来说，并不是如此吧。"我反驳道，"每个人都是从自己的思想中得到答案，每个人也只能从自己的视角来解答。对于个体而言，或许正是因为时间从他们身上碾轧而去，他们才想追逐它、制服它。这是一种古往今来，甚至未来也会存在的浪漫的幻想。一锹锹可以移走山脉，一粒粒可以填满大海，仅仅追逐就能靠近太阳，人们一直做着不切实际的梦，但正是这种梦让他们有着更宽广的追求。为了某种梦而活着……难道我们不都是这样的吗？那我们又怎么能被认为是微不足道的呢？"

"但是追根究底，我们也只是机械的产物，本来就不会做梦吧。"峰好像露出了苦笑，"或许你口中的梦，只不过是一种假象罢了。是我们为了适应生活、为了让自己活下去，而欺骗自己的一种方法。也许只是你不愿意承认自己的生命是无价值的。我们活着，然后死去，这就是我们生活的全部。"

"如果是从虚无的角度出发，那万物都是虚无的。我所见的世界只不过是一场幻境，我们之间的对话也不过是喃喃自语……但是，我依然可以从这样的虚幻中感受到什么。这种感受不也是真实的吗？即使我们的情感真的只是一些拟真的信号，即使我们所追求的也不过是黄粱一梦，那又如何呢？只要我们能够感受到，这对于我们而言就是存在的吧。或许我们的结局无法改变，但找到了为了什么而活，也能改变我们所经历的风景吧？"

峰沉思了一会儿："那你是为了什么而活呢？"

"……我不知道。也许，我是为了不再让自己孤独而活。"

"那么，你觉得你想要怎么做，才能实现它呢？"

"触碰。磁人是触碰不到他人的，不是吗？也许正是因为这种物理上的隔阂让我们渐渐在心中也建立起壁垒，阻碍了理解的过程。我们无法直接获取思想上的洞悉，但我们可以从现实做起。我相信这种现实的触碰能够成为心灵的接触。因此我希望能用我的手指，来触摸别人。"

"但是你是做不到的。磁人的身体决定了我们无法相触。"

"所以，我才要去做。我许下过很多愿望，可都无一例外地消散在了宇宙中。它们没有得到回应，我也渐渐习惯于这种徒劳的指望。不过，我们真的要就这样活着吗？碌碌无为，如水中捞月般存在？我想要的不是这种生活。我明白它无法实现，或许，我还将赌上我的全部来实现它。但这正是我向往的。"

"如果真有那天的话，我会在这里等你的。"峰似乎笑了。

"我肯定会的。"我像是在对他说，也像是在对自己说。

我不知有多少次问过自己这样的问题。时光什么时候才有尽头呢。过长的花期让我们以为能够葳蕤地蓬发，而最终只能是衰竭地枯萎。我们似乎已经习惯了这样长时间的轮回与折磨。和峰待在一起的时间越长，越是不愿意回到那些一个人孤独的日子。同样越是相处，我越是感到焦虑的压迫。我似乎在受到一种新的懦弱的胁迫。

我这一生犹如一朵鲜花，在我这一生里，又能有多少次盛开的机会呢？我又该怎么承诺，何时是最后的谢幕呢？或许我寻找的不是什么冠冕堂皇的理由，只是因为我畏缩了——我看到了自己生活的可能性。

我这样的想法太过激了吗？

若我未曾见过其他星云，我运动的轨迹又怎会向谁偏移？而此时银河的璀璨的星光，把我的荒凉映得更加荒凉。独留我孑然一人，徘徊在晨曦未及的土地上。

是啊，我已经来不及脱离这种生活了。但想象一下，若有一天，在你无穷无尽的时间中，另一颗与你相似的行星出现在了你轨迹的尽头，只离你咫尺之遥，甚至在你掠过它的身旁时都能感受到它的一颦一笑，你又怎能不竭尽全力地接近它呢？又怎能不为此而发光、燃烧呢？又怎能不为此而坠落呢？

——坠落，像流星一样坠落。像流星一样，让自己的光芒至少能在最后一刻灿烂。

或许我的结局也会像一颗流星，绚丽而悲伤。不过至少，我能用自己的光和热，来让我靠近哪怕只有一微米，让我不再孤独。

十 一

世界开始崩塌。深渊泯灭了脚下的土地，破碎的光沫蔓延到房屋，最后整个宇宙都布满了裂缝。俯瞰视角下，只有我爬上正在崩解的垃圾山，一寸寸地向星星接近，仿佛试图保护它。银白色的金属汇成巨浪，又如擎天的高柱，直入墨色的宇宙，在深黑中透出一丝光亮。一切都在裂解，即将失去平衡之际我终于窥见了星星的正面，它温柔地静止着，是动荡的世界唯一的支点。而当我触碰它时，它忽然碎了，淡黄色的碎片射入我的身体，夺走了我的视线。我脚一滑，从最顶端掉落，直直落入土壤的裂口之中。

然后我一下子惊醒。但这噩梦似乎还未结束，我脚下的土地真的在颤抖着，就像是在预告着某些事情的降临。而等我出门查看时，一切又再次平静下来。

这座岛还是老样子，仿佛既不曾在过去改变，也不会在将来变化。我慢慢地向前走，警惕着四周。寂静的真空填塞着我周围的环境。

视野里的远处，出现了一样不同的东西。我向它走近，竟发现那像是一截航空器的残骸。这残骸斜着插入地面，顶上的大部分区域已被烧得漆黑，只剩下一些残存的金属片，仿佛被巨力生生折断，而底部也因冲击力导致扭曲。幸好，这个航空器的门还能用蛮力强行打开，被烧脆的金属外壳不舍地从机舱上剥离。

我小心翼翼地踏了进去，四周的构造大多都因为冲击而损坏，但依稀能分辨出原来的模样。这里似乎只是航空器的一小部分，舱壁上的架子都随着墙壁的凹陷而扭曲，地上有些器具也裂成了碎片。内部的白色背景和混乱的场面形成了鲜明的对比，找不到任何生命的痕迹。我试着再向里面探索，找到了半截损毁的梯子，爬进了上面的舱中。

这里大约是航空器的副控制室，尽管能分辨出控制台和操作室等的位置，但很明显，在这样的灾难之后，什么都不复存在了。我尝试寻找着有关这个航空器的信息，不过雷达和控制面板都已经被严重破坏，只能了解到这架航空器应该是在很久远前就已经出发了。接下来的事情应该报告给母星了吧，交给那边的人处理。这样想着，我又爬下了梯子。

"有人在吗？"

一个声音在我身后响起。我吓了一跳，这里不应该有其他人才对。转过身去是一面亮起的屏幕，表面的膜被砸出了一个大洞，我刚才以为它已经坏掉了。然而现在确实有声音从这面屏幕后呼唤我。屏幕发出幽幽的蓝光，我不由得靠近它。

"有人在吗？"

屏幕后面的声音还在重复地呼唤着。

"我现在是在哪里？有人可以回应我吗？"

我调整了下头上的天线，试图接上这声音的频道。

"喂，你好。"我小心地问候。

"啊，太好了，有人的声音！看来我终于回来了……地球！我终于回来了！"

这声音欣喜若狂，反而让我更加摸不着头脑。

"什么是地球？我打断了他的欢呼，"你是谁？"

"你能和我说话，却不知道什么是地球？——这怎么可能？那这里是哪里，现在又是多少年了？"他逐渐从狂喜中冷静下来，"不可能啊……"他焦虑地自言自语道。

"这里是母星，至于年份，我也不清楚……"我回答他。我并没有说谎，实际上，磁人通常只拥有每日的时间记录，并没有年份的记载。尤其是守星人一直待在岛上，更不会特意去记住时间。

"母星？我从来没有听过叫这个名字的星球。"声音似乎在自言自语，"不应该啊，回程地点设置的是地球没错……"

"这里不是地球，你所在的是母星周围的一座子岛。"

"不可能！这里绝对是地球！这里内置的雷达虽然也受到了破坏但还能工作，这个坐标一定是地球。"声音坚定地反驳着，让我疑惑不解，"你是谁？你有什么目的？"

"我只是一个守星人而已。你的航空器降落在我的岛上，所以我来检查。"

"守星人？母星？我从来没有听过这些名词。该死，也不知道现在的时间，根本弄不清楚发生了什么……"

"看来我们两个人都不能理解现在的情形。"我尽量使语气变得和缓，"那不如，我们先介绍下自己的情况？"我想用这种方法来让他冷静下来。

我将关于母星的信息告诉了他，同时还有磁人的历史和我作为守星人的身份。他一边听我讲着，一边不时发出倒吸冷气的声音。等我讲完所有的事情后，他焦急地问我说的是否属实。我给予了他肯定的回答。

在一段很长时间的沉默后，似乎下定了某种决心，他叹了口气，告诉了我他的身份。

他说："我生活在一个叫作'地球'的星球。因为持续的开发和改造，这个星球产生了不可逆的损伤，最终将导致这个星球的崩解。为了从这种末日危机下逃离，一个为了寻找新的栖息地而探索远方星球的组织被紧急建立起来，我就是其中的一员。我和三个同伴一起，进入了这架航空器内，同其他执行任务的小队一样飞向宇宙的深处，探索其他宜居的星球。但是，在飞行的途中，航空器的控制台发生了故障，暂时与地球总部失去了联系，我们的执行期限被迫延长到了无限期……尽管飞船里储存有超量的补给，但饥荒还是发生了。他们不得已地一个个进入休眠，然后等待死亡……

"我们在出发时曾宣告：不达成任务誓不回航。我们自己也都是这么相信的。但最终，这里只剩下了我一个人。我在死前做了两件事：一件事是将目的地改回我们的出发点——地球；另一件事就是将我的意志做成人工智能，保存在这个屏幕里。直到刚才，我才因为剧烈的碰撞而自动开机。

"但是，令我疑惑的是，这里的坐标明明就是地球……如果这里是地球的话，其他人类呢？肯定还有人类活着的，对吧？"

我摇了摇头。人类在磁人的历史中已灭亡很久了。

这句话于他而言又是一道晴空霹雳。周围寂静得让人窒息，过了很久，他才缓慢地开口。

"这里，大约就是地球吧。也就是说，地球最后还是毁灭了，人类也没能躲过那场浩劫。而我，是最后一个人类了。但是，据你们的语言来看，或许你们的存在是人类文明的另一种延续吧。"他的尾音颤抖着。

虽然这只是从一面屏幕中发出来的声音，我也能听出来这其中含着浓厚的悲伤。他的悲伤不是源自个人，而是对于历史，对于岁月，对于文明的号哭。

"那你接下来打算怎么办？把这个飞船的残骸交给你的上司，让他们处理掉吗？"他问我。

"嗯，应该就是这样吧。——但是，我不想这么做。"

"为什么？"

"大概因为你和我一样，都很孤独。"

"……你们这种机器人也懂什么叫作孤独吗？"

"至少我能理解你的感受。我的职责就是在这座空岛上守着一颗星星，直到我的身体老化而不能运动，到了那时我会被分解然后重新组装。我所有的生命都只能在这座岛上度过。你的感受也和我相似吧？灾难后只剩你一人，以为回到了家乡，却发现自己的希望早就破灭，自己的种族也不复存在。虽然我们之间的历史隔了很久，但我们两个人，在某种程度上也是相似的。"

他似乎长长地叹了口气。"人类这是造出了怎样的智能体啊……"他低声自语道。"不过，我的内存并不能支撑算法运行太久，就算你不把我处理掉，很快我也会自动报废的。"

"至少，还有一点时间。"我强行露出了一点微笑，即使在屏幕那头的他看不见，"如果你是人类的话，应该可以解答我的疑惑吧。"

"你说说看吧。"

"我想知道，人类真正的感情是什么样的。磁人的所有思想活动和情感波动一定程度上都是在模拟人类的行为，同时我们的语言和文化都是在人类的基础上建立的。所以，可以说我们的情感都只是一种信号，而我们错把它当成是我们真实的想法。那我们的情感真的是虚假的吗？人类真实的情感又是怎样的？"

"你问的问题，人类也一直在寻找答案呢。"我听出了他语气中的苦涩，"也许到了人类文明终结的那一刻，也没人知道它是如何产生的吧。它的原理太过于复杂，或者说，它太单纯而无法被了解。就像一层雾，可以被观测，但当人们试图掌控它时，它却销声匿迹了。不过从大体上而言，情感是源自某种联系的。比如像人类最重要的一种感情——亲情就源于一个家庭里各个成员对对方的关爱和照顾；友情，就来自和你志同道合的伙伴，它代表你们之间会互相帮助，共同成长；而爱情，也是最复杂的感情，它来源于两个人之间亲密无间的陪伴和相互扶持的信任，最终他们会组建为一个家庭……诸如此类。"

"是联系产生了情感。"我轻轻重复着他的话，"但是，磁人都是从工厂中制造出来的，并不组建家庭，作为守星人，我也很少有机会和他人交流，更何况，磁人之间甚至都不能触碰……每个磁人都是孤立的，所以，我们拥有的感情必然是虚假的吧？"

"我想，不是这样的。何为'联系'？何为'情感'？这些都没有准确的阐释。它的存在就在于存在本身，不在于他物。存在的本身，就是和世界产生联系的过程，自此，它是你的眼、你的耳……你得以感受到这个世界。于是你的感受牵连着你的情感，你的心得以随之跳动——这和外界条件无关，只需要你去体会。"

"尽管磁人都只是由机械组成的躯壳？"

"那人类又有什么不同呢？人类难道不就是把机械换成了血肉吗？"

"这存在着很大不同。我们即使是指尖的触碰，也许都要付出生命的代价。"

"血肉之躯的触碰就值得向往了吗？"他仿佛笑了，又叹息了一声，"重要的不是物理上的接近，是灵魂上的。"

"我明白。只是，终究还是会有疑窦吧？毕竟那只是思想上的感受，若不落到现实，总感觉是空虚的。精神上的事物大抵应该于现实中落实。"

"所以你渴望肢体上的触碰。——那在你已经清楚自己要做什么的情况下，为什么你还在踌躇呢？"

"……因为软弱吧。我害怕最后的结果一事无成，也害怕临终的坠落。"

"你认为有多少人还徘徊在这一步？——即使是人类也不可避免这样的犹豫。我们永远无法舍弃对未来的美好期望，这是我们生命的源头。但它也阻止着我们前进。因为期望太过美好，所以，在没有确切保证的前提下，我们总是会认为，期望只需要存在于期望之中就足够了。一方面是对前进的渴望，一方面是对渴望的迟疑，这难道不是矛盾的吗？"

"或许生命本身就是矛盾的。"我苦笑着，"生命本身就是从死亡中诞生，又走向死亡的。"

"因此我们才会产生情感。我们每一个人都忍受着时间的煎熬，寄寓在有限的生命中。每个人都明白自己的感情，却又不明白它的重量。最终他们穷极一生，只是碌碌无为。"

"我也并不是特殊的个体。我只是千万生命中的一员罢了。也许我和他们是一样的。"

"不，你不是的。"那声音坚定地说。

"为什么？"

"因为我能从你困惑的问题中看到你真正的想法。你其实早就明白自己情感的重量了，不是吗？"

"可那也不过是我个人的情感。我个人真的重要吗？我所拥有的不过是一个普通的生命——"

"这个世界本来就是由无数个体构成的。个体的意志和精神反映到世界，才有了宇宙的辽阔。直至一生的结束，我们无论留下了多少名迹，也只是恒河一沙。可那正是我们全部的生命。对比整片宇宙，一份生命的存在又怎能被称作是渺小呢？所以，一个人的情感，也是一个整体、一个世界的情感，当你为了某种情感而奔赴燃烧时，世界何尝不也是在燃烧呢？"

我想起峰，想起他的肯定和支持，也想起了渐渐离开的行和明，所有虚假的、不虚假的感情都在我记忆中汹涌。迷惑中我看到了万千洪流中的明星。

"即使这样的情感那么不足挂齿，甚至没有名号，我也能为此而奉献吗？"

"情感是不需要什么来说明的。如果你希望，那就去吧。只要能遵从你的内心。"

"也许我会坠落。"

"那就坠落。至少你能实现自己的梦。如果失去了梦，我们就什么也没有了。人类也是如此。如今，他们已把做梦的权利给了你们。"

我还想说些什么，屏幕的光却开始颤抖。声音断断续续地接着说："这座飞船的残骸就留给你吧，这是人类文明最后的象征了，就让它为你带来最后一点用处吧。很高兴我能在这个物种真正灭亡之前看到新的火种和希望——我的运行大约也到极限了，接下来是属于我的长眠。在经历所有的挣扎后，我已经很累了，晚安。"

屏幕蓝光一闪，将声音的尾声切断，又恢复了原来破损的模样。我尝试找到了这台机器里的内存卡，它装在一个小型的金属盒子，材质异常坚固。我突然能从这个盒子的重量中，感受到那个声音所包容的文明的厚重感。

我走出舱外。一抬眼，就看到庞大的母星又站在了我的面前。灰色的身躯降临在我的视线中。在它的身后，有成千上万颗星星一明一暗地跳动着。但我已经不需要其他星星了，我已是一颗明星，我还有着光和热可以释放。如雨般流星坠落，它们都是向我奔来的，整片宇宙都在为我绽放，是的，应是这样的。

我的心似乎一跃，跃进深邃的星空。

十 二

我开始着手做准备。为了跨越我们之间的鸿沟，我需要依靠一些外部设备来帮助我。峰虽然不擅长这一领域研究，但也主动为我提出了很多建议。最开始，我们打算模拟飞行器的飞行，通过燃料驱动来让我飞过去，但由于守星人的岛上并没有可以用作燃料的材料才放弃了这个想法。峰又提出利用书中曾提及的一种借助风力飞行的飞行器来滑翔，但我点醒他这里是宇宙，并非是大气层内的空间，不存在风这样的气流。接着我们想到了弹弓，也许用弹射的方法可行，不过可惜，我们并没有橡胶之类的物品。

"说到弹弓……那弹射装置呢？如果是利用金属的回弹性的话，应该也可以作为替代吧？"峰这样提议道。

我豁然开朗："对，如果能将金属丝做成弹簧，动力的来源问题就解决了。"

初步的设想有了，但具体的步骤还是亟待解决。怎么将弹簧和弹射装置联系在一起，还是一个未解决的问题。我和峰都不擅长工程的领域，但至少作为守星人，加工制造的方面还是能作为参考的。讨论之后，我们终于确定了一个用弹簧来进行弹射的装置的雏形，为此，我甚至画了一张机械的草图，用来比对。

不知为何，在干这件事时，我们两人都非常地卖力，就好像这是一件关乎生命结局的大事，只要将它完成，一切都能结束。

在确定了方案后，我们就开工了。我第二次造访飞船残骸时，还能利用的材料都被我拆卸了下来，让本就破烂的机舱更加凌乱。我怀着一丝歉意，把所能获得的全部材料都搬运到了守星人的屋子里。模仿记忆中行所做的那样，我将材料打造成不同部件，又用运来的螺丝和钉子将部件牢牢固定在一起。接着，我再将金属丝拧成不同半径的螺旋状的弹簧，为了提供足够的弹力，我确保了每个弹簧都能发挥功效。随着装置的规模越来越大，我建设的场地不得不从屋内移到了室外。当能够帮忙时，峰就会尽他所能地支援；而无事可做时，他便会坐在岛的那一端，静静地望着我。

在重复地制作时，我的思绪总会飘出我的身体。我感到一切都是那么不可思议——和峰的相遇，和明的重逢，和真正人类的对话。我逐渐能够理解我的存在、我的情感，好像我过去的岁月只是在被无谓地蹉跎，直到这时，我才能挣扎着破茧而出，窥见外面的世界。新生的羽翼在我的一次次敲打和组装下完工，我用力地向更外界的地方探去，所积蓄的光芒仿佛能够刺破一切黑暗。我振翼而起，第一次感受到气流从我身旁拂过。

终于，装置完工的那一天到了。我把它推到岛的这一端，正对着峰。为了保证我能被投射到另一端，我提前准备了一块和我体形相似的金属，用它来检验成果。我把金属块放在装置拴着的篮中，对着峰喊道：

"我要投过去了——"

"投过来吧，我已经准备接了——"

随着我拉动拉杆，装着重物的那个篮子猛地划出一道弧线，同时金属块从篮中飞出，飞向岛的那一边。峰向前一扑，金属块稳稳地撞进他的怀里，为了缓冲掉它的冲力，他不得不转了几个圈才停下来。峰高高地将手里的金属块举过头顶，向我兴奋地叫道：

"成功了！"

"太好了！说明这真的可行！"

峰紧紧地搂着那个金属块，好像正抱着我和我庆祝。他把它放下后，重新走到岛的边缘，问我说：

"既然试验已经成功了，那你想要什么时候正式实施？"

"我还需要做些准备，就当是为守星人的生活画上句号。但那并不会很久，下一次轨道更换前，便是最后期限了。"

他点点头："也好，有始有终。"

他明白这对于我来说意味着什么。这是行亲手交给我的责任，也是他唯一给我留下的礼物。即使只剩下我一人，我也仿佛能触及他的呼吸，如同他从未离开过。他的名字早已存在于"守星人"这个名词中。所以，即便我已经知晓自己的命运，我也不能轻言放下。至少，让我和行做最后一次道别吧。

况且，我还剩下最后一件事情未做。只要做完那件事情，一切都会结束的。

十　三

我登上山。

眼前的山和记忆的山叠加在一起，让现实变得脱离于实体之外。许多的书中都曾提到登山的情节。但那往往是为了征服自然，或是体现主角的智慧和勇敢，所以山反而成为情节的配角。可眼前的山却横亘在现实和过往的分界线上，它不是美好的化身，也不存在令人心仪的外表，仅是金属废料的堆叠。棱角鲜明的金属堆积着，像是土地生出的肿瘤。在它的顶端，仅有一颗明亮的星星，澄净的光辉洗刷了废山的污秽，也吸引着我前进。行曾站在那颗星星下，忘我地望向它。

那时候行已经很难自主行动了，机体的极度老化导致了他的控制系统大面积瘫痪，他只能静坐在摇椅上，任由思想被生锈的躯体囚禁。一天早晨，我来到客厅时，却发现行不见了。我匆忙地四处寻找，却找不到他的身影。在这样一方狭小的土地，他能去哪里呢？况且他已经难以行动了——

这时我突然在星星的下方看到了一个影子。影子站在垃圾山上，仰望着星星，像是朝圣的信徒。

我走上前，那个人的背影逐渐清晰。行背对着我，勉强站立着，身上还附着许多吸住的金属。他一动不动地看着星星，忽视了我的呼喊，仿佛他的灵魂已经被星星夺去。他没有理会我的问题："为什么你会在这里？你是怎么上来的？你……"当我再想开口时，我注意到了他身上的划痕。那些痕迹明显是被生生划出的，即使磁人没有那么敏感的痛觉，也肯定能够感受得到。我眼前忽然出现了一幅画面——步履蹒跚地行走上垃圾山，过度的老化让他身体失控，无法站立，只能一寸地爬行。金属废料因为磁性吸附在他衰老的身上，拖曳他的腿脚，他甚至可能还摔落过。然后他终于来到了这里，近距离地接触星星让他有了一丝站立的气力，使他在自己最后的时光中保持站立，和他的一生一样，守望着这颗星星。

这时他的身形突然开始摇晃，跌跌撞撞从山的顶端坠落。我冲上去想抓住他，却扑了个空。他向后仰去，直直地失去平衡，像羽毛般不真切地落下。在那一瞬间，我心里震颤的竟不是恐惧或惊惶，而是对他滑落的敬畏。我甚至希望他保持着这样的姿势，而不是那种被禁锢的姿态。他像一颗暗淡的星星，从另外一颗星星旁划过，最终被大地平稳地接住。当我来到他身旁时，他平静地躺着，好像只是沉沉睡去。他终是把他的全部都奉献给了星星。

即使在这样的一刻，我也无法触碰他。失去温度的机械体降临宇宙，而我也失去了唯一留在这里的"家人"。

如今我的攀登，是为了再次体验当时的感受吗？是试图挽回过去吗？——都不是。我明白生命逝去不会轮回，也知晓了我的命运。我的目标和行一样，都是那颗星星，它带走了太多，如今我也将要把自己的生命献给它。

踩着起伏的垃圾，我一深一浅地向着星星走去。随着我的每一步，都有细小的金属碎屑附着在我的双腿上，让我不得不经常停下来清理。

这里仿佛一片深沉的沼泽，每向星星靠近一步，我就感觉自己向内心深处更加沉沦。走在银光的海上，我也仿佛走入了我的过往——或许不止是我的，还有那些曾在这座岛上留下存在痕迹的千千万万的守星人。此刻他们似乎就站在我的身旁，牵着我的手，引领我向前走，好像我从一个守星人，变成了一个逐星人。随着距离的缩小，我第一次这么近距离地观察星星。它看起来是那么美丽、浑然天成，通体散发着温暖的淡黄色光芒。那光芒如同是这光滑球体的绒毛，柔和浮动，在漆黑的宇宙中灵动着。它轻盈、神圣，又咫尺千里，润泽的光如雨般从山的顶端洒落，播散到岛的那端。我突然理解了行：我的全部气力，好像也只能用来接近它。

这并非人造之物，只有无垠的宇宙能带来它的存在。它是黑暗中茫茫星河的集合，是万千光焰凝聚为一点的绽放，是一颗正在跳动的心脏。磁人的心脏本也是磁体，也许，每个磁人就是一颗星星。我们是飘散的银河，也是辉光的星点。磁性颠倒了我们的世界，让我们因引力而生存，也不得彼此接近。不过，星星可以改变这一切。它是尚未孵化的胚胎，孕育着宇宙的初始，也是所有光热的归宿。正是因为它是一切的起始，它所拥有的力量和联系才能遍及我身，让我成为亿颗星星的一粒，使我的存在开始存在。我又一步靠近了它，现在，星星就在我眼前了。

此时它不像行那天带我看的那么渺茫，也不像我平时所看到的那样庄严，它此时将它的全部袒露在我的面前。我站在行当时站在的位置，澎湃的情感让我无可言说。他当时看到的就是这样的景象吗？我能分辨出它绽放的每一缕光华，甚至能感受它试图散播的温度。我伸出手，慢慢接近它，它的光芒刺破了我的手，射进我的屏幕，我濒临失去思考的边缘——

一个声音在我身后响起。

"……宇，你在干什么？"

声音带着颤抖，仿佛是在害怕，也是在疑惑。

我转过头，明就站在我的后方。他立在更低处，抬头望着我。由于我身体的遮挡，星星的光照不到他，他就这么从暗处仰望我。如同一根倾斜的丝线将我们之间的距离分割开，我们被分裂在两个世界。

"你为什么会在这里？"

他此时并未理会我的困惑。"不要触碰它。只要一瞬间，你就会死掉的。你知道的，强大的磁性会把你撕毁。"他的表情微微战栗着，向我伸出手，"回来吧。"

"但是若不能用更强大的力量来摧毁体内的磁体，我们就永远不能互相接触。"

"接触？"

"那是一切理解的始源。"

"可就算接触了又如何呢？接触到的那一瞬间，你就会死去。"

"明，你没懂。"我摇摇头，"若是不能接触，就算再多的思考和言语，也无法充满我的内心。我只需要一刹那就好。只要一刹那，我就能像流星一样坠落。"

"你觉得行会希望你这么做吗？就像你之前对我说的那样，即使不能接触，只要我们之间有爱联系着，不就足够了吗？"

"是的，但——明，我追求的是更高的东西。不是仅仅几个人之间有理解、有爱就可以的，我想要的是所有人都能得到理解和爱。你忘记了母星的那些磁人了吗？他们只是孤立地活着，而我们可以改变这一切。——这也是行一直告诉我们的。那么就从我开始吧，我会坠落，然后你们便可以看见我的光芒。"

"但你能确定你会成功吗？也许最后你只是无所作为地消散。"

我轻轻叹了口气，苦笑着："明，我不能确保我的成功。"

"那你为何还要做到这种地步？"

"因为这是守星人的宿命。——行在他生命的最后一刻，仍在守护着这颗星星。他一直在通过这颗星星寻找着什么，这也是他未竟的生命。

这颗星星是他最后为我们留下的。"

"就算这样，你也要这么做吗？行走了，你也会，最后只剩下我一人。你们不过是在自顾自地向前走去罢了。到了那时，宇宙中不灭的孤独还是会侵蚀我们所有人。"

"所以我才要改变这一切。明，相信我，因为人们徘徊在黑暗中，才会怀疑光明的真实。或许我的光芒很微弱，但那也足够引发更多的光芒和我一同燃烧。所有人的光汇在一起，足以让宇宙灿烂。"

明没说话，深深地吸了一口气。过了很久，他才问我："你真的愿意这样给大家希望吗？"

我告诉他："我愿意。"

我拿出那个装着内存卡的盒子，把卡取出，又将星星轻轻地装进去。在第一次离开飞船残骸后，我对这个盒子进行了研究，发现这个盒子所用的特殊材质保护强度极高，于是想到了这种用途。星星的光芒随着盒盖的闭拢而收敛，我感受到它还在散发着热量。在关上盖子的一刹那，子岛终于被无垠的宇宙包裹。

"……不过，明，你怎么会来这里？我记得现在还没到摆渡人来的时候。"我转过头，看见他仍望着我。他的脸色忽然变得凝重。

"我来这里的目的，是来调查你的岛的。母星那边发现，因为不明原因，轨道更换的时间提前了。为了找到原因，我们一直在检索，最后终于发现这影响出自你的岛上——宇，你的岛是不是遇到了什么变动？"

"确实产生了这样的事情。在前段时间，岛上出现了一处飞船的残骸……等下，你说轨道更换的时间提前了？"

"嗯，我来你的岛第一是为了调查，第二是为了通知你这件事。——等下，地面是不是在颤动？"

他说得没错，不仅是他，我也感觉到了这份颤动。垃圾山开始轻微地晃动，头顶星辰的轨迹逐渐变换。我心里一紧，连忙冲下了山，背后紧跟着明。他虽然不明白我为什么这么急迫，但还是跟在我的身后。

　　我跑到岛的那端，峰此时已经站在了我的对面："宇，能听到吗？这是怎么回事，更换轨道的时间提前了？"他尽力朝我这边喊道。

　　"对，时间提前了，我们没有时间了。"我带着那个盒子，准备坐进那个篮子里，弹射出去。

　　明此时抓住了那个篮子："宇，你疯了吗？你真的要这么做？"

　　"明！不要再阻拦我了，这是最后的机会了！"

　　"你好好看看，现在轨道已经开始改变了，你们俩之间的距离太大了，已经过不去了！"

　　我这才反应过来，他说得没错，现在距离已经拉得太大了，而如果要更改投射的角度，也肯定来不及了。正当我头脑一片空白之际，突然，明的脸上露出了决绝的笑容。

　　"宇，我最后问你一遍，就算坠落，也想要接触，即使付出生命的代价也愿意吗？"

　　"是的，明，我愿意。"

　　"好吧，那看来现在我还有最后一件事情可做。"他突然把右手按在自己的左胸上，狠狠地扯下了罩在那里的铁皮，好像在自己的躯壳里寻找着生命。

　　"明，你在干什么？"

　　"你不是还缺最后一道力吗？还有我呢。"他终于停下了动作，从躯干里掏出了一个闪着银灰光芒的部件，放了手心里，"这是我的磁性抑制器，只要我把它弄坏了，我对你产生的斥力便能继续推进你飞行，这样就足够了。"

　　明重重地捏碎了手中的部件。我感到一股强大的推力从后背传来。

　　"明，谢谢你。"

　　"感谢的这种话下次见面时再还我吧。"他伸出手，坚定地拉下了拉杆。

　　伴随着斥力和投石机给我的初速度，我迅速地向前飞去。穿过背景黑暗的宇宙，穿过遥远的灿烂的银河。我还能听见明的话语从背后传来。

"——我总是看着你们的背影。你和行都能够不顾一切地前行，而我却做不到。就连现在也一样，在你生命的最后，我也不能靠近你，甚至还要帮助你远离。但即使是这样的我，也愿意相信你的前进。我相信你能改变所有人。下次见面时，再去看星星吧。那时候还会有行，我们三人，也能像真正的家人一样拥抱在一起吧。"

随着飞行，原本已经离得很远的峰的岛屿，现在又清晰起来。峰正站在岛的边缘，朝宇宙深处望去。他看见了我渺小的身影，用力地朝我挥手。

"峰，等着我——"我努力呐喊着，头顶的天线剧烈地颤动，让我的语言也变得支离破碎。

高速的飞行让我难以分辨任何声音，我仿佛在一片寂静的海洋中游泳。抬起头，星河在我头顶上蔓延开来，一刹那就葳蕤茂盛。我一寸寸地向前穿梭，星点好像在我身上流淌。我仿佛成为银河的一部分。

我打开手里的盒子，淡黄色的星星在盒中闪烁着浅浅的光芒。下定了决心，我伸出左手，将星星快速地摁在我的左胸口。行说，那里是人类心脏的位置，也是磁人磁体的位置。如果磁体消失了，就象征着名为"宇"的磁人死去了吧。

但是，名为"宇"的人类诞生了。

我唯一的愿望，就是希望这星星的温度，能够温暖我的灵魂。

暖流从我左胸喷薄而出，灿烂灼目的光芒瞬间湮没了我一切的视野。我像是扎入了光的汪洋，明黄色覆盖了宇宙，恍若遥远的星星消磨了黑暗，让光明直直地穿透了我。只一刹那，按在胸口的那只手就失去知觉了。它变成了光的飞沫，让我的臂膀能伸得更长，直至触碰夜幕的边界。接着，暖流澎湃地流向我的腹部，流向下肢，熔断了我的双腿。我感受不到疼痛的存在，只觉得世界的喘息压在我的肩上，然后我终于能够变得更加轻盈，如同飞鸟，翱翔在无际的光中。体内的感知处理系统已经完全失灵，我的感知并非来自肌肤，而是心灵。暖流涌上我的头部，成为我的血液，撕碎我的躯壳。我忘乎所以地向前伸出残存的右手，试图够到那存在于光背后的事物。

于是我化为流星，化为倾斜的银河，让宇宙都随着我的坠落而坠落。星河急转直下，笼罩住我失重的灵魂。星辰冲入我的胸怀，裹挟着我的残躯，让我引领它们在万千流光中徜徉。我的微茫的光，如今已汇成了绵延的长河，贯穿整片宇宙。旋转，交错，翻腾，星云滚烫，我新生的灵魂从散佚的机械上诞生，转瞬和光焰融合。体内的星星终于变成了我的全部。我长久的孤独和呓语，被灼烧得纯粹，旋即被光浪席卷——不，不只是我的孤独，是整个宇宙的孤独。所有个体曾深耕在心中的孤立和缄默，而今终于能抽离出内心，化作新的光芒。在那一刻我散发出的所有的辉光，浸透了宇宙深切的黑暗，劈开了囚禁的光明。我明白在我的身后，还跟随着更多的流星，更加璀璨的光亮，它们同我的坠落一起，映出没有黑暗的未来。

行的身影仿佛在光中幽幽清晰。他朦胧的影子站在光中，似乎在说，我等你好久了。我突然明白了一件事——我常常想起行，不是因为他离去了而怀念他，而是因为他从未离去。他的呼吸我始终触手可及，而我却只能望见星星的孤寂。他一开始就预料到了这一天的到来。他从远光中静静走来，也向前伸出手，和我的指尖相触。在触及的那一刹那，光芒开始褪散，光热扯碎了我剩余的躯体。

我仅能看见的最后一幕，是和行的身影重叠的峰的轮廓。他微笑着触碰我的指尖，思想的电流通过指尖触及了双方，我忽然理解了他的全部，他也理解了我的全部。

"宇，我感受到了。"他轻轻地说。

下一刻，我的手指化作细尘般的流星，散落在宇宙中，再无一点踪迹。

所有只发生在那一瞬间。

但也足够了。

淡黄色的星星从我的身体凝结而出，飞离峰的指尖。它又幽幽地，飞过明的头顶，挂在了子岛的空中。它静静地悬在那里，仿佛一切都不曾发生。在经历了一生的洪流后，它的光芒亘古不变。

十 四

"为什么说守星人是一份崇高的职业呢？明明我们所做的，只是坐在这里而已。"年轻的磁人问。

"因为我们守护的不仅是星星，更是一种希望。"坐在摇椅上的年长的磁人说。

"希望？为什么这么说？"

"每当人们想要许下愿望时，不都是向着星辰许愿吗？钢筋水泥的现实是无法更改的，因此，人们才会想要把渺茫的希望寄托在更加遥远的事物上吧。星星为他们提供了愿望的依托，让人们拥有了幻想的自由。"

"但这和我们没有关系吧。我们所做的，也不过是守望着星星啊。"

"恰恰相反。"年长的磁人笑了，"我们可是和星星靠得最近的人啊。我们感受到的情感，比任何人都更加真切，我们也比任何人都更加超脱于机械的产物。我们有着灵魂和自己的思想。正因如此，我们才能去守护他人的希望。"

年轻的磁人没有说话。

"我们所守护的，是人们感受到的情感，是人们对于自身存在的需求和认可，更是人们得到理解的契机。我们让磁人从一个个独立的机械体，变为一个集体，一个所有人紧密联系的集体。或许他们会觉得自身渺小，而无所依傍，或许他们会执着于探寻存在的意义，但星星永远都在那里。

在一次生命周期中，人们会千百次触及迷茫，于是他们产生了愿望，这份愿望便永恒地化作了星星。此刻，他们所追求的已不再是我们的星星了，而是他们的星星。所以，我们守望的，是具体的星星，更是存在于意识中的星星，它是人们纯真希望的闪光。在动荡摇曳的思想中，星星是他们的锚点，指向他们最纯粹、最美好的希望。这正是我们所守护的。怎能说守星人不是一个崇高的职业呢？"

"那，我许下的愿望也可以实现吗？"

"当然可以。毕竟星星永远都在那里。"

"真的吗？他没有问出口，只是把视线投向窗外的星星。

年轻的磁人不知懂还是未懂，默默地向星星许下了自己的第一个愿望。

银 河

黄 海

一

在银河系中，数不胜数的纳米飞船在太空中飞行着，要是在以前，地球上的人们肯定会认为那是天外来客。现在，揭晓答案，那是地球人。

马里亚纳海沟现在只不过是一道浅浅的观赏沟，虽然还是原来那么深，现在人人都可以到底。地球表面全都是风雪，撒哈拉沙漠最热的时候也只有零下15℃。现在的地球上出现了各种保护环境的机器，路面上没有什么垃圾了。

因为环境的改变，鱼类的肠胃能消化炸弹，并且出现了耐旱的功能，有的都长出了双脚，站起来用脚走路。陆生动物有的可以飞起来，有的可以在水里游，游得比快艇还要快些。两栖动物大多数都变成了三栖动物，青蛙就是一个典型范例，它们的四肢变短，肚子变小，背上长出来硬壳，两侧长出了伸缩翅膀。

三年前，地球一切正常，热带雨林的植被数量也增加了不少；两年前，地球大局无变，只是很多地方都出现了气温偏高的现象，很多植物和动物都开始进化或者迁移；而在半年前，地球忽然变冷，机器检测到，地球上出现了一种人类无法破解的磁场……

"哔——哔——哔——"机器警报声响起，银河系里的飞船实习生手忙脚乱地将 U 盘存到身体里，这是飞船发出警报后必做的第一件事情。纳米盔甲褪去，变成了一个保护仓。在光子二号飞船里，一个实习生用手悬空一扫，出现了一个屏幕："教官，光子航队出现集体故障，请指示！"

"进行紧急迫降，尽全力保护飞船，盔甲转化为救生舱，随时待命。"教官又用手一拉，屏幕关上了。他重新拿起放在前方的纳米盘子里的那份文件，读着上面的信息，眉头越皱越紧。他从这份文件上得知，天使航队、海神航队、星云航队也受到了类似磁场的干扰，无一生还。最后，紧急迫降的飞船在落到了指定地点后，都神奇地消失不见了。

"可恶，到人类世界里当一趟实习生，难道就这么难吗？"一个 14 岁的少年一拳头砸在了电子控制器上，将连接器给砸碎了。"喂，你干什么，没有教官指示，我们会死的！"褪去纳米盔甲，他拿起一根干枯的"树枝"，对着那根"树枝"讲："树神总部，请求救援，金光系的那些家伙又来了！"

"赶快来驾驶飞船，进行紧急迫降！"那个实习生揪住这个少年的衣领，大声吼道。但少年力气忽然变大，脸憋得通红，一边挣脱一边喊："我在救你的命，快去驾驶飞船，我一边讲你一边听着！"纳米盔甲重现，他一拳打掉了那只揪住自己的手，他的双脚开始长出根须。

"你……你……你是……怪物……"那个人吓得一屁股坐到了地上，但他还是习惯性地用背撞了一下自动驾驶按钮。他低下头，准备对纳米盔甲上的那个对讲机讲话。少年大吼："我不是怪物，以后再跟你解释，你快点偏离航线，不要跟着这个航道走！"那个人哆嗦了一下，摸了一下自己的腹部——不知何时，那里的纳米进化器里被插进了一根细细的棕绿色的东西。

他拍了拍身上的粒子，虽然有些害怕，但还是站了起来。那些粒子必须要拍掉，沾在身上会死人的。除了看外边的透视仪，其他的地方都被树根包裹起来了，那个少年跳下树根生成的台基，他的双脚已经变回来了。跟他一同驾驶飞船的实习生克服恐惧，一边听着少年的指示操作，一边听着少年的身世。

"现在，我们初步认识，我不能给你透露太多秘密，但是我可以告诉你一件事——我不是怪物，我是树神族的人，你可以叫我在人类世界的称呼，培。"少年一边点击着粒子键盘，一边用手造着什么，可以清晰地看见他的手也在变成树木，延伸着，不知道要弄个什么东西。"你可以来驾驶吗？我觉得你更厉害点。"那个实习生咽了口口水，提心吊胆地对培说。

培回应了三个字："没时间。"说罢，他跳上了那个像极了圆球的东西，钻了进去，缝上了开口。实习生转过身，看着身后那个奇怪的东西。

那个东西就像一个鸡蛋，但是大的那一头裂开了。树根就像裂开的边缘，延伸在后边。细细的树根从那个小空洞中伸出，飞快地搅动空气，向前冲去。前面那一段似乎是带着琥珀成分的东西，金黄金黄的，中间那一段缠满了树根。

培的飞船飞出，玻璃被撞开，实习生的生命危在旦夕。实习生飞奔几步，捡起了掉在地上的纳米进化器，装在自己身上，看着那个被飞船撞开的洞。心想哪怕刚刚晚一秒钟穿上纳米进化器，现在都会有一种撕心裂肺的痛，还好自己装备了紧急救生器，不然刚刚自己就死定了。

"蔚蓝航队七号，请尽快支援，重复一遍，蔚蓝航队七号，请尽快支援。"实习生一边拉下紧急迫降栓，一边对着对讲机大声喊。

现在，处于蔚蓝航队七号飞船中的两个教官也都满头大汗地请求在银河系边缘工作的教官来支援，他们又有什么办法呢？他们也才刚刚晋级没多久。而在边境工作的全都是经验丰富的老兵，不知是他们为了自嘲还是为了防止嘲笑，他们的队名叫作"死灰飞船队"，他们有权利为自己的队伍编写名字。

"战将，蔚蓝航队遇险，请求支援！"在座椅上，一个年过花甲的老年人听到这一声求救，眼睛睁大了，地球财产已经损失太多，光是之前的三个船队就花费了地球上每个国家一半的钱财，这绝对是一次空前的经济损失，绝对不能再出现了。

这一次，精英实习生考试，两个舰队出动，为宇航船队保驾护航。可现在，舰队消失，还剩下两个船队，如果这两个船队再次消失，每个国家的经济财产可能也就只剩下原来的五分之一了，这也没办法呀，毕竟敌人太厉害了。

二

原本打算搞一次敌明我暗的偷袭的，没想到两个船队也会遇到灾难。那些人好像不是来自银河系的……现在，每个星球上都有居民和舰队，但他们每次到达事发地点和迫降地点时，永远也看不见一点点的飞船残骸，就像是被传送走了一样。但这也点明了一件事情，那些人的实力很强，地球上有帮手，也拥有比人类先进几百倍的科技。

定位系统全部瘫痪，这更让这位将军心急。

"唉，多么希望像我小时候那样。那么安全，又那么美好。"

一颗流星划破夜的沉静，在天空中留下了一道美丽的长弧，继而消失在天边。我呆住了，原来流星这么美丽！

"在万星璀璨的银河系，做一颗不太引人注目的星星，点缀着夜空，把世间的永恒尽收眼底！也许只有夜的黑，才能衬出星光的明亮，就算只能做一颗渺小的星星，我也要把灿烂的星光与光明的温暖传递给别人！

"而现在，四处都是战火。

"夏天的夜晚真是妙不可言，闪烁的星空更多了一些美妙和奇特。我非常喜欢夏季的星空，因为夏季的星空是无法用语言来形容的，这一切都是那么美丽，那么富有诗意……

"这年头啊，确实变了！"说罢，那个将军起身，整了整衣领，脚一跺，千万粒子升起，朝着远方飞去。

这是他们第一次为了外界而伸出援手，是时候让他们尝尝"死灰"的厉害了。虽然不知道对手是谁，但"死灰"身为精英特战队，每次出动都是国家花重金为他们改进的，也不能一直不出手，不然就真的对不起群众了。

培在驾驶舱内，透过金黄色的琥珀看外边，果然，漫天的光点在飞翔，是金光系的小型驱逐舰，那也是金光系的一个撒手锏。他们极其微小，尽管人类现在都能用肉眼看透墙壁了，但还是看不见这种小型驱逐舰。

渔火明月交辉，把长江映得金波滚滚，像是有千万条金蛇在游动。彩虹辉映着湛蓝的晴空，阵阵凉风吹来，美丽的嘉陵江两岸，风光更加动人。

在珠江，那些光影正在返航，那是现在的渔船。他们大多数都一无所获，因为现在的鱼类也十分厉害，不会那么容易就被捕捉到。

"紧急通知，紧急通知，战斗养料需要碳化水！紧急通知，紧急通知，战斗养料需要碳化水！"上百架飞船同时收到指令，停止急坠，按下引体键。

如今，没有哪条江没有碳化水了，全都存于江底。现在，每个飞船引出一吨，应该够让那些敌人喝一壶的了。

嘉陵江像匹墨绿的缎子，在月光下抖动。渐渐地，越来越黑，一个偌大的旋涡越转越快，留下一个让人生畏的孔洞。一股清澈的水流，从江底钻出，向上腾飞。

眼前的漓江，像黑色的缎带，发出幽暗的亮光。江上的波浪越来越汹涌，每个浪涛都会飞起几滴江水，向天空上飞去。

汹涌澎湃的金沙江，像一条摇摆飞腾的金龙。云南曾经为这里带来了旁人不敢想象的电能。在满堂灯火中，一个水柱盘旋着向天空飞去。

熟睡的松花江还在做着甜蜜的梦，发出的鼾声像打雷一样响亮。微风吹来，鸭绿江面上泛起朵朵浪花，发出有节奏的哗哗声，好像一支乐曲，悦耳动听。可现在，它们也受到了一股莫名的引力，向着漆黑的夜空进发。

岷江就像母亲一样养育着这片生机勃勃的土地，浇灌着庄稼，哺育着人们。江水汹涌奔泻而来，如箭离弦，如马脱缰，如猛虎出山。攀着山峦，岷江也开始逆流而上。

江水穿山破壁，气势汹汹，奔腾而下，如瀑悬空，砰然万里。江水像滚沸了一样，到处是浪花；涓涓细流，汇在滔滔不绝的大江里。虽然这一带都是不知名的小江，却汇聚成了一股巨大的水流，向天上奔腾着。

极目远眺，江峡如天际银河奔流东去。浩渺的江面，烟波荡漾着山形塔影。

滚滚黄河，冲破冰山，切开雪野，艰难曲折而又一往无前地一泻千里。

古老的黄河弯弯曲曲，富饶的河套平原偎依在母亲黄河那宽阔温暖的怀抱里，这里孕育了灿烂的河套文化，这里养育了世世代代质朴勤劳的河套人。

黄河水如同一群在狭窄的峡谷里奔腾的骏马，挤在河滩中间那条只有五六十米宽的河道里直泻而下。

古桑干河，银波泛泛，晚霞蒙蒙。

淮河像一条翡翠缎带，在中原大地金黄色的地毯上飘过；又像一条碧绿的玉带，紧紧系在巨人的袍子上。

碧蓝明净的古运河，像一匹美丽的蓝缎，终年不息，缓缓流淌着。

红褐色的河水像瀑布一样，从上游山峡里直泻下来，撞击在岩石上，飞溅起一丈多高的浪花，震耳欲聋。

晚风拍打着波涛，那柔和的水声，像是有谁抖动着银链，铮铮作响。

准备好迎接风暴了吗，天外来客们？

说到这里，这名战将一按那灰色按钮，千万纳米分子已经开始在船队中析出，渐渐变成被水包裹着的圆球。最大的一颗正处于净化水状态。

三

受感情的驱使，这时的老将们倏然想起了母亲的形象，并把母亲同黄河紧密联系在一起。黄河就是母亲。尽管她有过暴躁，有过忧伤，流过泪；她的儿女曾饱经忧患，心灵上也曾浮现过阴影和愁云。

大部分的水流已经成功提取，战舰已经大量受损。虽然外太空没有声音，但培用余光看到，在那如万花筒般绚烂的宇宙中，一个个"火花"盛开。不用想都知道，那肯定不是来自金光系的小型驱逐舰，人类暂时还没有那个本事。

要知道，人类现在掌控了粒子技术，他们早就知道了粒子粉碎定律了，他们的科技至少比现在的人类要更强上 2000 年。

但是，从她拥有母亲身份那天起，是以何等博大的胸怀和甘美的乳汁，在哺育她的儿女啊！多少个世纪过去了，她不施粉黛，不着艳装，却一天比一天更加年轻。今日，她躺在坦缓的黄土地上，任日光照耀，显得那么慈祥，那么温柔，那么壮美，那么崇高！

黄河之水天上来，奔流到海不复回！它以一往无前的气概和千回百折中积蓄起来的力量，冲出潼关，勇决三门，劈开中原大地，流入大海，在青蓝的海面上，涂上了一片有赤有橙有黄有绿的奇光异彩。

地球似乎也知道，在太空中，一场激烈的战斗正在进行，需要它们来帮忙。

现在虽然是夏日，但以前的乱石滩都不见了，比较险峻的地方都被安置上了平板大石头，并且塞满了鹅卵石。黄河两岸绿树成荫，枝繁叶茂，垂柳倒映，水鸟飞翔。登上拦河大坝，举目远眺，河水浊浪排空，像母亲的血液输入大地的条条"血管"，滋润着肥沃的黄土高坡。

忽然，镜头前多出了一个场景，居然是初春的样子。

太阳直射头顶，天气也比较暖和，冰雪在悄悄地消融，冰水像乳汁一样一滴一滴地往下落，阳光下，那样地晶莹，那样地圆润，静静地汇集到一个只有 10 多平方米的小潭里面。

地球上，都是培熟悉的场面，用卫星导航一定位，两个陌生人凭空出现了。在视线范围内，可以明显地看到，他们就在小机场，眼神中带有一种色彩。但在现在看来，他们已经等了许久了。

敌人猛烈的炮火袭来，可是他们却没想到，在炮火包围圈之下，还有一架小型的飞船，将会让他们毁于一旦。

死灰战队也隐隐约约发现了培的飞船，常年受到暗元素侵蚀的探头破旧不堪，随时可能再次破碎。但他们现在也无能为力，只能眼看着那艘飞船自由穿梭。

他们没有哪吒的三头六臂，却有自己的最强大脑，很快便理解了镜头前的另外一幅春暖花开的景象，直觉告诉他们，那不是来自地球。也许，这就是那个小型飞船的内舱景象。

等小潭盛满以后，水缓慢地向外溢出，形成一条细细的小溪流，静静地向前流去。奇怪的是，那溪水居然是金色的。

培一边按下加速按钮，一边调整升降的气压，还一边跟"树神总部"沟通，忙得不亦乐乎。

　　天使航队在这冰川如林的群峰之间，它是那样的渺小，那样的不引人注目，这是人类的母亲河挤出的源头，奔腾万里的浩浩长江，就是从这里开始的！

　　向前走去，便看清了那冰雪刚刚融化的松花江。它虽然没有长江奔腾万里的气势，也比不上黄河波涛汹涌的壮丽景色，但也有着自己独特的风光。淡蓝色的江水缓缓地向东流去。在微风的轻拂下，水面泛起了鱼鳞似的波纹，是那样温柔，那样恬静。江面上漂浮着一叶叶小舟，船上的人有的在撒网打鱼，有的在装卸货物。几艘轮船在江上行驶，激起层层浪花。轮船的汽笛声，人们的喧闹声，使松花江上一片沸腾。江中的柳树岛也一片葱郁，洋溢着春色。

　　南渡江如巨蟒般奔腾呼啸着向前冲去。它不知在五指山腹地孕育了多久，吸吮了多少山泉小溪的营养，才脱颖而出。又不知翻越了多少山巅沟壑，走过了多少弯曲的路，才流到这里。一路上，它或是平缓舒徐，低声吟唱；或是急流回旋，碧波荡漾，虽然弯弯曲曲，但总是一往无前，认定目标，直至投入广阔无垠的南海的怀抱。

　　看着江水交融的情景，培也看到了天使航队正在坠落的几架飞船。如果那几艘飞船现在就失利了的话，人类应该会面临生存危机吧。

　　尤其是培所乘坐的那同一航道的天使航队的飞船，里面全都是军火啊。培心疼的倒还不是那些，而是自己学校里面的设施。要是国家有什么大量经济损失，那里面的设施就又得要消失掉一批。

　　嘉陵江，威烈如火，又像柔情似水的母亲河，这就是你的情怀吗？装得下柔波狂浪，百舸千帆；也装得下风雨雷电，血火硝烟。送走了昨天的贫穷与耻辱，又载来了今天的繁荣昌盛与自豪。

　　战将和诸位高层负手而立，看着外边上演的"好戏"。

　　培不由得想起漓江的水。漓江水好多啊，满满地填充着河床，天上还不时有小雨点跳入水中；漓江水好清啊，虽然没有阳光的直射，却也可以看清河底的小卵石，水中还不时地有几尾调皮的小鱼游来窜去；漓江水好静啊，静得仿佛能听见她在你耳边低语，偶尔微风飘过，清脆的水声就像一个歌唱家在缓缓轻歌；漓江水好柔啊，柔得使人忍不住要去抚摸，却又不忍碰皱波纹。

使当时的地球人非常惊奇的是那江水的绿，绿得浓极了。时已深秋，但那浓绿，却给人春深如海之感。原来雄伟的山，苍郁的树，苔染的石壁，滴水的竹林，都在江中投下绿油油的倒影，事实上是天空和地面整个绿成一片，就连我自己也在那闪闪绿色之中了。

长江热血方刚，如慈母一般。那静谧的江水，拍岸的惊涛，像一首深情的摇篮曲，像一部悲怆的命运交响乐，回旋在故乡的红土地上。带着斗志，带着理想，一点一点地融入护国利器之中。

天空上，唯有蔚蓝航队七号飞船在孤军奋战。可射击了半天，依旧不知道敌人在哪里。战舰被侵蚀得厉害，恢复肯定又要花重金，那些钱赚来得可不容易啊，当时实验的时候，失败了那么多次，死伤了好多人。曾经，天使航队的主舰还爆炸过一次。

清水河上的风景如画一般：堤上，小草密密匝匝，在阳光下争绿斗艳；岸边，一棵棵柳树排成行，柔软的枝条垂在明镜似的河面上；水中，小鱼成群，有的轻游，有的蹦跳，有的贴在河底，一动也不动；河面上，燕子飞来飞去，叽叽地叫个不停，还不时地用翅膀拍打着水面。

"你们知道吗？人类，是没有极限的。"战将对着集体播报器说。

江水滚滚而流，滋润着两岸的花草树木，滋养着江内无数鱼虾走蟹，哺育着江岸上辛勤的劳动者。

"我是江水，激荡着滚滚东流，放眼望去，你看不见我的尽头。"机械传出了深沉的声音，那是江水的话语。

"咦，怎么回事，怎么有外队舰艇？快给我查。"听着那一段录音，战将意识到大事不好，手一拍桌子，对着那些官员喝令道。人类现在能翻译出河流语言的一小部分，刚刚还翻译出了其中一部分的话语，能证明那个舰艇翻译得没错！

"我是生命之源——岸上的树木需要我，这里的鱼儿依赖着我，至于人们——更是时刻也离不开我。"在这震撼人心的声音中，光子二号不由得扭转了航线，在树木根茎的牵引下，居然也开始牵引水流。

"农民耕种需要引用我灌溉农田，林主植树需要我滋润助长。人们生活，我是不可成缺的日用品；工厂生产，我是其发电动力……"几名实习生习惯性地按下了录音键，并且和其他的实习生一样，向死灰主舰申请武器开启。"世界上，你们随处可见我的身影，我正为一切生灵的生存默默地付出着。我是无私的、无悔的。"

"然而……"听到这句话，有人停了下来。

四

"在岸上，保护我的树林被砍伐了；生活中，人们排出的污水直呛我的喉咙；生产中，工业废水无情地注入，使我头晕目眩……"

"什么东西，这简直是一派胡言！"很多军官堵住了耳朵，大声地吼着。

"不，这是真的，只不过是我们最近几十年没有观察陆地上的流动水罢了。"确实，废物生产太多了。

"如此这般，我遭受风沙的无情摧残，忍受污水废水残酷的毒蚀……我在缩小，不再激荡，不再奔腾，只能缓缓流淌着。"确实如此，在那碳化水中，何尝没有这样的元素呢？

"我成了小溪，我已然无力维持过去雄伟的姿态。但我仍不屈服，仍然流淌，仍为无数生者尽我的绵薄之力。

"农者们会用我灌溉农田，那些买下了森林的人不会怀疑我滋润的能力，生活生产，依旧离不开我……"

一个军官不耐烦地要按下停止键，但被另外一个军官挡住了，示意他继续听。

"过往惧怕我的小孩，而今居然愿在我旁边嬉笑打闹，这是'因祸得福'吧？我想是该知足的——依旧是默默地，无私地，无悔地付出。

"但是——

"成为小溪的我，始终逃脱不了。沙尘、污水、废水的折磨，甚至还有果皮、饭盒、可乐瓶……

"我还能流淌吗？我的前路受着无限的阻碍。

"我成了一滩死水。农者、林者、牧者等，他们还会多看我一眼吗？

"默默地，无私地，无悔地付出？不能了，我已经失去了引以为豪的能力。我应该责怪谁呢？或许我连责怪的能力也丧失了。

"最后……

"我是一滴——不，已不是水，那是眼泪，是江水的泪，是小溪的泪，也是死水的泪。然而，不久它更会成为所有生灵的泪。"

"生命的源泉是水，水没了，生命何处可寻？"说到这里的时候，一些心理防线比较脆弱的人声泪俱下。

水龙炮已经准备好了，准备发射！

长江，她浩浩荡荡，滚滚滔滔，浪花相接，万里奔腾。她冲破峡谷，划开原野，迎着日月，载着轮帆。有时如泣如诉，有时如怒如吼，仿佛她的每一朵浪花，都要告诉人们，在这古老而又年轻的土地上有许许多多可歌可泣、可歌可赞的故事，她蜿蜒曲折，但终究朝东奔流，倾泻入海。

春姑娘迈着轻盈的步伐到了长江边，万物复苏，小草懒洋洋地从泥土里蹦出来，树木伸展着长长的臂膀，可精神了，她们贪婪地吮吸着长江的乳汁，扭动着优美的身躯，跳起了芭蕾舞。

长江在春天生机勃勃，夏天更是洋溢着欢声笑语。

夏天，快艇、游船在江面上来来往往，游客们在沙滩上贪婪地沐浴着充足的阳光，有的游客穿上泳衣，拿上泳圈，在江中畅游，他们仿佛是水中的鱼儿，时而把头伸出水面，又时而把头伸进水里。

秋天带着落叶声来了。一朵朵枯黄的叶子，飘落在空中，随风旋转，又给长江添了几分姿色。秋天的长江迎来丰收，载满货的船在江面上穿梭着，特别是在江边打鱼的渔民个个精神饱满，兴高采烈。

冬天来临了，长江的水更清了，欢快的波浪击打着岩石，奏出了一曲长江之歌，伴随着歌曲，冬泳的人们无比高兴。

想起以往的经历，现在已经控制不住感情。

"嘿，老朋友们，你们还记得以前上学的时候吗？在暑假的一天里，我妈妈带我去长江玩。

"第二天早晨，我早早就起床了。我们来到长江边。江面上升起了一层如纱一般的薄雾，绣过这层薄雾，我看见长江正在缓缓地流淌着。这时候的长江还在沉睡着。我呼吸着早晨的空气，使我一阵清爽，其实，当时我是感冒啦！"

"队长，我们那个时候就比你苦多了，我妈给我报了十多个补习班，不上学，就上补习班。"

"哈哈哈……"

"中午，还在沉睡着的长江醒了起来。这时候的长江开始忙了起来。水流得很急，就像一个个顽皮的小男孩把一个个旋涡卷了起来。长江有时也会唱歌，你听，那啪啪的响声就是长江得意的杰作。

"到了傍晚，太阳下了山，给江面铺上了一层金黄色。我站在船上观赏那美丽的黄昏，突然一个小弟弟问我：'大哥哥，是谁给长江铺上了金黄色？'这时，忙碌的长江似乎感到了一丝疲倦。

"听当地人说长江白天的景色比不上长江夜晚的景色。夜晚降临了，漆黑的天空上挂着一轮皎洁的圆月倒映在长江里，也是那么圆、那么白，好像长江也有一轮圆月一样，美丽极了。

"深夜，奔腾了一天的长江渐渐平静了下来。在那美丽的月光下，显得十分宁静。

"现在想起来，如今我还想去那美丽的长江玩一玩。"

"水熊准备好了吗，他们可是今天的主角！"那名将军打开了监控探头，从这里可以看到那边发生的事情。

"唉，以前的事都记不起来了。"

五

我还记得小的时候，终于写完了作业，我伸了个懒腰，来到窗前，准备欣赏星空美景来放松紧绷的神经。可是抬起头来，眼前却是无边无际的黑暗，竟没有一颗星星！

我恐慌地揉了揉眼睛，再看，没错，没有一颗星星。那无边无际的黑暗仿佛还在拼命地蔓延，悄悄地覆盖了我的心头。

"小时候，最喜欢搬上小凳，坐在家门前，遥望星空，那星星闪烁着快乐的光芒，使我在一遍遍的数数声中度过了同样快乐的童年。一直以来，星空带给我的都是美好的回忆，它就是那美好的化身，总能让我在失落烦闷时找到心灵的慰藉。

"可不知几时起，天空中的星星越来越少，那深蓝色的幕布也越来越漆黑，我总是以阴天的借口来弥补心中那失落的阴霾，但情况还在继续恶化。直到今天，我发现自己再也不能找什么借口来抚平心中的创伤了，我猛然觉得自己丢失的不仅仅是童年的记忆，还有一度优越安逸的环境……我们是要星空，还是要无边无际的黑夜？"说到这里，这位久经沙场的老将也开始回忆他快乐的童年。

也许在今天，我们不再需要月亮和星星来照亮乏味的夜晚，但是谁又想过，当星空、动物、植物……一切自然界赋予我们的财富都不复存在时，人类还能在这片土地上待多久呢？

"想想吧……就为了星空的绚烂，让我们携起手，将'保护环境'的口号变为实际行动，让那无边的黑暗不再蔓延！"

"将军，这就是你从军的目的吗？"

"难道不是吗？"

深夜，寒月发出惨淡的光，漫步在夜间的小路上，颇有几分宁静，又有几分不安。

在这孤星寒月的夜晚，月光如流水一般静静地泻在这一条条纵横交错的小路上。一层薄雾飘浮在这小路上，小路旁的树仿佛在牛乳中洗过一样，像笼着轻纱的梦境。虽然是满月，因天上有一层淡淡的云而不能明照。

在人们看来，月亮是静谧的。那静静的月仿佛是上天描绘的一幅画卷。在这幅缥缈的画卷中，它注融了"月亮之神"亚提米斯的清高，又蕴含了"太阳之神"阿波罗的刚毅。尤其是围绕着它那残月所散发出来的光辉，又恰到好处地把"光"与"影"融到一起。而那和谐的旋律又宛若是贝多芬钢琴上演奏着的名曲。此时，它变得活泼了。

一个小男孩哼着小曲，身后浮着粒子组成的桶，向他家里走去。

活泼的月：月光幽幽地洒在大地上，洒在地面上的影子有时凝重，有时轻快，有时安雅。月亮所散发出来的皎洁的银纱，使人感到细腻而柔软。这时的月亮是活泼的，它调皮地把光芒洒向人类，任由它们顽皮地"骑"在人类的身上。而此时，月亮又是摇摇欲坠的，月光浸湿了田间的小路，伴着意想不到的恬静。

其实，在大自然眼中，人类并没有格外高贵。不管怎么样，我们依旧是一个个生命体。

月亮有它独特的魅力。月亮本身是寂寞的，可是这种寂寞有一种可贵的生命力，使得这种意境的存在让人类深深感动：它有缺有圆，有升有落，但唯独它安详恬静，常如清风飘逸。温暖的晴夜，它光芒瞩目，使我们总能感到它是清清的，淡淡的，它一直默默地陪伴着我们。而阴冷的雨夜，它异常平淡，但是能使我们感受到雨夜的静谧。

忽然，小男孩被一阵黑暗吞噬了，紧接而来的就是一片死寂。

情感之月：月亮本身没有生命，是个又冷又硬的实体。可为什么面对月亮，我们常常感到一丝温暖和慰藉呢？那是因为人类和月亮共存一个空间，是一种幸福的缘分。月亮的安然与恬静是本性，这令它毫无虚饰，也不做作。做人也应该像月亮一样，要敢于面对自己生命的内在，要敢于维护自己的本性，敢于为一种永恒的追求而牺牲世俗的虚饰，并且对所有的事都像月亮对待人一样，融入自己的情感去面对，这才是真正的博大的情智的胸襟。

月亮这个静谧而活泼、恬静而充满情感的物体，给了我们无限的遐思和畅想。

我国古代的文人骚客也不惜笔墨，对月抒怀，写下了许许多多的千古绝唱。既有"月上柳梢头，人约黄昏后"的婉约，也有"明月出天山，苍茫云海间"的豪放；有"露从今夜白，月是故乡明"的感慨，也有"海上生明月，天涯共此时"的相思。

报警器在第一时间就报警了，飞车上的警笛声划破了夜空。

夜空因皎月而美丽，宇宙因明月而温暖，在这明亮的天空里，月亮驱逐了黑暗，月空皎洁永恒。凝望夜空，点燃心烛，将这一刻最真挚的情感与最美好的诗情画意流露在自己的心间！

战前准备：我带上大将《围棋指南》、中将《下围棋的一百种制胜方法》、小兵《如何观察棋势》，踏上了"征途"。

具体战况：我上了我的坐骑"白虎"，来到学校的体育馆，摆好阵形（摆放好棋盘，摆好下棋的姿势），等着老师来和我对战。老师来了，我便开始围棋进攻，我派出大将与老师对战。

我熟练地指挥着大将，恰当地处理好每个细节，第一回合我赢了老师。我吁了口气，信心加倍。接着让中将与老师开战，我沉着指挥，但中将面对殷老师有些畏惧（我老是下错棋），殷老师从细节深入，每一击都能命中中将的弱点（指出我的毛病），所以中将战败了。

那一次"打仗"，其实是老师让了我的，不然的话，以他高超的棋术，不到半回合我就得要下台了。

还好我有所准备，我还带了些小兵，我命令小兵出战，与老师硬拼，终于将老师攻垮了。

本次战果：勉强打了胜仗。

六

"夏日，骄阳似火，我热得快虚脱了。于是我让妈妈带我去吃刨冰，她同意了，不过要带上弟弟一起去。

"到了冰激凌店，呵，来吃冰激凌的人还真是不少。好不容易找到一个座位，我刚刚要坐下，突然，弟弟大叫一声：'苍蝇！苍蝇在你座位上！'赶走苍蝇后，终于可以坐了。我要了一份百香果刨冰，弟弟要了一份荔枝刨冰。

"端上来以后，我的脸色从白变青，由青变红，好不激动！我好久没有吃过刨冰了，今天终于又与它见面了！弟弟呢，早就迫不及待地从柜台上把刨冰拿了下来，眼睛直勾勾地盯着刨冰，好像要连同盘子一起吃下去似的。终于可以开吃了！我二话不说，拿起勺子往刨冰中一插——'噗'的一声，百香果汁洒了一身。唉，美味的汁啊！可这刨冰还纹丝不动，这么大，这么硬，怎么吃啊？于是我与刨冰展开了战斗。

"哼，这个小刨冰还能难倒本帅？笑话！我先拿两把勺子向它插去，'砰'，刨冰裂了一个缝！真没想到它这么硬！算了，这局我认输。

"就在这时我发现勺子大军不行了（裂了一个缝），于是我换上了筷子，向它插去。成功了！还是筷子大军厉害。现在第一个问题解决了，开始研究第二个问题！"

"等等，怎么还有？"

"当然有了，刨冰这么大，我从哪里下嘴啊！我只好再次考虑作战计划，还是要麻烦筷子和勺子，一起上！

"我先用勺子舀起一大块冰，往嘴里一送，妈呀，粘住舌头了……好不容易咽了下去，我感觉有一股凉气从嗓子里往下灌，好舒服啊！好，接着吃！真的是很凉快呀。

"回家的时候，我发现问题来了，由于刨冰太凉，而我的肚子实在是受不了了，于是，回到家我立刻冲进了卫生间……

"唉，那碗刨冰可把我害苦了！

"怎样，全都是'浴血奋战'，我这也不比你们差吧？

"还记得有一次，寒假已经过去了，在寒假里发生许多有趣的事，有一件事一直令我难忘。那是过年时发生的事，一天姑姑给我们几个孩子买了玩具机枪。我带领着他们向门口的小广场走去。

"可真是出师不利，我们刚走到广场的中心，就有几发子弹打中我们，原来有敌人。我们迅速躲到一辆车后面，戴上'钢盔'（帽子），拿上'手榴弹'（小响炮），准备战斗。

"我扔出去一个'手榴弹'，'啪'的一声，敌人吓得魂飞魄散，四处逃窜。我们趁机大举反攻，把敌人打得落花流水，而且缴获了一把'机枪'，我们高兴得又蹦又跳，还招聘了一位队员，扩大了队伍，突然我发现子弹不够用了，便开始实行捡子弹行动。我们到处捡子弹，经过努力，我们的子弹可以装满几口袋了。

"我们开始主动攻击了，我们向敌人阵地发起进攻，敌人看见我们来端他们老窝，拼命反抗，我们是骑着小自行车来的，便把自行车当挡箭牌，有了挡箭牌，就可以抵挡打来的子弹，而且打过来的子弹掉下来就可以让我们使用。

"过了好一会儿，敌人终于弹尽粮绝，只好缴械投降，我们又一次胜利，最让我们高兴的是缴获了五六把'机枪'。这次游戏真好玩，希望以后还能玩。"

"可惜呀，现在一玩起来，都是我们这些老把式玩真枪了。"说完，那名久经沙场的老将叹了口气，陷入了对往事的回忆中。

果然，地球上出现的事情也传到这里来了，救生队准备着，四处搜索小男孩的踪迹……

落日的余晖懒洋洋地爬过山那洁白而光滑的肌肤，暖暖地照着这片静谧的大地，天边的云飘过，像是在追随同伴的脚步；温蓝如玉般的湖水缓缓地流着，湖边横斜着几尾小舟，隐隐约约有几点渔火在闪耀。也许景色太寂寥时，心情便会唱歌，歌声伴着湖水，要将我带到那令人怀念的往昔岁月，带着点神伤，可是当我转头想要离开的时候，看到了山的另一头，那是太阳再次升起的地方啊，也许明天春天就会来临！温暖的阳光在湖面上闪动。

山林里最后一批红叶还傲然挺立在枝头，鲜红和碧绿组成了一幅别具一格的冬景。有时，一阵风吹来，没有了叶子的枝条，发出了一阵沙沙的声音，也会使人产生一种萧索悲凉的感觉。可是你再看看那些枝条，新生的嫩芽早已孕育出来，这毛茸茸的不起眼的嫩芽，使你立刻又想到春天，想到那生机勃勃繁花似锦的日子。

七

雪中漫步更是别有意趣的。天空中只有一丝风如同牵着风筝的线般牵着霏霏瑞雪，仰头望，这丝风主宰着粉蝶似的雪花，一会儿斜跌下来，一会儿打着旋飘飞，一会儿悠悠荡荡扑向地面，或落在行人的身上。

雪花像一个顽皮的孩子永不厌倦地和人们嬉闹，拂着人们发热的脸庞，化成滴滴水珠流到眉毛胡子上，结成粒粒小冰碴儿。洁白的雪花悄然无声地落着，飘飘洒洒，纷纷扬扬，不一会儿，地上便有薄薄的一层了，当你的脚踏上去时，它会为你唱出欢快的足音"吱咯，吱咯"。伴着这足音你尽可展开想象的羽翼，去追寻你最美好的回忆，去拥抱你心中的幸福！你不妨作一次深呼吸，那凉飕飕甜丝丝的花香就会浸入你的心脾，你不由得想到一颗纯洁的心，会觉得整个世界都是那样纯洁。

早晨起来，冬雾弥漫。雾散之后，立即出现一幅奇景，那青松的针叶上，凝着厚厚的白霜，像是一树树洁白的秋菊；那落叶乔木的枝条上裹着雪，宛如一株株白玉雕的树；垂柳银丝飘荡，灌木丛都成了洁白的珊瑚丛，千姿百态，令人扑朔迷离，仿佛置身于童话世界中。

一年有四个季节，每个季节都有不同的景色，而我最喜欢冬天下雪时的壮丽景色。冬天，大雪纷飞，人们好像来到了一个幽雅恬静的境界，来到了一个晶莹剔透的童话般的世界。松树的清香，白雪的冰香，给人一种凉丝丝的抚慰。一切都在过滤，一切都在升华，连我的心灵也在净化，变得纯洁而又美好。

黄昏的雪，好像有千丝万缕的情绪似的，又像海水一般汹涌，能够淹没一切，还有一丝神秘感。雪花形态万千、晶莹透亮，好像出征的战士，披着银色的盔甲，又像是一片片白色的战帆在远航……

雪中的景色壮丽无比，天地之间浑然一色，只能看见一片银色，好像整个世界都是用白银装饰而成的。

雪后，那绵绵的白雪装饰着世界，琼枝玉叶，粉妆玉砌，皓然一色，一派瑞雪丰年的喜人景象。

我爱白雪，我爱雪景，我更爱冬天。冬天是心灵的年轮。冬天，虽然十分寒冷，但是它有着无可比拟的温馨和希望。

冬天来了，春天还会远吗？

冬季的来临，人们都换上了厚重的棉衣，隔离了寒冷的风霜。冬季的来临，也让万物进入了"死寂"期，留给人们的是满眼的疲惫……

那年冬天，年幼的培种下的君子兰早在两个月前就病恹恹。冬天一到，它变得绿色全无，成了一堆枯枝。年幼的培伤心极了，几个月的心血就这样化作了泡影。为了使自己稍稍安心一些，年幼的培既没有把它立即丢掉，也没有把它从花盆里马上移走，保持原样，没再去管它。

就这样，那一年的冬天，年幼的培就在惋惜中度过，每一次摸到那冰冷的花盆，心头就涌出阵阵悲哀和无奈。现在想起，他仍能感觉那冬的漫长。

第二年开春后，年幼的培痛下决心要将那枯枝除掉，腾出花盆种吊兰。于是，培用一个小铲子扒开土，准备将其连根拔走。

可就在这时，奇迹出现了。培刚用铲子插入干厚的泥土，扒了两下，就听到一阵清脆的破裂声，随之培看到瓷花盆的碎片散了一地。可是年幼的培仔细一看，被泥土层层包裹着的，浓密得如胡须般的物体，正是去年冬天看似已枯死的君子兰的根，它不但没有枯死，反而愈加茂盛，分了一次又一次的杈。现在，它已经茂盛到充满了整个花盆，宛如一只只龙爪紧紧地贴在瓷花盆里，难怪一碰就碎。

看到这里，小小的培赶紧将乱麻般的根须稍作修剪，分盆重新种下。结果一个月后，每个花盆都长出了君子兰可爱的小芽。培当时也不知道那是什么花，也许那只是一株无名小花吧，只是长得像君子兰而已。

冬天是霜冻慢慢凝结的，当逐渐厚重的白色覆盖屋顶，一切由复杂变为简单，由纷繁变为单纯，冬天来了，冬天像封面般地装订四季。

从西北吹来的季风很直率，义无反顾地往你的袖口里、领口里钻，你刚出门上路就扎脸了。你的耳边没有了春风与绵绵细雨的絮叨，而是深切地感受到彻骨和切肤的寒意。一片枯叶掉落，你猛地抬头，发现所有的树都脱尽了叶子。树枝没有了树叶的装扮，格外清朗和坚实，交错的枝干成了树的真实内容，北风中翩翩摇曳，简洁而精干。

　　冬天来得不知不觉。当秋收的农民一边把稻谷收进粮仓，一边刚把麦种播进土地，冬天就悄无声息地过来收拾一切了。田埂上的杂草干净了，田埂里也没有了庄稼和植物的装饰外套，田野与田野之间除却了琐碎的细枝末节，尽现眼前的是优美的曲线。田野的尽头，地平线清晰又辽阔。冬天把真实和本色还给自然。大地敞开胸膛，毫不遮掩地袒露出实在和坚硬的土壤。

　　冬天应当有雪，否则就不算是真正意义上的冬天。尽管"厄尔尼诺"现象一次又一次地使地球逐步变暖，但总有一两场雪能越过长江，到达南岸。一些天大雾不散，接下来就纷纷扬扬地飘雪了。江南的人期待雪的心情是很热烈的。

　　虽然也会泥泞，但总有那么多人在纷纷飞絮中出门，游园踏雪。随便找一个地方，就是平时难得的留影景点了。这个时候，最无赖的是孩子，他们跑呀，奔呀，打呀，追呀，一刻不停息，就像乡野的小狗，毫无忌惮地玩耍着，哪怕满脸是汗，浑身是雪……这时，麻雀却在悄悄地觅食。麻雀是冷静的，因为所有蛰伏在雪地里的生命都在准备着来年的梦想。

　　"那是我人生中第一次最为开心的童年回忆，也是最后一次最开心的童年回忆。"身为高层，也身为中将。虽然这里职位最高的人比自己不知道要高出多少倍了，可以前的事情也都过去了，事情过去之后，大多数人都没有办法想起来了。

八

　　人们面对这一场景，都感到十分熟悉。以前他们肯定没有去过太空，也许是地球上的那个场景跟现在的景象很相似。

他们似乎想到了下一步该怎么做，也知道怎样才可以获得成功。以前获得过成功的人，现在也打算按着原来的经验进行。在那次事件上失败的人，也忘记了下一步该怎么做。

北方的科技略胜一筹，因为气候更冷，所以他们更能确定机器的恒定问题，也能更好地把握火候。在地理方面，北方也更挨近那些科技大国。他们之中大多数人在 5 岁以前就身处北方了，也有很多人是迁移过去的。

当时都是重点培训对象，差不多一半的课余时间都是在玩战略策划的游戏。像那些打枪的游戏就是最经典的。

后来，他们试验团队发明了一种手套。他们每人戴一只，每只价值都在十亿美金以上，一共制作了三只。试验人员每人身穿三个纳米进化器，脚上还绑着两个，全副武装。可当那手套开始运转的时候，蓄力时间有点久，用了半分钟的时间。

那时，周围全都是白雪了，跟他们以往的事情一模一样，就像他们小的时候的某个场景一样。他们因为窗户玻璃破了，互相推卸责任而吵得不可开交，在雪地上扭打起来。

现在，这是他们辛苦研究了十年的成果，成败在此一举。手套最后的部分展开了数万个翼子板，飞快地旋转起来，并且利用气压造成极强的震动，再经过一系列的蓄力程序，手套散发着莹莹的光。

"轰——"钢铁壁被打穿了在后方的土墙上，受到试验的三人"吸"在了墙上，把纳米分子都给撞飞了。而在墙上的三个人，后面还垫着三个人，因为他们当时的上级也尝试过了一成的力量，也知道那十成力量的恐怖。

手套还是多功能性的，就像是 21 世纪电影里的钢铁侠一样，但它的功能可比钢铁侠的多得多：可以形成激光剑，也可以发射激光，包括各种声纳，甚至还带有引力技能，最多能引导起 20 吨重的工具。如果要功能再多的话，多一项功能可能就要多 5 亿美金，这就是高科技的魅力和力量，这是无法否认的。

大雪崩来，人们在雪幕中看到了未来，那便是过去。未来的事情与过去息息相关，如果想知道未来的事情，请回忆，了解老兵的历史，就能猜到未来！

"来吧，我们给他们个刨冰圆舞曲，别以为人类就那么好欺负！"看着来了的强援，坐在驾驶舱里的几名长官高兴地蹦了起来。

四周温度渐渐低下，可谁也没有发现，在渐渐形成的冰雪薄膜外，一个小小的舰艇正在散发着偌大的光源。

"还真以为金光系的那些东西很好惹呢，要是出全力，估计那里都是灰尘了。"培再次变身，手指变成了树神一族的通话器："树神总部，本舰请求释放 H39，金光系的小型驱逐舰已经到来！"

"树神总部已收到，同意释放！"带着古老和沧桑感的声音传出，好像只是一句话，就可以看透心里想的事情。

冰雪越聚越浓，看样子那些光点快要被冰封了，可事实远不止如此，更可怕的军事重器还在后头。一个导弹从地面上飞起，远远地看见一个光点正在向上冲，这是人类用三秒时间组装的导弹，因为现在都是纳米，只要有个骨架就可以了。

培满头大汗，感慨人类的无知，这只能为金光系的那些东西补充能源。3000 年前，正好是公元第一年的开端，当雷鸣划过天际的时候，那时，他们也只能在地球上。那一天，闪电划过之后，蛇魂被偷走了。

越强大的野兽，需要的力量就越大。精魂则是整个大自然的精华。几千万种精魂，最为宝贵的前十种是：狮魂、鲨魂、虎魂、鲸魂、豹魂、雕魂、蛇魂、狼魂、鹰魂，以及当之无愧的第一名，那就是龙魂。

从古至今，树神族还没有召唤出过一次龙魂。虽然精魂都在他们那里，但也是需要召唤的。

九

当年，被偷走的，便是蛇魂。只要有了一点点精魂，哪怕是千分之一，都需要付出原来的一千倍的努力，才可以召唤得出来。所以说，无法直接抢走全部，也可以一点点掠夺。但金光系的那些生物，生性残忍，原本的蛇魂大多数都已变异。树神金光，它们才恢复正常。

迪拜塔上，渐渐引出了一缕金光。现在的迪拜塔一共高两万三千多米，依旧位列世界第一。最顶上的一层，已经出现在了外太空，人们需要穿上新版的宇航服。

现在的宇航服比以前的要好多了，自己想要怎么设置就怎么设置，也就是刚开始时出现的纳米进化器。

那一缕金光，是那么纤细，却坚韧无比。培在驾驶舱内，感受着能源灌输的速度，并且倒了一杯水给自己喝。"其实我最喜欢格鲁特了，只是不知道它是不是真的，但是那些人类是怎么知道我们喜欢喝水的。"

也是，如果有人在一旁，就能够发现一个让正常人无法想象的事情，在五分钟内，培用八百毫升的杯子喝了五十杯水。

这是一个让人惊讶的数目，他差不多每分每秒都在喝水。毕竟，树木自然是渴望水的，一看到水就会没命地喝起来。上次去野外郊游的时候，一大堆美术生在下游写真，但他们忽然发现，小溪里居然没有水了！

其实是在学校里三个树神族实习生，在上游找了个山涧，在里面喝水，就把溪水给阻断了。

水也是树神族的能源，药物是水，饭是水，生活中绝大部分时间都是在喝水。

最有趣的是，一次生物班去上游泳课———一班的树神族。上课的时候，教官上了个厕所，回来一看，池子里深水区的水没了，浅水区的水少了一半。这就奇怪了，深水区的水少到了一定的程度之后，水库里的水会自己填补进来的，怎么都没有了？

教官去疏通水管的时候，才发现水库里的水已经没了！

回来时，浅水区剩下的一半水也消失了，他们就穿上衣服在泳池里站了一节课。

那一次他们可是喝高兴了呀，后来半个月都没有上游泳课，因为水库才填补一半就消失了，也不知道发生了什么事情。

曾经发生的事里，最为惊险的便是围剿黑帮总部那次了，整个黑帮乱成一团，而我们则在围剿完了之后，起身去了黑帮总部的淡水池，这就是他们要来的原因。又能做任务，又可以喝到水，两全其美，何乐而不为呢？

说到喝水和吃东西，培忽然想起来，自己初次来到人类世界的时候，还真是好笑呢！

在学农的日子里，有不少有趣的事情。可培万万没想到，吃饭——一件那么普通的事情，却成了让他每次回忆起来都忍俊不禁的事。

教官的一声令下，我们抹了一把口水正式开动了。一个上午的军训，培的同学们全都饿得肚皮贴背了。可培不饿呀，他可是树神族，喝水就够了。唯独我们桌上培的那位"秀才"同学最为显眼。

本来都只是一上午没吃东西，可他的吃相却像一匹饿了三天的狼。别人是把菜一点一点地夹到碗里吃，培的那位"秀才"同学是把饭从碗里倒到菜碟里当炒饭吃。

别人是用筷子夹包子，培的那位"秀才"同学是"双管齐下"，左手一个，右手一个，左边一口，右边一口；别人是组长端着菜碟去添菜，培的那位"秀才"同学是抓着菜碟"飞"去"抢菜"……

培就那样默默地吃，静静地看，此时仿佛又看见培的那位"秀才"同学狼吞虎咽的样子，又听见缓缓的"悦耳"的咀嚼声。童年重临于培的心头……

"真的有些不愿意啊，又要去'游泳'了，金光系的这些生物，似乎是太久没有体会过树海翻腾的滋味了。"培说到这里，面色一凛，冲出了驾驶舱，直接打破金黄色的湖泊玻璃。"H39支援已到达，同意继续释放。"当然，培之前就已经在释放了，他可是打算把飞船里所有的H39都给放出来，既然要战，就要不遗余力地战！

每次一回忆往事，培都要笑出声来，树神族几乎没有什么不快乐的事。那次游泳池的水奇异消失的事件，才是最奇怪的。因为教练回来后，发现他们嘴里都散发出一股消毒水的味道。

而且他们生物组的人只要一到教室旁听，教室里的空气就特别清新，还像开了空调一样凉爽。虽然在这个时代，学生甚至可以把小型空调拿在手上玩了。

可当生物组的人一来，浑身上下除了一只自己会写字的记录笔和电子笔记本，就没有任何电器了。那些同学也是热情过度了，只要一看见他们去到了他们班的教室，就会大声招呼他们坐到自己旁边。有"空调"呀，谁不想吹空调呢？

十

说到游泳，没谁能跟树神族比了，他们生物组的人游得跟游艇一样，而且全身上下都没有一个电器，这就奇怪了，老师也不知道怎么回事。总之是他们挥舞手臂的时候，谁也无法看清，速度实在是太快了。

游泳考试的时候，外校的老师首先做了一遍示范，炫耀了一下自己的成绩——半分钟。可树神族这一堆"超人"来了之后，就没有任何办法了，统一的起点，统一的进程，统一的时间——5秒钟。

最后校内老师还在品茶，旁边早就准备好的救护人员把外校老师拖走去治心脏病了。毕竟，当时三校联考的时候，外校的精英游泳生都不打算游泳了，而外校的游泳老师都去医院了。所以说，每当他们考试，20 名医护人员是必需的。

到了最后，外校老师都不来了，校内老师都懒得考了，像以前一样，在成绩单上写"逆天"这两个字。

"快看下面，有学员，情况紧急，他没有穿纳米进化器，迅速释放救生艇，火速救援！"救生艇迅速降下，机械手臂夹住了培的双臂。培现在想骂人，但又骂不出来，树神族是有肺压的，在外太空一张嘴，那就死定了。

在这古老的大地上，有很多人类察觉不到的东西，就比如说精魂，在人类眼中，那是不可能的。培摆了个手势，浑身金光凝聚。

恍惚间，每个人都看见了四幅景象：最早从冬天手里接了班的是树林。阳光穿透了云层，一不小心跌了下来，在地上洒了一片碎影。

第一个把新鲜的芽苞探出来的是柳树。树干上苍朴的疤痕揭示了树的沧桑。那长长的柳条似飞扬的长发，枝条上缀着青黄的小叶。起初那芽并不美丽，外面包着一层灰棕色的硬叶壳——到了四月份，它们可就长大了，软茸茸的，绿油油的。要不了多久，树林就会由原先的灰蒙蒙变成一块巨大的翡翠，柳条间也飘起了白雪一样的柳絮。

玉兰花也是一个急性子，它使出劲儿，准备了一冬天的肥嘟嘟的花苞迫不及待地在三月份就绽开了洁白的花瓣儿。有时上午经过时它才露出几片花瓣，下午再看就已经全部盛开了。从远处望去，它如同披了一树的白绸子，有些花是紫色的，就像点缀其间的一颗颗星星。满树怒放的玉兰花香气浓郁，引来许多毛茸茸的蜂和大群上下扑飞的彩蝶。在雪白的花丛中，它们自由自在，毫无拘束；而那高傲固执的玉兰花，几天的花期结束，散落在地。一个月后，满树的绿叶弥补了枝干间空洞的失落，连阳光也洒不进叶间了。

树林间泥土与叶子的香气散发出来。而那些杂树，它们生便生、长便长，它们想长到天上去，也没有人干涉——毕竟林间有了绿意，有了希望。闲时，你可找个树荫，躺进草丛，不知不觉便睡着了。

起初，是春天泼洒了春雨，冰雪融化，万物复苏了。枫树也披上了一身嫩绿的衣裳，吐出了小芽。那小芽嫩嫩的，有淡淡的绿色，有半黄半绿……每个小芽都是"Y"字形的，可爱极了！

天气慢慢地变炎热了，我们换上了凉快的衣裳。枫树叶在小芽里也闷极了，它也"换"上了碧绿的衣服——长出了叶子。碧绿的叶子在阳光的照耀下显得格外明亮。另外，这儿还是个乘凉的好地方，有时老人们在家里待着闷热，总是会拿本书坐在枫树林下面边乘凉边看书。这院里的老人都喜欢这儿。

金黄色的收获的季节到了，枫树的树叶不再是浅绿色的了。刚入秋，叶子尖就先慢慢地变成红色。过了几个星期，树叶就好似被太阳染过似的，深红深红的，到了深秋，红枫叶断断续续地落下了，我捡了一片叶子看了看，深红深红的叶子上有深红深红的叶蔓，这片树叶是五角枫叶，没准这是秋姑娘送给我的礼物呢！

一场大雪下了以后，水结冰了，动物们冬眠了，只有冬爷爷呼呼地吹着，吼着，晶莹的雪花飘落下来，整个枫树林如同一个童话的世界，银色的，美丽的。这时，枫树没有春天的嫩绿，没有夏天的翠绿……但是，它现在是雪白色的，像天使般纯洁。

迷人的枫树林，每个季节都有一个美丽故事，每个故事都是五彩缤纷的……这很常见，可能每户人家都见到过，甚至拥有过。但就因为这常见，造就了不凡。

十　一

在一个盛夏的森林里，大大的太阳像火球一样烤着大地。远处，连绵起伏的高山显得格外清秀，葱翠。一棵棵大树上的叶子经不起太阳的考验，有气无力地垂着头，只有那不知趣的知了还在那儿傻唱。小河里，小鱼儿也感到了闷热，不时地把头探出来透气。

乌龟有气无力地爬到岸上来乘凉。老鼠也东张西望寻找着凉快的地方。小野花开得十分灿烂，散发出迷人的清香，好像在向人们诉说着夏天的炎热。只有那美丽的蝴蝶天使还在花丛中飞来飞去。

夏天的树林美丽而寂静，但那蝉鸣声却打破了寂静，为我们增添了一丝生气。

想象着，和小伙伴们走进树林，看着那高大的树木，观赏着那些平常带有一缕香气的花，感觉十分惬意。

渐渐地，我们玩起了捉迷藏游戏。那高大的树木，正好遮住我们小小的身躯，而且还有树丛来挡住大树没遮住的部分，隐隐约约的花香也遮盖住了我们身上的气息，这为我找到他们增加了难度。

左边望望，右边看看，就是找不到随我来的伙伴们，找了20多分钟才找到一个，但又跑走了，我终于知道为什么找不到他们了，因为只要我一往前走，躲在前面的人就趁我不留神的时候立刻跑到我身后躲起来。好不容易才把他们都找到了。

玩完了捉迷藏，在那幅如诗如画的景象里，大家都累坏了。大热天，这一棵棵大树为我们遮住了炎热，留下一片阴凉，我们干脆直接躺了下去，空气中弥漫着一股潮湿味，有些同学舒服得大叫起来。

在树林里，时间飞逝，转眼一下午就很快过去了，我们虽然很累，但是我们还是很开心地回了家，带着满满的收获回了家。

夏天的树林里，那鸣蝉还是在叫着……

炎热的夏天过去了，秋妈妈正忙着为树林披上温暖的秋装。我信步来到一棵银杏树前，眼前的银杏树叶被秋妈妈镀上了一层耀眼的金色。秋风中，每一片叶子都在随风摇曳，沙沙沙，沙沙沙……

他们仿佛在对已经成人了的哥哥将领说："你们快来采我吧，不然的话，我就要被大地妈妈回收了！"我连忙捡起刚落下的几片银杏叶，仔细瞧了瞧，它们真像小扇子呀，深黄的叶脉清晰可见，叶柄端已经干枯了。原来它们也舍不得离开树妈妈呀！

这时，一阵秋风吹过，一片红红的叶子飘落到我的脚下。我弯腰捡起来一看，它红得那么惹人眼，和我们的手掌一样，这不是枫叶吗？我抬头一看，不远处就是枫树林，它们就像喝醉了酒，脸都变红了，远远望去，真像一片红色的海洋。"好美呀！"我不由得叫出声来。

离我家不远处，有一片树林。秋日里的一天，我走进树林，看见树林换上了一套新装。

一阵秋风吹来，树叶纷纷落了下来。有的像金色的蝴蝶在翩翩起舞；有的像黄莺忽上忽下，追逐戏闹；有的在空中旋转着，像在跳芭蕾。美丽极了！

树上结满了又香又甜的果实，紫得发亮的葡萄最惹人喜爱，红通通的苹果最耀眼了，黄澄澄的橙子味道好极了。

地上的小草穿上了黄色的外套，和大地融为一体。小溪经过夏天的奔流似乎很疲劳了，此时缓缓地流淌着。远处的山静静地耸立着，山上的巨石清晰可见，显得巍峨、高大。

秋天的阳光格外明媚，秋天的天空格外蓝，秋天的风格外清爽，秋天的树林更是有一种特别的美。

秋天的树林里，色彩斑斓。松树和冬青树，叶子还是那么绿，它们昂着头，挺着胸，像正在站岗的士兵。枫叶与众不同，叶子全都红了，像一个个红红的小巴掌，在树上摇晃着，好像在说："我不要离开大树妈妈，我要和大树妈妈在一起！"

大多数的树叶都黄了，但是黄的色彩又各不相同，有的深黄，有的浅黄，有的鹅黄……一阵风吹过，红的、黄的叶子飘落下来，纷纷扬扬，美丽极了，像有成千上万只蝴蝶飞落下来，给大地穿上了一层柔软的外衣。而飘落在地上的叶子似乎能感觉到冷一样，都卷在了一起，上面细小的经脉也显得更加清晰了。

再向远处看去，红的、黄的落叶，满山遍野，连成一片，像一块大大的花地毯，是在庆祝秋天的到来；每棵树都送出最美丽的礼物：一片片色彩斑斓的叶子，这不仅仅是一片片小小的叶子，它们都有着特殊的含义，包含着每棵树的心意啊！

冬天，是一个肃杀的季节。凛冬将至，飘落三千大雪。水涨船高，千里冰封，霜花在舞动。燕雀无声，夏天已经被冬天征服，撤出地球的这半边，到达另一边。

有一支没有音符的乐曲，只有细心聆听的人，才能听懂它的歌词，一点一滴，奏出轻快的旋律。它不需要五线谱上的"豆芽"，这就是一个备受欢迎的乐团，大自然美妙的音乐家——雨。

每一个生命都期待着雨水降临。因为有了雨水轻柔的抚慰，墙角的小草立刻生长起来，抬起了微笑的脸庞，绿油油的色泽十分耀眼；无精打采的老榕树立刻精神焕发，挺直了腰板，眺望远处，粗壮的"手臂"四面舒展，闪烁着幸福的喜悦，显得虎虎有生气；枯萎的花朵，重新装饰自己，再度绽放灿烂的笑容，正向雨点频频点头，似乎在感谢雨点们给予它绚丽多彩的化妆品呢。整个世界，万物都笼罩在轻纱似的蒙蒙细雨中。花草树木霎时间焕然一新。

渐渐地，渐渐地，雨由一滴滴变为一丝丝，千丝万缕的雨如薄暮般从天上向下垂，铺到了地面上，化作了晶莹剔透的水花，溅出水滴，又变成了一位位的"清洁工人"，马不停蹄地洗涤着土地。雨点洗净了大地上的尘埃。一尘不染，干干净净，真不愧为"清洁工人"啊！

十 二

也许，在其他人的眼里，雨可能是无比凄凉的、寂寞的。可是，在我的心目中，雨是独一无二的，那样楚楚动人，似珍珠一般。还能引来不计其数五颜六色的伞，有鹅黄的、火红的、翠绿的、雪白的、宝蓝的……真像五彩缤纷的蘑菇，美丽极了。

雨过天晴，花草树木那一阵阵浓郁的芳香，沁人肺腑，令人神清气爽，心旷神怡。再加上清新甜润的空气，令人更加惬意、陶醉。

树上一片片绿莹莹的叶子上点缀着亮闪闪的露珠，触目一片晶莹。我举目四望，望见朵朵白云犹如一簇簇白牡丹迎风怒放，托住了璀璨而又明媚的阳光。天空中突然呈现出了一座五彩缤纷的"桥"，原来是五光十色的彩虹。红、橙、黄、绿、青、蓝、紫，各种颜色交织在一起，十分艳丽。美丽的彩虹在红花绿树上搭起一座桥，使这个世界变得更加有魅力无比。

雨后，霜花凝结，我喜欢太阳花，它是夏日里最常见的一种花。

学校的花园里种着太阳花。每年新春刚过，太阳花就仿佛知晓了春意，悄悄地探出小脑袋。新抽出的芽最初细得像针，可才过几天便长出圆圆的梗，再长出细细的叶。叶和梗都饱含碧绿的汗液，嫩得叫人不忍心触碰。很快，叶和梗就会密密麻麻地连成厚厚的一片，如绒毯般铺满了一地。

某个初夏清晨，太阳花开了。在一层滚圆的绿叶上，会闪出几朵娇嫩的小花，小巧玲珑，或红，或黄，或紫。最初的花朵，像彩霞般耀眼，像长虹般绚烂，像宝石般夺目，会让人忍不住一阵惊喜、一片赞叹。接着，大朵小朵、单瓣重瓣，或红或紫的花都竞相开放，争奇斗艳，绣成一幅五彩缤纷的织锦，放眼望去，绵延不绝。

从初夏到深秋，太阳花都盛开不败，始终保持着艳丽的色彩。在夏日阳光的炙烤下，牵牛花和牡丹都失去了往日的风采，只有太阳花，一如既往地怒放在骄阳中，阳光越炽热，它便开得越茂盛、越热情。

单朵的太阳花，其实开花的时间是极短的，朝开夕谢，仅仅只有一天。尽管花期短暂，但它却似乎永远都是那样生机勃勃，绚烂多姿！

每天，都有一批快要绽开的花蕾，日出前它们还裹得严严实实，看不出一点会开的样子，可一见阳光，花瓣便像苏醒了似的，徐徐向外伸张，越开越大、越开越圆……白天，它尽情地享受阳光的照耀，等到夕阳西下，它的花瓣也发皱、收缩，结束了花期。第二天，迎接朝阳的又会是新一批的花蕾。

看似纤弱的太阳花啊，就是这样不断地新陈交替，用顽强的存在宣示着它生命的魅力。

春去秋来，百兽示威，百花齐放！

茫茫星海中，冷暖交替，寒暑易节，极寒来袭，冰雪消融。顿时，每个人耳中都有了各种声音。花朵绽开的声音，雄狮怒吼的声音，交杂在了一起。

每个人心中都有了一种释然的感觉，而那些小型的驱逐舰则在碎裂的冰块中爆开，化作桃花花瓣，在空中飘落。

开学的第一天，我坐在教室里，心里充满了神圣感，耳边久久地回响着一句话：我六年级！

六年级了，意味着什么？我长大了！我要更懂事了，我要更努力学习了，我不能再沉浸在童话世界里了，我不能再丢三落四了！我应该一心一意做六年级该做的事。

六年级了，我在母校的时间只有半年了，我舍不得她啊！尽管我在母校的时间只有短短的 4 年，但我已经喜欢上了这所学校。这校园里的每一株草、每一朵花、每一滴水……甚至每一根闪闪发光的松针都记录了我在母校的欢笑与泪水！

六年级了，再过半年，我就要和生活了四年的同学说再见了，我不忍心啊！虽然我在六班的时间并不长，但是我已经深深地融入了这个温暖的大家庭！这班里的同学是我的亲人，我又怎么忍心与亲人分离呢？

在花朵中央的培，也受到感染，想到了自己的过往。

这便是培心里的想法，全都归纳到了现实之中。

虽然这也只是自己心里的念头而已，但这已经累得培满头大汗了。毕竟，这可是树神族的秘技，不是普通的族民能驾驭得了的。虽然这连大自然花朵前 100 名都没达到，但这是非常耗精力的。

忽如一夜春风来，千树万树梨花开。

所有战舰，在这一刻，创口全部恢复。每一艘我方战舰上，都冒着莹莹的光。每一名队员，都能感到自己身上的力量在恢复。

前所未有！

"我们击败敌方战舰了！"在蔚蓝航队主舰中，几个教官大声叫嚷起来，完全失去了教官应有的样子。"不要轻敌，这并不是我们击毁的，而是你们下方那架未注册的战舰击毁的！你们迅速撤离，并且时刻防范，那种科技已经比死灰战队还要强大了。"

一听这话，整个蔚蓝航队炸了锅，信号迅速覆盖这一大片土地，开始侦察。四处都可能是敌人，在他们的眼中，这完全不可能。

几千亿万个小型驱逐舰，就刚刚那一朵花绽放的一刹那，怎么就全部都消失了呢？

与此同时，地面上。

"培要回来了，准备迎接。"一个戴着墨镜的初中生说道。旁边站着的是一个小学生，脸上写满期待。望着那天空中飞来飞去的小型飞机，那个人也感叹人类的进化之快。

他们同样是树神族的成员，曾经，在他们小时候，几乎每个成员都喜欢观赏天上放飞的风筝，但那已经是过去的事情了，在很久很久以前。它们有的像燕子、有的像鱼、有的像蜈蚣……五颜六色的它们装扮着春天的天空。这让整个树神族产生了一个强烈的欲望，就是让树神族的

"风筝"也飞上蓝天。

在第一千万片树叶掉落的时候，树神族最老的成员们都拿着自己心爱的风筝，兴冲冲地来到人类的广场。他们用手牵着风筝线，顺着风一路狂奔，可风筝却像患了恐高症的幼儿，又蹦又跳始终不肯离开地面，连续几次都没有成功。

那是树神族的风筝，怎么可能那么容易成功？大部分的人，都扫兴地提着风筝去找"姥爷"。根据史册上记载，当时"姥爷"说："今天别放了，我们去机场看飞机起飞吧，你们可要仔细观察啊。"

十 三

接下来的几天，人们都能看见：一个老人带着一堆青少年，拿着带有金黄色镜片的望远镜，在机场外观望飞机起飞，终于让他们发现了一个奇怪的现象。有几天，飞机是由西向东滑行起飞，有几天却是由东向西滑行起飞。

当时，他们对飞机的飞翔万分不解，问"姥爷"："这是为什么？"

根据史册上讲，"姥爷"笑着对那些还是小孩的树神族成员说："风筝放飞和飞机起飞都必须是逆风起飞。你们想了解得更详细，可以到人类所用的电脑上查询。"

后来，很多的成员都深入了人类世界，一离开生活的村落，就到城市查询了电脑，原来飞机起飞的确是要逆风的，如果逆风起飞，飞机还没滑跑，便已经有一定的相对于空气运动的速度，得到了一部分升力。若其他条件不变，这时飞机只需要比较小的地速就可以具有离地所需的空速，也就是说，飞机只需要较短的滑跑距离就能获得离地起飞所需要的升力。

现在的飞机远远轻于风筝，飞行速度也比以前快，是之前的飞机没有办法比较的。

想学会飞，就要知道摔倒的痛。而之前所见的树神族战舰，便是升级了人类的战舰而做成的。树神族的历史和今天就是树神族成员最大的谜团，哪怕是树神，也无法解释精魂是什么东西，那也是一种无法用科学来解释的东西，就跟树神族一样。

天空中，金光一闪，转眼就变成了黑色的光，重重地砸到了降落点上。不是落上去，是机身倾斜，直接砸上去的！"培的降落技术真的是越来越好了，我记得5年前考核的时候，他飞到森林那边去了，整个树神机场就他那一个空位。"

旁边的人大声叫嚷着："嘿，那边那位小兄弟，你刮到我的飞机了，你到底会不会开啊！"确实，现在人手一个纳米进化器，想要什么有什么，但树神族的飞机，总有一个不变的喷漆印在上面。

那个喷漆就是一棵树，上面是十大精魂。

树神族的视力远比人类的要好，哪怕是变成了人类，也丝毫抵挡不了他们原来的特点。不管什么考核，他们每次都有几十台机器来检测。各种什么怀疑服用药物啊，脑袋里植入芯片啊，或者是在身上藏电器啊，全都要检查，可什么也检查不出来。

学校给他们生物组专门抽过一次血，用针管一插，结果针断了，也不知道怎么搞的。最后换成新时代针管，一抽血，统一的B型血，基因差不多都一样。他们的头发做过实验。别人的头发，只要放在水上，就不会沉下去。只要一按下去，把手给抽回来，头发就沉了，绝对没有浮起来的希望。而他们的头发，就算是用密度最小的液体，也依旧稳稳当当地浮在上边。哪怕是用手按下去，也会顽强地浮起来。

可他们一去游泳，就显而易见了。这也就证明了，为什么生物组的一部分人的成绩好到奇葩，一部分人却游不了泳。

虽然木头可以浮起来，但不是所有的都会浮起来，有一些铁木一下水就会沉下去。后来，靠人力拉不上来，还叫来了一辆车子，用车子拉上来。

一共耗时 5 分钟，都是肺压的功劳，氧气在之前就被压缩，后来在无氧环境下，就会极大限度地膨胀。他们没有遇水之前，体重是正常的，而他们在水中测过体重，暴露了，变成了原来的好几倍。可机器一检查，也没有什么不一样的。

所以说，对于这一批怪异的学生，校长也没有什么办法。为什么不让植入芯片，是因为人类曾经植入过，而且效果差到超乎想象。

任何实践的问题都不懂，但一到背公式、背课本上的英语单词，倒着都能背出来，都能把拼音给拼出来。

所以，人们对大脑植入芯片的这个愿望，现在还是慎重考虑吧。等某一位天才科学家将人的大脑研究透彻了之后，再研究此芯片吧，现在，科技似乎还没有到达巅峰境界。在未来，将会有一片让科技纵横驰骋的天。

十　四

随着星星的变化，飞艇再次飞起，地面上的分子重组。现在，已经夜晚了，从下午停到晚上，这估计是史上第一人吧。

说实话，培在驾驶舱里也是晕的，他也弄不懂方向了，也忘记了调整角度，只知道飞船在往下掉。要不是因为工作人员，那名初中生都想去帮培开飞船了。而那名小学生，则去了离这里最近的一所游戏厅。

现在的游戏机全都VR化了，如果想玩以前的游戏，只要找个座椅，戴上模拟眼镜，就可以开始玩了。而且攻击和技能都是按照原样来的，不管怎么样跑也不会感觉累。那些各种行动迟缓，眩晕，嘲讽，都会真切的传递到脑中，让体验者身临其境。

"嘿，这招还真管用！"初中生手里出现了一个远程遥控器，让培的飞机稳稳地停在了地面上……

培怒气冲冲地冲那个初中生吼，一边抢过一个杯子狂奔到饮水机前，灌了满满一大杯水，拼命地喝。大约等待了 4 分钟，喝了上万毫升水，旁边的推销员都惊呆了。最后，培根灌了一大杯子水，边走边喝，伸手招呼那个初中生快点走了。

"芥末哪去了，怎么没有看到他，不是你跟他一起来的吗？"培一边问，一边灌了两大口水。旁边的那个初中生望着这可以和骆驼媲美的培，一时也恍惚了。

培摆了摆手，初中生这才回过神来，将事情一五一十地告诉了培。

"培，你还记得吗？那个树神族的故事，也是那些树神族长辈的故事。"

"曾经，在他们小时候，几乎是每个成员特别喜欢观赏天上放飞的风筝，但那已经是过去的事情了，在很久以前。它们有的像燕子、有的像鱼、有的像蜈蚣……五颜六色的它们装扮着春天的天空。这让整个树神族产生了一个强烈的欲望，就是让树神族的'风筝'也飞上蓝天。"

培摇了摇手，说："嗨，还以为你要说什么新奇的故事呢，这个故事都'老掉牙'了，我都懒得听了，那些前辈的故事一点都不好，明明就是人类世界的论文。"

初中生忽然生气，说："你不懂当初要是没有那些前辈的故事，就没有树神族的今天。"

"算了，我通过脑电波发给你。"培的脑海里忽然闪过一句话，是那位初中生的声音。

在第一千万片树叶掉落的时候，树神族最老的成员们，都拿着自己心爱的风筝，兴冲冲地来到人类的广场。他们用手牵着风筝线，顺着风一路狂奔，可风筝却像患了恐高症的幼儿，又蹦又跳，始终不肯离开地面，连续几次都没有成功。

至于原理，好学的树神族，肯定会问那些长辈了。

当时，他们对飞机的飞翔万分不解，问"姥爷"："这是为什么？"

根据史册上讲，"姥爷"笑着对那些还是小孩的树神族成员说："风筝放飞和飞机起飞都必须是逆风起飞。你想了解得更详细可以到人类所用的电脑上查询。"

后来，很多的成员都深入了人类世界，一离开生活的村落，就到了城市查询了电脑，原来飞机起飞的确是要逆风的，如果逆风起飞，飞机还没滑跑，便已经有一定的相对于空气运动的速度，得到了一部分升力。若其他条件不变，这时飞机只需要比较小的地速就可以具有离地所需的空速，也就是说飞机只需要较短的滑跑距离就能获得离地起飞所需要的升力。

现在的飞机，远远轻于风筝，飞行速度也比以前快，是之前的飞机没有办法比较的。

"对啊，所以说那些飞机到底是怎么飞起来的呢？"培再次问道。初中生两眼一黑，手掌重重地拍着心脏。

"嘿，不要那么夸张，不至于吧。"

如今距离1000多年的首演盛况，已经过去近200年了，但是贝多芬的《第九交响曲》和《欢乐颂》却成了长盛不衰的经典作品。在这200年岁月中，几乎所有的后辈音乐家、作曲家都被这部宏伟的作品所倾倒；更有无数业余的听众被这部作品所带来的音乐哲理、音乐气度所感染！因为这部作品，贝多芬成了神一样的人物，《欢乐颂》成为人类历史长河中永远不灭的自由、和平之明灯。

让我们一起来走进这部作品，走进贝多芬的理想王国。

第一乐章是不太快的略呈庄严的快板，小调悠扬，打着轻快的拍子，奏鸣曲形式。第一主题严峻有力，表现了艰苦斗争的形象，充满了巨大的震撼力和悲壮的色彩，这一主题最开始在低沉压抑的气氛下由弦乐部分奏出，而后逐渐加强，直至整个乐队奏出威严有力，排山倒海式的全部主题。

作曲家一上来就用一种严肃、宏大的气势表达出了整部作品的思想源泉。其实这是贝多芬很多作品中反复表现过的主题——斗争，也折射出斗争的必然过程——艰辛。旋律跌宕起伏，时而压抑、时而悲壮，我们似乎看到的是勇士们不断冲击关口，前赴后继企盼胜利的景象。

第三乐章倒是慢板乐章了，如歌的柔板，大调子统一发出，不紧不慢的拍子，不规则的变奏曲式，可见贝多芬有意在编排上作了创新。这个乐章相对前面两个乐章显得宁静、安详了许多，旋律虽然平缓，但是不失柔美。

当年，法国著名作曲家、乐评家柏辽兹（人类）评价此乐章是"伟大的乐章"。第三乐章共两个主题，其中第一主题充满了静观的沉思，具有强烈的抒情性和哲理性。在前两个乐章表现出激烈的战斗场面之后，第三乐章似乎是大战中短暂的平息。

"你有没有发现，贝多芬的乐曲，似乎在暗示人类的未来，同时也是我们的未来？"忽然，那个手里端着 CD 的初中生说。

"喊，姥爷都说过多少遍了，当我没听过啊？"

"哦，我忘了，还以为你是新生代，好忽悠！"

"走开！"

这时，那个身处游戏厅的"小屁孩"拿出了一个对讲机，是树神族的对讲机。上面缠绕着的根须隐隐约约散发出了荧光。

"行动。"他瞟了一眼跟在身后的那两个人，穿着一层粒子马甲，一看就知道来者不善。"人类，真的挺好玩的。"确实，树神族兢兢业业地守护了地球几千年，人类现在却盯上了那些守护者。

现在，这个"小屁孩"还没有能力召唤很厉害的精魂，9000 名以上的精魂还是可以召唤出来的。树神族的族民只要一过了幼年期，就会自动发掘精魂。

十 五

毕竟，那些所谓的修炼都是假的，虽然树神族在人类眼中完全就是不可能的存在，但人类已经无法否认有这么个强大的存在了。

"嗡——"正当两个特工打算扑上去的时候，那个小毛孩儿却消失不见了，谁也不知道他去了哪里。在两位特工眼中，这简直就是匪夷所思的事情，人类至少还要 7 年的时间，才能把一个人体化为分子。大概还要 20 年的时间，才能制造出实现远程互联的两个空间。可能要上百年的时间，才能研制出能让人类随意变成分子的工具。

现在这个情景，不由得让他们怀疑这个小孩是不是某个国际组织的核心人物，拿到了一切有关于瞬移的资料和机器，所以才拥有这等科技。

只是他们不知道，这可是树神族的秘技——风动。

只要是在有风的地方，必定就有落脚的地方。这也是树神族最为奇妙的地方，可以和大自然沟通，并且在有自然之力的地方，他们无所不知。

"你……你们……你们是要冻死我……吗？"满脸冰霜的小孩坐在升起的篝火旁，"真是不知道为什么，这些冰雪就是这么的顽固……"

"这还不是多亏了达·芬奇画鸡蛋的功夫，当年他一笔战群雄！"初中生扬扬得意地说，那神情，好像自己就是达·芬奇。

"要说画画，你还比不过我哩，"小学生一脸鄙夷，对初中生说，"俺入这一行已经半年有余了，我清楚地知道自己是处于刚入门的阶段，无论我过去在别的行业多么优秀，来到这儿只是一名初学者。我知道自己在这个阶段应该做些什么。"小学生话锋一转，把话头给调到了初中生身上："哪像你，天天光说不做！"

"就像达·芬奇刚开始学画画，老师让他画鸡蛋，他画了许多天，画了很多个，画得都不耐烦了。有一天，他终于忍不住问老师：'老师，鸡蛋我已经会画了，您教我画别的吧？'"

"哈哈，你这个大老粗，这不懂了吧？"培被冷落在一旁，看着这个差点被冻死的小朋友哈哈大笑，自己心里也暖融融的，"说的就是你啊，一做啥事，不过3秒就放弃了。"

"嗯，没那么快吧。"这位初中生挠挠头，不好意思地说。

"当时，让我很敬佩的就是，那位老师说：'不行，你画得还不够，你还要继续画，直到我认为画得行为止。'"培堆起一个大雪球，盘腿而坐，闭上双眼，嘴里面念着什么。

"后来，达·芬奇说：'这也太简单了，教我点难的吧？'"

"老师说：'简单的都没有做好，怎么去画复杂的线条？听老师的话，继续画，画到我认为你可以为止。'"

"于是达·芬奇又耐下心画鸡蛋。为什么老师要让他不厌其烦地画一个简单的椭圆的鸡蛋呢？这就是练基本功，基本功练扎实了，就可以继续后面的学习，基本功练不好，后面的功课也学不好。"

"是啊，来到一个新领域，需保持学生学习的心态，而不是老师的姿态，不然，是要出丑的，是要闹笑话。学生要达到老师的级别，必须要有一个学习发展的过程，以一个空杯的胸怀吸纳新领域的知识，以新领域的精英为榜样与目标，初级阶段的我虽然达不到他们的那个境界，但经历一段时间的锤炼与不懈努力就会逐步拉近与那些精英的距离。"

"噫，你还是不懂，人生是很艰辛的，哪像你那样，居然还逃课喝水，你们都老了！"小学生脸上再现鄙视的神情，初中生的面子搁不下了，毕竟自己还是个长辈，哪有小辈这样说话的。"那只是小事，培，控制距离，小心高度，注意安全。"

培双手高高举起，好像举着什么东西一样，若有所思地点点头。

"为什么我们的师傅反复倡导：简单思维，听话照做。坦率地说，起先我听到这句话心里很反感，但我想，既然拜师，就必须相信为师者所说的话，就必须听话照做，像达·芬奇一样画无数个鸡蛋，不然，何以要拜师呢？"说到这里时，小学生的神情有些不对劲了。

"'画鸡蛋'是一个简单的动作，一个简单的练习，无须复杂深刻地反思什么，画到一定的数量、一定的程度，大概闭上眼睛就能画出了，不用纸，不用手，在心里就能画了，但简单的事情要做好还真不容易，达·芬奇之所以能成为大师，就在于他练好了基本功。"

"对了，培，你现在工作是什么？"看着高谈阔论的小学生，这位大哥哥转过身来，看着双手高举头顶的培根。

"现在吗？我暂时不想找。只是，我想问一下，你们是什么时候被放出来的？"

"大概三个月前。"

"我都被放出来一年了。"

的确，现在的社会就是这样。

"现在，本尊做的可是保险的，人寿保险几乎都被我给包下来了！所以作为刚转入这一行的初级阶段的我来说必须遵循这个原则与规例。就像作家必须在经历了过去漫长的天天练笔，没得写也得写几句，才会有后来的妙笔生花，下笔如泉涌。"

"那么我现在的功课就是从意外伤害的小保单做起，这个虽然不能给我带来一定的收入，起先我也看不上，觉得麻烦，耗费大量的时间和精力，耽误谈大单，虽然有极微薄的佣金，但不记入业绩，所以我销售得再多，我却没有业绩的概念，我不屑去做，也懒得去做。"

"嘭——"一个偌大的雪球砸下……

蝗

史雨昂

一

　　李斯站在山灵镇的镇口，看着来势汹汹的蝗群。世界在阳光的照耀下变得迷幻起来。

　　黑黄色的蝗群在初升太阳的照耀下，如同一片流动的金色海洋，每只蝗虫背上那细长的透明薄翅都折射出藏在光里的绚烂色彩，爆发出一阵又一阵耀眼的光点，使得蝗群又像是在金子般的麦浪上绽放的烟火，以及烟火之上，藏在由蝗虫深色躯体组成的黑夜中的星星。

　　星辰，鲜花，彩虹，烟火，明媚璀璨的阳光，仙女飘舞的裙带，连绵起伏的山峦，柳丝轻抚的湖岸，雨后野花竞放的草田，午后此起彼伏的金色麦浪，暴雨中父亲高大的背影，餐桌边母亲温柔的安慰，深夜老师头上的银丝与额前的皱纹，还有像热锅上的蚂蚁般的全校师生。

　　与云脑乃至整个系统链接的数据海洋中，李斯感知到了受袭学校的孩子们学习到的课本知识。幸福而平静，与带来破坏与灾难的蝗虫交融在一起，于是隐藏在这之下的痛苦很快就翻涌了上来，让眼前的苦难模糊成更为超然的存在。

他想起了许多个庸俗的、媚俗的、匮乏的、毫无灵气的意象，堆叠在一起，蝗虫由海洋变成了麦浪，由麦浪变成了烟火与星辰，最终变成了像是来自太阳的使者，轻抚着地上的万物，瓦解了由简陋灰色水泥和红色砖块组成的藏身堡垒。

随后，堡垒内传来一声声凄惨的哀嚎，震得人心发抖，让人想起过年时在欢乐鞭炮下时隐时现的杀猪声。每次的哀嚎最多是连续几声便没有声响，藏在杂乱但似乎富有某种快节奏韵律的嗡鸣中，每个向外曝晒着黑红色躯体的地方，都变成了孕育新生的温床，就像在夹着潮腐味的污泥中，也能绽开粉白色的小巧莲花。

太阳是公正的，公正得不放过任何一处角落，不亏待任何一个生灵。万物都在阳光之下，被覆上了一层闪耀的金色蒙纱，静谧而安详。虫群没有放过任何一个带有隐秘痕迹的地方，它们吞噬了农场，吞噬了广场，吞噬了住宅，最后还吞噬了学校。

藏在脆弱白壳子里的幼小生命恐惧着、祈祷着、颤抖着、悲鸣着，在生命的最后一刻，体验着自己母辈在过去十年、二十年甚至更多岁月里，每日都要品味的感觉。

一个古老的灵魂开始思考他思考过无数遍的问题。

他们无辜吗？应该勉强算是无辜。他们该怨恨吗？应该是要怨恨的。可是对于这个历经无数悲苦的灵魂来说，这样的痛苦终于不用让无辜的人去背负，而这样的仇恨也终于不会指向无辜的人。

太阳，终于升起来了！

晴朗的正午阳光，让李斯选择放任一些对于他而言的"小差错"。这样迷幻的世界又令他回想起与南星相见的下午，以至于遗忘了眼前炼狱般的场景。

"迟到的正义是正义吗？"

李斯的声音在大厅里回响，干净的阳光照在南星身上。

"看你的立场。"

南星心里沉甸甸地，低落的语气仿佛让整个充满阳光的世界都蒙上一层灰纱。

"在这件事上，你的立场是什么？"

"我不知道。因为这与我无关。"

南星顿了顿，挪动上半身，把椅子转回来，正面望向李斯。黑棕色的眼睛已经失了光彩，背着光，透出一股悲哀而复杂的情绪。

"以暴制暴是正义吗？抗争至最后一刻的那种。"

李斯抛出下一个问题，神情多了几分急切。

"看你的立场，我不知道。"

"哈……"似有似无的笑声被喉咙压着从南星嘴里冒出来，连带他宽大的胸膛向上抖动了一下。看着李斯难得露出的急切模样，南星紧接着补充道，"这是需要付出代价的，如果你愿意付出，那我觉着就是……所以，我才选择帮你。"

说完，南星又转了回去，继续望着京华市的蓝天发呆。

李斯走上前，拿起了放在南星办公桌上的一个黑色的硬皮手提箱，然后默默地转身离去，没有再打扰南星。

二

许多年之后，如果让李斯回忆令自己印象深刻的人，他肯定会想起两个人。

其中一个是南星，还有一个是叫珀石的警察。

南星是云星公司与云脑系统的创始人。

自云脑这种可以共享交互意识的技术普及后，新型犯罪中有一多半就是利用云脑系统进行的，比如自行篡改重组相关接入设备和程序，进而达成扰乱或偷取他人的记忆，甚至是修改控制意识的目的。

所以当代的社会治安需求不断提高，警务系统迎来了一次极大规模的扩张。

伴随超巨型城市的兴起，根据城区位置，每个城市通常会被分为云端城区、地表城区和地下城区三个独立运作的执法辖区。

每个辖区内通常又将警察分为负责传统线下事务的"维和官"，负责新型线上事务的"云检官"，以及负责特殊案件的"调查官"。

令李斯印象深刻的这位警察原本叫石泽宇，是一名在京华市地表城区任职的调查官，负责调查一些比较奇怪的、难以单纯用技术侦破的特殊案件。

石泽宇在部队执行某次任务时被炸伤了腿，退伍后被调进京华市的警局，当了相对清闲的调查官。因为不想安装仿生肢体，所以他走起路来还是一瘸一拐的，有人便给他起了个外号，叫他"跛石"。

他第一次看见这个带有些许侮辱性的外号是在某次录口供的记录纸上，又把"跛"错读成了"陂"，觉着"陂"与"琥珀"的"珀"字读音相似，竟觉着十分受用。

他一直想改名字，想与过去的懦弱人生决裂，索性就将自己的名字改成了珀石，虽然留了之前的"石"字，却不再是姓氏。仿佛从他开始叫珀石的那一刻起，他就变成一个独立得更加彻底的人了。

珀石与李斯第一次见面源于一个奇怪的刑事案件。

那天，负责地表辖区的总部接到报案，有人反映邻居家里传来了诡异的臭味。几位维和官前去调查，确认这种臭味是尸臭味后便强行破门而入。在阳台晾衣架上吊着一具尸体。

死者身上有多处瘀痕，包括手肘、脚踝等位置，大腿内侧还有绳子捆绑过的痕迹。虽然手臂和大腿外侧的伤痕像是自残导致的，但是伤疤的颜色与深浅十分一致，并非多次自残产生。

现场的维和官都怀疑死者生前遭到了他人的殴打欺辱，凶手在刻意留下自残的痕迹后再将其杀害，伪造成自杀的样子。

现在这样典型的凶案很容易被侦破，就算没法从死者身上提取到带有凶手 DNA 信息的证据，单纯利用云脑技术对该辖区内所有人进行记忆筛查，也可以轻松锁定嫌疑人的范围。

自愿接受记忆提取是每个用户在使用云脑技术之前都要同意的条款，虽然最初有很多人反对，但抵不过云脑系统与社会存在过深的联系，这条款渐渐就成了平常默认的条款。

比较奇怪的是死者家里很整洁，无搏斗痕迹。二十多个浮在空中的最新版信息探查机把整个房子扫描了五遍，还是没有发现除死者之外的人的任何痕迹。

这说明凶手的反侦查能力极强，或者就没有第二个人在现场。

案发当天，云端城区的一处住所里也发现了一名男性死者。死者躺在床上，头上戴着接入云脑的神经链接器，疑似死于窒息。那间房子同样没有被信息探查机发现除死者之外的人的痕迹。

警方自然因这一巧合将两件案子联系到了一起。

除现场都没有提取到他人行动的痕迹外，两个死者生前都曾登入云脑系统，所以地表城区和云端城区的云检官联合介入了案子，但还是没有找到任何线索。

经初步查验，系统信息和安全防火墙也都正常，应该没有黑客侵入死者的系统。

因此，这两件案子被归为复合型的特殊案件。难得清闲一阵子的珀石被安排过来负责此事，隶属于云端城区的云检官高明负责技术辅助。

珀石的女儿在上大学时和高明是男女朋友关系。两人都到谈婚论嫁的阶段了，却因为变故被迫分开。

原先安排工作的领导并不知道他们有这层关系，只知道珀石和高明是熟人，曾见他们在联欢会上聊了很久，便出于好心让他们一起处理这桩案件，也是为了让云端和地表两个执法辖区合作顺利。

但是这令珀石的心情又复杂了起来，他看到高明就能回想起留在邢谷的女儿。短短两年还不足以让他接受现实如此之大的变动。

珀石先到了地表辖区女性死者所在的小区进行调查，发生命案的消息经过一天的扩散已经被全小区的人都知道了。不少从广场晒太阳回来的老人都围在出事的楼栋门前议论纷纷。

他没有着急挤进人群亮明身份，而是点起一支烟，在一旁默默地观察，就像一个看热闹的路人，听着周围居民对死者生前生活的议论。

其中有不少人知道死者是附近大学的学生，家里比较有钱，和几个朋友合租了一套房子。

现在正值暑假，其他人都回家了，只有她一人还留在出租房里生活。

除假期外，她平日倒也作息规律，待人温柔和善，遇到门卫或眼熟的邻居会主动打招呼。唯一值得议论和想象的，就是她似乎更换男友的频率有些高，过几周就有新的男生送她回家。

珀石狠狠地吸了一口烟，从嘴巴和鼻孔里同时喷出浓郁的灰白色烟雾。他最讨厌看热闹的人随意议论受害者，虽然在旁听的过程中有时可以获取一些有价值的信息，但他还是无法忍受这种污损别人名声的不负责任的行为。

此次旁听并没有给他有价值的信息，这个死者生前的社交，都是出于双方自愿。

而且与死者有过联系的那几个同学暑假都回了家，不在当地，这段时间在云脑系统内也没有与死者进行过多的交流。那几个同学有充分的不在场证明，没有足够的作案动机，自然被排除了嫌疑。

就在珀石准备亮明身份，和维持现场秩序的维和官一起驱散围在门口议论的人群时，他注意到了一个与众不同的男人。

这个男人穿着一套名贵的西装，干净利落，戴着一副无边框眼镜，镜腿是黄金材质，西装内侧的领带上也别了金色的领带夹，甚至外套的口袋前都装饰了精致而恰到好处的配件。

他面容灰暗，脸型消瘦，下巴上蓄的小山羊胡被打理得很整齐，齐刷刷地向前下方竖着，整体看起来可能要比实际年龄衰老十岁。虽然深陷的眼窝下方带着明显的淡青色，但是他的眼睛却炯炯有神。

男人从远处不紧不慢地走过来，挺立在人群外，专注地旁听起附近居民的议论，面庞竟浮现出一丝满意甚至是陶醉的神情。但这种神情转瞬即逝，男人很快恢复到之前没有表情的肃穆状，可又像是忍不住心中某种向上翻涌的愉悦心情，时常闭眼仔细地品味议论的内容。

珀石观察了这个男人十分钟左右，觉着他的身份应该不简单，便装作不经意地走动，缓缓地朝他移动过去，尝试与他搭话：

"哎，哥们儿，你也听说这个地方出了命案啊？"

"我就在附近工作，顺带过来看看。小姑娘年纪轻轻的就没了，她父母应该会很难过吧。"

男人头也不转一下，继续看着还在议论的人群，似乎比较厌烦珀石打扰他。

"你咋知道是小姑娘？"

珀石皱了皱眉头，这桩特殊案件还未公布，只有周围的居民知道死者的身份，可这个男人明显不是住在这里的。

"刚才听人说的。"男人冷漠地回答。

"听说还是附近大学的学生，怎么好端端地就出事了？"

"是我学校的学生，上头领导处理这件事可要头疼了。"

"啊，您是大学教授？"

珀石心里一紧，自己在系统调出的社会关系网中没见过他，列出的所有潜在嫌疑人照片里也没有他，但这个男人却知道死者在哪里上学，说明他很有可能与案子有联系，他便打算继续套男人的话：

"学校那边竟然已经知道了？传得真快。"

"不，校方不知道，我只是以个人身份来听听别人对这个女生的议论。"男人僵硬地将头转到珀石这边，直勾勾地看着他，"我觉着这个女生死得好。"

"嗯？你认识这个女生？"

"这个女生不认识我，但我认识这个女生。"

"她在学校里的名声不好吗？"

"不，她在学校里是一个院级学生会的部长，名声很好，应该有不少朋友。"

"那你为啥这么说？"

"因为人的真面目是无法通过流于表面的观察得出的。你刚才观察了我那么久，不也没看出什么有用的信息。"

"不是，我没……"

"您好，警官，我是附近京华大学的教授，李斯。"

男人整个身子转向珀石，面带微笑向他伸出手。

"这是我的不在场证明，出事时我在外地参加讲座，今天早上我刚坐飞机回来。"

男人将一份规整叠好的纸和一个圆形的金属装置从外套内侧的口袋掏出来。

"最近教研任务繁重，所以上次登入云脑系统已经是一个月前的事情了，您可以让负责的云检官好好检查一下。"

"啊，我还……"珀石接住李斯递过来的东西。

"您是还没调查，我提前给了，省得麻烦。"

男人把东西递给珀石后，又掏出一张印着高档水印的名片。

"这是我的联系方式，我最近难得可以休息一段时间。您可以根据上面的时间和地址到京华大学来找我，如果想晚上来询问，可以在十点前联系我。"

"啊……谢……谢谢。"

"嗯，再见，警官。"李斯说完就不紧不慢地离开了。

高明从人群的另一侧走过来，他在几分钟前就到达了现场，见珀石与另一个男人在交谈便在一旁等候。

"怎么了，叔叔？"

"这个人……"

珀石看着李斯的背影，心中期待自己刚刚伪装的慌张模样能让他放松警惕。

"嫌疑人吗？"高明一脸青涩，与珀石相比显得稚嫩很多。

"不，直觉告诉我不是，但他应该与案子有关系，回去你要去查一下这个叫李斯的教授的背景，这个人不简单。"珀石又从硬皮烟盒里抽出一支烟点燃，眼睛随着升起的烟雾眯起来，像是在思考着什么。

"好了，高明，你先疏散一下人群，别让他们围在这里看热闹，待会儿我们就开工。"

三

待高明好说歹说地劝走了围观的老人后，珀石跨进楼门，细致地检查楼道内的每一处细节，包括墙壁上遗留的传单或标记的特殊符号，还有边角渗出的不明水渍。

这栋楼虽然是新世纪初建好的，但还是按照老京华市过去的传统设计的。

电梯是箱状吊舱的旧款，内侧与楼道一样沾着一些褐色或黑色的污迹，但是在昏白色灯光的照耀下整体还算规整。

一群个头偏大的黑蚂蚁沿着楼梯向上爬去，珀石觉着可能是哪户放在门外的垃圾袋里装有甜食，便没放在心上。

这个小区虽然地处传统城区，垃圾管理资源很紧张。

通常只有每天早上七点到九点、晚上七点到九点两个时间段可以丢垃圾，其他时间乱丢垃圾多是要被罚款的，所以诞生了可以全天去上门拿垃圾代扔的职业。

珀石刚到小区就找过负责案发楼栋代扔垃圾的人，是个老太太，住在附近的养老院里。她不愿尝试新的云脑系统，也不爱打牌下棋或饲养鱼鸟，便随意找了一份社区服务的工作打发时间。

老太太都是按月收费，死者租住的那户在学生暑假开始的月份就没有给钱了，说是等开学再继续缴费，这也符合死者独居的情况。

珀石想再多询问一些人，收集更多的信息，但是老太太太久没人陪着说话，拉着他闲聊了近一个小时，不过好在他勉强从一堆鸡毛蒜皮的事情中捕捉到两个细节。

一是女孩独居后，带新面孔的男生回家的频率变得更多了。二是从今年年初开始，女孩那户扔的垃圾似乎特别招昆虫的喜爱，总有一些蚂蚁或不知名的小飞虫围在附近。

想到这里，又看着不断向上攀爬的蚂蚁，珀石突然觉着这个细节与女孩的死可能有一些联系。

他能被任命为调查官，不仅是他自己主动求个清闲，也是由于他异想天开的能力。他经常察觉到正常情况外的一些特殊细节，总能有所收获。

珀石伸手从口袋里拿出一个小型的折叠取样盒，把这群向上攀爬的蚂蚁捏进盒子里，中途还被蜇了好几下，手指尖有种麻麻的感觉。这些蚂蚁不像是常见的家蚁，或是外来入侵的大头蚁。

它们是十分标准的黑色蚂蚁，外壳坚硬，长着一对细小的颚和一对弯折至九十度又向外伸展的触角，鞭节末端粗大，重重地耷拉在下边。

珀石认出这种蚂蚁似乎是黑蚁，多生活在南方或东北地区，在京华市很少见，但过去有很多地方会引进黑蚁来防治白蚁。

小时候，有一次他去爷爷奶奶家玩，就见有人把一小窝黑蚁放进院子里。听说黑蚁在很短的时间内就能侵占白蚁的巢穴，把它们的数量缩减至十分之一。这附近出现的黑蚁应该也是很久之前为了防治白蚁引进来的。

死者住的地方在三楼，这栋楼五十多层用户共用三台电梯，住在低楼层的住户往往选择步行下楼。

珀石也是走楼梯前往案发的房子的。除个头偏大的蚂蚁外，他还在墙壁上看见了好几只长着细长透明翅膀的大飞虫，因为目测取样盒装不下便没有抓走。

案发现场已经被封锁，好几名维和官连带着房东叫来的人，一起往外搬着大型家具。

因为出了命案不易再出租，所以房东打算结案后就把房子低价卖出去，而维和官正好也需要一部分疑似沾染体液的家具带回去做技术分析，所以便和房东一起向外搬东西。

房东是个四十来岁的中年人，他胸前挂着一个青绿色的玉器，手里举着三炷香，口中念着经文。

五年前，珀石为了祈祷当时失踪的女儿能够平安，几乎是天天观看直播，学习佛经佛法。

前年在处理一桩跟利用云脑系统的邪教有关的特殊案件时，珀石接触过借助正规的记忆清洗与治疗扭曲真实记忆的案例，听到房东念诵罕见的经文，记忆从他脑中浮现，虽然利用云脑系统的新型犯罪很难在大城市的云检官手底下出现，但鉴于本次案件的特殊性，他不得不考虑这种可能性。

他径直走向最初发现尸体的阳台，为了保证案发现场不被破坏，女孩住的房间连同卫生间、客厅、餐厅、厨房及出事的阳台都保持了原样。

刚才房东搬走的大都是其他几个租户房间内的属于自己的家具。

虽然维和官已经在尽力封锁消息，但耐不住周围人的议论。为了避免房东把事情闹大，维和官只好妥协，允许他先搬走一些不相干的财物，也可以在门口烧香，顺带方便询问他一些信息。

珀石没有着急勘查现场，信息提取机已经扫描了五遍房间，不可能遗漏显性线索。

女孩住在出租屋而非自己家里，珀石也很难根据房间内的摆设推演她真正的心理。因为人在群居的过程中会展示出自己想展示的一面，而案子的核心往往潜伏在他们想要隐藏的一面。

他见客厅的垃圾桶内还有残留的垃圾，就掏出了取样盒，把里边的黑蚁倒在地上。这些蚂蚁迅速重组了队伍，直往阳台爬去，爬到女孩上吊的位置，围成了一个圆圈。

一只个头最大的蚂蚁从队伍里走出来，翘起尾部，像是与其他蚂蚁在正常地繁衍后代。但是珀石认出了中间的蚂蚁并非蚁后，而是普通的雄性兵蚁。

这样违反自然习性的行为愈演愈烈，大约过了五分钟，所有被珀石带过来的蚂蚁开始进入一种狂乱的状态，直致力竭身亡。

珀石和高明还有几个过来拿取证物的维和官，围在蚂蚁周边，看着这场诡异的"繁衍盛会"。

"高明，你去看看门口的房东走了吗？没走的话，你直接把他铐走就行。"

"啊？叔叔，要是铐错了怎么办？"

"快去，先别让他跑了，我去拿证物。"

四

珀石一脸镇定地走出门，向还在焚香诵经的房东微笑点头示意，然后跟着他叫来的人一起坐电梯下楼，走到了房东存放家具的大货车上。

这种复古的交通工具破旧而不起眼，车身印着的"蚂蚁搬家公司"几个大字也掉漆严重。

他把另外几只没有放出来的蚂蚁倒在货车车厢内。蚂蚁的触角在空气中摆动了几下，随后朝着一张绿色组装式沙发爬去。

珀石掀开沙发的坐垫，果然在垫子和沙发架子中间的夹缝里发现了几个像是护肤品包装的软皮瓶子，瓶身上没有标签，通体素银色，没有额外上色，应该是直接从批发商手中购买的。

他取下瓶盖，一股柔和的香气从瓶中冒出来，瓶子里边存放的是淡红色的胶状物体。

珀石把瓶子里面的东西倒在货箱底板上后，放出来的几只蚂蚁立刻以极快的速度跑过来，用上颚不断拨动地上的黏稠液体，然后吃进嘴里，随后与同伴开始了混乱的生物行为，直至死亡。

这时，珀石身后传来男人大声喊叫的声音，是高明押着被铐住的房东从门口走出来。原本还在大喊无辜、说要投诉的房东一见珀石手上拿着的银色软皮瓶子，脸色瞬间变得惨白，汗珠肉眼可见地从额头处冒出来，膝盖连带着肥硕的大腿和小腿一起颤抖起来。

"现阶段可以交差了。"珀石走出货车车厢，伸了个懒腰，"高明，汇报时就说受害人滥用地下生产的药，发生意外。目前非法兜售药物的商贩已被逮捕。"

"叔叔，用不用喊缉查的……"

"以防万一，肯定是要喊的，不过我猜他们会白跑一趟。这种透明黏稠的液体一看就是生产 VIR 用的底液。"

"好的，叔叔，那我们接着去第二桩案子的现场？"

"别，这个点从地表区到云端区，我们不得堵死在路上？"

珀石把盖子拧回去，从沙发缝隙内将所有软皮瓶子拿出来放到地上，总共有五瓶，其中四瓶还未开封，锡纸盖密封完好。

刚才珀石拿出的那瓶正好是开封的，内部的液体快见底了，预计已经使用了近两个月。

见高明已经把房东押进了车里，珀石便又开口冲他喊道：

"你联系一下在云端区调查的维和官，让他们抓几只蚂蚁放进现场，说不定跟着蚂蚁就能找到我手上拿的这种东西，然后你再带着这些证物，把这个人押到总部审问，我就不跟着去了。"

"叔叔，这案子结束得好轻松。"

"结束？做梦吧，现在只是查出了售卖者，我们还得查药品来源，以及排除人为使用云脑伪装意外的嫌疑。"

"哦，好吧，那现在您还要去哪儿？"

"去见那个不简单的人。"

珀石挥挥手，示意高明自己要走了。随后，他拿出老旧的滑屏手机，点开论文网站，在搜索框内填进关键词：京华大学李斯。

按时间排序，李斯最新的一篇论文的题目是《论东亚飞蝗的 4－乙烯基苯甲醚信息素变体对哺乳动物的影响》，开头摘要中写着：

"东亚飞蝗的 4－乙烯基苯甲醚信息素经过一定条件催化后产生的变体，可以对哺乳动物产生促进繁殖、暴力或其他混乱行为的作用。"

就在他准备打车前往李斯给他的地址时，一通电话打乱了珀石的计划。

是他女儿的电话号码。

"您好，请问您是石月罡的家属吗？"电话那头传来了带有明显地方口音的男人的声音。

"我是她爸爸，请问您是？"

珀石心情刚舒展一会儿，听到女儿的电话里传来陌生人的声音，又紧张起来，生怕刚安稳一阵的女儿又出什么事情。

"我是邢谷市阳芝县的医生，您的女儿现在在县人民医院，预计明天就要做手术了，需要家属签字。"

"啊？"珀石震惊地吼了一声，惊到了旁边的路人，"出什么事情了？她有生命危险吗？她丈夫在哪里？"

"放心，没有生命危险，您来了就知道了……"电话那头的男人主动挂断了电话。

"啧……"

珀石又从口袋里抽出一支烟来，熟练地点燃，然后叼着烟查看从京华到邢谷的车票。虽然事发突然，但女儿在那边出了什么事也在他预想之中，毕竟阳芝县是邢谷最落后的几个地区之一。

最快的悬浮列车仅需二十分钟就能到达邢谷市，但是从邢谷市市区前往阳芝县就只能坐老旧的汽车，需要一个多小时。

他看了眼时间，下午五点四十二分。如果他现在坐车去找那个叫李斯的男人，谈上一会儿后再回到总部报备案子的情况，正好可以避开京华市的晚高峰，请完假直接出发的话，大概今晚十点就能到达医院。

现在手上的案子还未正式结案，虽然嫌疑人和案情好像都已经水落石出，但是他总觉着自己忽略了什么东西，之前办案时也很少有瞎猫刚出门就碰到死耗子的情况，包括接下来办事最佳的时间安排，这一切像是专门为他准备好的。

来不及多想，珀石打车直奔李斯的地址。

五

李斯住的地方离京华大学很近，应该是为去学校上课方便而选的住处，是一个老小区的一楼，楼房都很矮，竟然最高只到六层。

他向上仰望，整个灯火璀璨的云端城区掩盖了昏暗的天空。悬浮的轨道车如同穿梭的流星，围绕着白金色与黑红色交错的机械墙体和金属地面，划出闪亮而柔和的深黄色灯光。无数道灰白的烟雾向下流出，与地表城区向上升起的烟火气混在一块，浓缩成边缘整齐的雾云，紧贴不断亮着各色灯光的支撑板，向隐约能看见夜色的间隙处飘去。

珀石敲了敲门，李斯很快就应声开了门。李斯还是穿着之前的那套合身的西装，只在肩上加了一件柔软的宽大版睡衣。

屋内的冷气开到了最大，天花板与墙壁四角的排风口都在呼呼地冒着冷风。

这里温度像是到了冬天，因赶路出了一身热汗的珀石先是感受到了舒爽，随后就忍不住打起冷战来。

"抱歉，我讨厌夏天，所以会把屋内温度调到最低，您要是冷就披上门边的外套吧，那是专门为访客准备的。"

"哦，谢谢。"珀石见门边挂了一排深黑色的软袍，随便拿了一件披在身上，"看来李斯教授有很多访客啊。"

"都是给自己学生过来做研讨用的，我不是那种以自己学生勤奋为骄傲的老板，喜欢轻松些的氛围。"

"您这太不环保了吧，一个月得多少电费啊？"

"也就六七八月这样，电费都是学校报销的，我原先也觉着开空调盖棉被太烧包（注：'烧包'为方言，意为由于富有或得势而忘乎所以）了。"

"老师，你也是太东的？"珀石听到了熟悉的方言用词，李斯说"烧包"的口音是太东省会那边的，离自己的家乡很近。

"是啊，我家算是太东的。"

李斯停了几秒，用有些生涩的方言回了珀石一句："俺家老太太是太东的，老爷子是中州的。"

然后他又转回标准的普通话说道："好多年没回太东了，其实中州话也会一点，为了教书时说话标准些，便习惯了说普通话。"

"我也好久没回去了，这边日子过得比较安静，平常盯着自己的眼睛也少。"

珀石从右口袋掏出一包烟，沿着盒身推出一支烟来："你抽烟不？老'红渠'，我记着就是中州产的。"

"哟，老牌子了，谢谢啊。"

李斯双手接过珀石递出的香烟，和珀石夹着烟一起走进他的办公室："中州的烟叶香味很浓，我爸就爱抽这个牌子的。"

"我也爱这种浓香的，圆润干净，现在伯父还爱抽这牌子吗？"

"我爸妈在我小时候就去世了。"李斯慵懒地靠在椅子上，一副无所谓的样子，"我十五六岁的时候，有个叫化庭的开发商和我家闹了些不愉快，事情都过去了。"

李斯边说边把办公室的温度调高了一些。

珀石观察到这个房间好像是李斯平日接待访客的地方。

房间是十分标准的配置，一台老式笔记本电脑摆在中央，旁边放着家用的大型云脑连接机，一看就是最近才买的，突兀地挤在一摞又一摞的书堆间。

书桌的另一侧还有一个长方形的鱼缸，里边除了普通的热带小鱼，还养了很多小虾。

"抱歉，让你想起这些。"珀石规矩地坐在办公桌对面，听到李斯说的事情，烟都忘记了抽，"最后还是签字了吧？靠安置房生活倒也行。"

"嗯，但是安置房又出了些小问题。"李斯的瞳孔向左上方偏移，像是正在回忆，"他们申请了重组，到最近才解决。"

"至少都在努力解决了嘛，虽然时间长，但最后还是解决了，这种死账确实不好处理。"珀石发自内心地叹了口气，"很多事情是理不清的，现在环境就这样，自己没能力让它变得更好，就只能先改变自己，然后接受。"

"嗯，当年确实不是只有我家的问题。"

"你要相信，正义可能会迟到，但绝不会缺席……"珀石还没说完就被李斯打断了。

"所以呢？"

李斯提高了嗓门，坐直了身子。

"至少对于我来说，迟到的正义不是正义。"

他直勾勾地盯着珀石的双眼，眼睛像是发出了带着怒火的光芒，"您的女儿不也是等来了所谓的褒奖，这能叫正义吗？"

"我？"

一提到自己的女儿，珀石突然感觉脑袋一阵眩晕，嗡嗡的声音在耳边响起，眼前失去焦点变得一片模糊。

虽然他告诉自己李斯说得不对，但仍然压抑不住内心最深处那愤怒的呐喊。强烈的认知与情绪在大脑中疯狂地冲撞。

所以珀石又在心里提醒自己，不过是低血糖犯了而已。随后他掏出两块糖吃进嘴里，嚼得急了些，咬破了舌头，一股血沾染到甜腻的碎块上，顺着黏稠的唾液送进食道。这种糖块是专门为低血糖患者设计的，可以快速提高血糖含量。

缓了几秒，珀石眼前才渐渐恢复了清晰，视线聚焦在一旁的鱼缸上，不敢继续直视李斯的眼睛。

鱼缸里的小鱼游得很快，快得有些异常。

他看到一只游得稍微慢了些的小鱼被潜伏在水草下的小虾们围猎了。几十只土黄色或深黑色的小钳子夹住小鱼圆润的肚子，把它拖进密闭的水草里，然后更多的小虾围了上去，一口一口把鱼活生生地吃了。

这些外形优美的小鱼看似生活在一个美好安逸的环境里，实则每天都要拼了命地游，往上游，躲避藏在缸底水草中的小虾的围猎。

而那些小虾会为每次成功的围猎感到自豪，填饱了肚子后，便得意地展开小钳子甩动着，或者一头闷在水草里呼呼大睡起来。它们或许觉得为了生存繁衍而进行围猎是天经地义的事情。

他甚至看到，被小虾围进水草里的小鱼通常是挣扎了一会儿便不动了。小鱼放弃了抵抗，或是在多次抵抗失败后知道抵抗是没用的，便只好转动着自己的眼睛，看着自己的躯体被小虾们吃干净，最后自愿地成为供养小虾繁衍下一代的肥料，让它们居住的水草也能生长得更加茂盛。

"我……"

珀石努力地想要说些什么回应李斯，却迟迟想不出该怎样反驳他。

"你是怎么知道我女儿的事情的？"

"有关你女儿的报道，曾经引发了不小的争议。"

"这只能说明石月罡的经历引起了社会关注，你有可能看到相关新闻，不能成为你知道她是我女儿的原因。"珀石的声音明显弱了下去，有气无力的。

"你不是在某次采访中露过面吗？网上也有一些对你女儿背景的讨论，姓石的人不是太多，今天你又和我说了很多话。我看着你眼熟，就翻了翻过去的报道，便大概明白你和石月罡是父女关系了。"

"嗯，我作为父亲，尊重女儿自愿做出的决定。"

"假如她不是真的自愿呢？你也知道，前些年云脑刚推出的时候，可是有不少篡改人意识的犯罪行为发生。"

"不可能！绝对不可能！"

珀石明显着急了，急忙否定李斯的猜测，但眼睛还是不敢直视他。

"阳芝县前些年不可能接触到大城市里才有的云脑技术，就算接触了，他们也没有能力自行改造。"

"假如是'一条龙服务'呢？"

"不会，不会……都调查过了，不可能是这样。"

"那你怎么解释自己女儿反常的行为？一个人的意识怎么会在四五年的时间内有那么大的变化？我知道，她在大学里有个很爱她的男朋友，记的是叫高明，应该就是今天下午站在人群另一边，看我们谈话的云检官吧。小伙子很帅，一表人才，石月罡怎么忍心与那么爱她的男人断了联系？"

"你是怎么得到这些信息的？你很可疑！"

"网上全是，我现在就能当着你的面搜出来，就连我的这个猜想，在两年前就已经有人提出来了。"

"人不可能无缘无故地关注一件事情，你到底想要和我说什么？"

"你的心已经乱了，和今天下午故意装出的慌张模样不一样。这次你不是装的，你是真乱了。你明明也是那么想的，却不敢承认，因为你不敢抗争，你不敢面对抗争失败后的结果。"

李斯像是说累了，直起的身子又向后倒去，贴在柔软的用大袍子铺好的靠椅上。

"警官，今晚是你主动来找我的，问我一些事情，我又没什么想要主动和你说的，刚才不过是些闲聊。"

珀石长长地呼出了一口热气，知道斗嘴是斗不赢眼前的这个男人的，而且他说得很圆滑，几乎找不出什么破绽，又或许是自己现在的思绪被李斯搅乱了，所以没有察觉到。

他后悔自己没有带一件现在正流行的辅助录音设备，如果把刚才的那些对话录下来，他还有机会在自己清醒冷静的时候反复分析，找出可以突破的地方。

但现在他只能服软，顺着李斯的话继续往下说，获取更多有关自己手头的案子的信息，即使这些信息都是李斯有意告诉他的。

"嗯，你说得对，今晚是我主动来找你的，想要问一些有关那个女大学生案子的事情。我看李教授你似乎知道一些信息，我想了解下。"

"哈哈哈……"李斯笑起来，笑得很斯文，"警官，你再给我一根老'红渠'呗，这种地道烟草的浓香味让我想起了我的童年。"

"全给你都行，麻烦教授讲讲你了解的那个女学生的事情，可能对于案件的侦破很有帮助。"

珀石掏出口袋里存放的红色软皮烟盒，放到办公桌上，又伸手推到李斯身前。

"好，谢谢了。"

李斯毫不客气地从烟盒里抽出一支烟来，但在桌子上找来找去都没找到打火机，身上也没带，便又向珀石借了火。

"你查到我最新写的论文了吧？题目叫《论东亚飞蝗的 $4-$ 乙烯基苯甲醚信息素变体对哺乳动物的影响》，同时，我猜你已经找到了一些可以促使昆虫进行生物行为的自制药，相关责任人也抓到了，不然你不会当天就来找我，一副优哉游哉的样子。"

"对，我们抓到了试图偷偷把那些药从女孩的房间拿走的房东，他还在门口焚香念诵佛经来着。"

"哟，去年东江寺出了那档子事，还有人去信啊？"

"我猜只是幌子罢了，一个背地里卖劣质药的人怎么可能真的去信佛？"

"那可不一定，人的信仰又不妨碍自己做些维持生计的事情。"

李斯咳嗽了几声，他似乎平日并没有吸烟的习惯，但还是继续抽着珀石送给他的老"红渠"。

"房东通常会额外开公司以钱生钱，很多现金流需要用当月的租金填补，才能支撑公司那么快的扩张速度，所以不少人的资金吃紧了，就开始兼职当网商，卖一些商品来补每月账面的现金流，向租客售卖不仅省了推广费用，还省了运费和客服的人工费，现在租借强人工智能不容易，人力还是有些价值的，能省则省。"

"说重点吧，这些好像与案子没什么关系。"

珀石趁着李斯换气的间隙，提醒他尽量简短地说，这也是因为自己忘记带录音设备，生怕遗漏一些重要的细节。

"这不跟你说背景嘛，也是重点。"

李斯抽完第二支烟，接着就掏出第三支来，珀石见状，便把打火机直接推到他面前，让他用自己的。

"云脑系统可以加强人的感官刺激，有些小年轻链接云脑干点快活事也正常。"李斯接着说道，"可是当今人好多都在乎什么'思想初夜'，不管男的女的，只要和人进行过完整的记忆共享，便成了所谓的'二手货'。其实真没有去尝过鲜的人也是少数，不然 VIR 怎么能卖得那么火？"

"您说的这些算是半公开的事情了。能消除记忆共享痕迹的 VIR 因为需求量太大，管理者认为堵不如疏，便将 VIR 解封，使其变成了正常商品，可这跟药品有什么关系？"

"哟，我可不敢说这是半公开的事儿，更不敢确认那种东西一定是给人用的，说不定只是为了给家畜用的呢。你这样泄露案情算是违反纪律了吧？不怕云检官查到？"

"教授，你不也是京华大学的？现在能模糊敏感记忆的 ACH 卖得可比 VIR 好，这也是公开的秘密。"

"你不怕我更新了录音设备？"

"教授观察人很细致，早就看出了我注射在下巴内的东西了吧，这是今年的新款，还能提醒人附近有没有老款的录音设备，你这房子里也没其他人偷装，放心。"

珀石低头后缩，挤出一个双下巴来，在他内侧皮肉的正中央有个不大不小的圆形肿块，要是不仔细看，绝对发现不了。

"行，现在交心谈事还真复杂，我讨厌这些玩出花来的低级手段。"

李斯拿出第四支烟抽起来，像是强迫症发作一样，即使一直在不间断地咳嗽也要继续抽。

"乙酰胆碱的原料最近快要管控了，这种事情放任不了，警官要是想投资可以买些现货屯着。"

"你就大胆地说正事，落不下什么把柄。"

"就算全告诉你，我也没什么事情。"

"那你说啊，搞得跟猜谜语一样。"

珀石轻轻地拍了拍桌子，像是在跟李斯开玩笑一般。

"你明明都听明白了，不至于让我说破。"

李斯回应着，用夹着烟的手锤了两下桌子，神色比之前多了一丝的欢乐，也像是在跟珀石开玩笑。

"我猜那个女学生就是玩脱了，私自用 VIR 当底液，乱加药，虽然利用 VIR 让云脑链接机以为是正经药，开放了能进大脑海马体的通道。那药效果猛，见效快，但也失去了安全保障，让她在现实里也控制不住地去做在系统里干的事，最后出了意外。"

"那你说那个女生死得好又是为什么？"

"个人恩怨，她爸郭清山是化庭房地产公司的实际控制人。"

"嗯，挺巧。"珀石应和道，隐隐觉着这起复杂案件背后还有更为复杂的事情。

"还有更巧的嘞。"

"啥事还能更巧？"

"这我可不敢说，今天上午通报的云端区案子也在你手上吧，不然怎么会有在云端城区的云检官过来当你副手？你也关心关心另一桩案子的进展吧。"

"教授，请指教，我年龄大了，脑子不好用。"

"这些都是能在网上搜出来的信息，没有什么其他内幕，现在时间也不早了，有问题以后再说吧。"

李斯这次用食指和中指一起敲了桌子一下，提醒珀石要注意时间。

珀石随手点开手机，发现自己竟然已经在李斯家待了一个多小时。高明打了十几通电话，他都没有注意到。

珀石知道，现在自己并不是以办案人员的身份向李斯询问案情，就算是，能提供充分不在场证明的李斯完全可以拒绝继续交谈，现在陪自己聊单纯属于自愿。

可这样看起来大度的友善并没有让珀石感到轻松。因为到目前为止，所有信息都是李斯故意让他知道的，他就像一个被安排好戏份的配角，浑身都不自在。

"谢谢你，李斯教授，那我不打扰了。"珀石起身，客客气气地边向李斯摆手边走出了办公室，"不用送了，教授，你早点儿休息。"

珀石刚走出李斯的家门，高明正好又打来了一个电话。

"叔叔，您没啥事吧？"

"和那个不简单的人聊了些事情，你那边怎么样了？两桩案子的背景查清了没有？"

"云端区的同事用您的方法，果然从死者房间内找到了一些黑市卖的伪劣药，我们抓的房东也都交代了。另外法医的报告已出，死者死于神经过度兴奋，体内有个 4 乙甲苯什么的含量过高，除了过去残留的，又在最近一次性注入了超大剂量。"

"那叫 4 −乙烯基苯甲醚，就你这记忆力怎么当上云检官的？"

"叔叔，我今天身体不舒服，记忆力是有点儿'下升'了。"

"呵……"珀石被高明这种怪异的说法逗笑了，"还'下升'？看来症状又严重了，再过一阵子就要去宛平南路 600 号挂号了吧。"

"哎？我这脑子怎么了？"

电话另一边的高明很懊恼的样子，并不像是开玩笑。

"就是最近太忙了，不说这个。药的化验结果也出来了，和叔叔您猜的一样，这种药是在 VIR 的基础上额外添加了这种叫 4 什么甲苯的物质。这种物质最初是在形成蝗灾的蝗虫身上找到的一种自然信息素，具有激化昆虫生物本能并吸引同伴聚集的作用，用睾酮素或者其他常见的催情物质进行催化后，可以对哺乳动物产生极强的催情作用。"

"你找到这些研究论文的作者是谁？是不是李斯？"

"是，五年前李斯发表了一篇论文，指出这种物质催化后对于哺乳动物有催情作用，并公开了具体的催化方法。两个月后就有人把这种东西与 VIR 混在一起，成为黑市里一种常见的药物。之后中州、邢谷、太东等地区掀起了捕捉蝗虫的热潮，连虫卵都被人们疯抢，后来只好开始人工培育，其实就是用来提炼那种纯天然的物质。也是从那年开始，邢谷市就带头不去人工培育雏蜂虻防治蝗灾了。"

"这种研究影响那么不好，怎么发出来的？"

"最初自称是为畜牧业研究的兽药，叔叔，您也知道，战争后很多物种的习性都发生了变化，当今大型家畜都不好进入发情期了。"

"出了事也该被禁啊，这不合理，你再细查。"

"查了，原先是在国外发表的，又跟云星公司签了好几个兽药研究开发的协议，禁了最初的论文也没用。"

"云星公司？就是搞云脑系统的那家？是南星主动找的李斯吗？这些你还能不能查出来？"

"查了，这个叫李斯的男人改过名，原来叫刘玉琨，后来不知道为什么要申请改名叫李斯。在改名后不久，李斯就主动找上了南星。"

"嗯，有意思。"珀石站在街头，热浪滚滚朝他袭来，满脸的汗珠没有影响他的思绪，"两位受害者的关系背景搞清了吗？"

"唉，也查到了，那位女性死者名叫郭晓珑，他爸爸郭清山是一家房地产开发公司的实际控制人，这家公司经历了好几次破产重组。我发现四十七年前的一次纠纷好像和李斯的父母有一些关系，但相关资料已经被封存了，经过区划重组后不知道放在了哪里，具体情况我还需要细查。"

"不必了，把重点先放在男性死者身上。"

"好的，叔叔，那名男性死者叫祁勇胜，死因不是窒息，而是和郭晓珑一样，长期使用地下自制的劣质药。身体原本就残留了许多那种物质，又突然一次性注射了很多，神经过度兴奋诱发猝死。两人都在上周购买了这种劣质药的更新款，说是加大剂量效果更佳。"

"不用重复说过的，讲讲这名男性死者的社会背景。"

高明愣了一会儿，才开口说道："嗯……叔叔，我还在查，不太清楚，好像有次犯罪记录，因为在服刑期间有了重大技术创新，所以减了近一半的刑期。"

"罪名是什么？"

"重大责任事故罪。"

"听起来是个很老的罪名了，多少年前犯的？"

"嗯……好像是四五年前吧……"

不知为何，高明反应的速度明显慢了很多，支支吾吾的。

"叔叔，我正在查着呢，您别急，我整理好后一起发给您。案子已经差不多搞清楚了，这两人都是从网商那里买的最新款，后边玩大了出意外。那个被抓的房东便是卖给郭晓珑最新款药剂的地下商人，怕自己贩卖劣质药的事情被查出来，才想着偷偷把那几瓶药从郭晓珑家里拿出来。"

"四五年前还能有这种罪？不太常见啊。"

珀石皱起眉头，心脏跳动的声音在他脑袋里回响，一下一下撞着他的胸膛。

"这种药那么危险，一定要向上边反映。"

"叔叔，您放心，我已经……"

高明还未说完，珀石就打断了他。

"哎，不对啊，这种新药在地下至少卖了一周了，肯定不止一周，新的违禁物流入京华市通常要滞后很久，为什么全国只有这两个人出事？"

"可能是凑巧吧，正好赶上他们身体疲劳的时候。这种新药是一个月前出的，在黑市卖了一段时间，也就两人出事。"

"呵，全是巧合啊。这样，高明，你先去找兰汀，让她帮着查一下这种新药是怎么制作的。"

"叔叔，我联系过兰姐了，她说有任务，好像是跟去年东江寺波伏娃袭击云脑的事儿有关，还挺机密的，让我最多和您提一句。"

"行吧，那你先自己查，咱没有申请五级以上生化分析的权力，只能等着兰姐。"珀石举起手向街道外挥了挥，坐上一辆人工驾驶的老出租车前往列车站，"你顺带帮我到总部那里请个假吧，就说家里有急事，后天就能回来。"

"叔叔，没啥事吧？用不用我帮您？"

"不用，查好那个叫祁勇胜的背景，后天我回来的时候发给我。"

"噢，好……叔叔，我尽量……"

高明一听到另一个男性死者的经历，就会变得犹豫起来，声调也弱了不少。这样的情况虽然不是太过明显，但还是被珀石察觉到。

这桩案子已经存在了太多巧合，珀石并不会惊讶这个叫祁勇胜的人与李斯甚至是与自己之间有什么间接的联系。

原本清闲的生活突然多了一层浓厚阴森的乌云压在上边，压得他喘不过气来。在思考的过程中，他的大脑再次感受到了一阵眩晕，嗡嗡的声音连同心脏跳动的声音一同在体内回响，扰得他又累又烦。

在去往列车站的路上，他又吃了两块白糖。过量的糖分让珀石昏昏欲睡，但中间没有长段连续的行程容他休息，他只好在列车上硬撑着。

六

到达邢谷市后，他又租了一辆自动驾驶的车。

虽然阳芝县还没设置自动驾驶车辆的接收点，车费要算来回两趟行程有些昂贵，但是能保证安全，让珀石可以安心睡一会儿。

椭圆形的车厢内十分宽敞，座椅是防晕车设计，珀石靠在车门边的内壁上睡去，意识陷入混沌。

在梦中，他梦到了李斯办公桌上的鱼缸。

他在梦中看着拼命游的小鱼最后还是一条一条地被小虾们围猎，被活生生地吃干净，没有一条鱼能真正逃脱这样的命运。

待珀石满头热汗地醒来，他发现自己在车上多睡了一个小时，便揉揉脑袋下了车。

一股带着臭味的风迎面袭来，不温不凉，令他感受到胃里一阵翻涌。

这是他从未闻到过的味道，像是蛋白质被烧焦再被阳光暴晒过后的臭味，还附带着一些医院消毒水的味道。

从下车的那一刻开始，珀石就感觉到有很多不正常的地方，比如自动驾驶的车在到达目的地后并没有提醒他，也没有自动地返程，而是停在原处一动不动。外边大街上也没有一个人影，静得可怕。

暗黄色的路灯把细长的道路包裹成一条在黑暗与沉默中独自发光的河流，前方不远就是阳芝县人民医院，红色的大字在纯黑的夜色中也显得很诡异。

前方医院的每层楼都还亮着白光，隐约能见到几个活动的人影，但是医院第一层的大门处却是空荡荡的，连正中央的咨询台都没有人值班。

一阵细小的，像是苍蝇飞的声音顺风传来。

珀石向后方的小山坡看去，在朦胧的黑暗中，他好像看见了几只长着大翅膀，像是昆虫，但体形有狗那么大的黑影，正在茂密的树林间一上一下地穿梭，他顿时感到后背一阵发凉，心想可能是自己看错了，加快脚步向医院大门走去。

从停车场到医院的路上也是黑沉沉的，他只能借远处公路上的微弱亮光摸索着向前走。

　　刚走到医院大门前，珀石的电话铃声响了起来，他发现是之前联系他的那个医生的手机号。

　　"石老师，看您已经到了，您女儿住在医院四层的B区403，坐电梯上楼，开了门右拐就是。"

　　"你们医院怎么……"

　　珀石想询问些情况，可是电话直接挂断了，他在这极短的时间内感受到上方的楼层有好几双眼睛正盯着自己。

　　珀石走进医院大厅内部，发现真的如他在远处观察的那样，一层没有任何人活动，几块展示医疗信息的显示牌也停止运转，刺鼻的消毒水味遍布在四处。

　　他忍着这股怪味，摁下老式电梯的按钮，走进去，发现电梯内部的样式也十分复古，除门外的，其他三面只挂着三块玻璃广告框，框里是纸质的彩色广告板，边角被水侵染得变了色，这里像极了他小时候去过的医院。

　　阳芝县是邢谷市极落后的几个县之一，能有完备的基础设施已是不易，当地也不指望能很快更新相关的设施。

　　电梯开门后，医院四楼的感觉要安全很多，在咨询台里边有护士模样的人聚在一块，躺在折叠床上休息。

　　左侧的住院区没有开灯，大门也锁上了，右侧的女性病房区还亮着灯，但只亮了一半，更深处没有开灯，病房内好像也没有人住。

　　403病房内，珀石看到了自己已经有一年多没有见面的女儿，原本白嫩细腻的皮肤已经变得粗糙，冒着油光，面容显得年老了许多，手上多了很多伤口，像是干农活时留下的，形象已经与常见的农妇没有差别。

　　女儿像是正在熟睡，睡得很沉，发出难听的鼾声。

　　除女儿以外，房间里还有一名穿着白大褂的医生，以及两名穿着廉价西装的中年男子，油腻腻的，别着一大串钥匙的皮带艰难地围住他们大得夸张的肚子，见珀石走进房间来，其中一个中年男子操着阳芝当地方言迎上去。

"石老师啊，好久不见，您可来了。"

"嗯，郝镇长，是好久不见。"

珀石握住男人伸出的手，轻轻捏了一下就立刻抽回去："我女儿怎么了，她家里那些人呢？"

"月老师没事，您放心，她刚睡下，做了手术就好了。"

"我问你，她发生什么事了？她的丈夫去哪儿了？"

"石老师，您别着急，这说来话长。"

郝镇长狡黠地转了下眼睛，观察了一下病房外有没有人和珀石同行，见就他一人，就继续说："月老师最近没有联系什么人啊？"

"你先告诉我她怎么了。"

珀石立刻警惕起来，发现郝镇长在被提问后就装作木楞的样子不回应，他也沉默了，两人进入尴尬的对立状态。

"可以了，不要把时间浪费在这上边了。"

一旁的中年男人打破了沉默。

"石老师，我们见过，我是阳芝县的县长。月老师她受到了蝗虫的袭击，迄今还昏迷不醒，我们为她进行了体检，发现她的意识曾经被篡改过，所以明天需要做手术更正。"

珀石感到一股炽热的血液涌上了脑袋，胀胀的，女儿果然是被人篡改意识后才留在了这里。过去他想要逃避但仍然有疑虑的所有事情突然冲到了他的面前，无论怎样也逃不掉。

他忍住心底的愤怒，咬着牙，试图把注意力放在另一件重要的事情上。

"蝗虫袭击？邢谷都多少年没蝗灾了？蝗虫不袭击人啊？"

郝镇长听到珀石说的问题，头稍稍转到一边，偷着退了半步，一副不想进行任何交流的模样。

"是蝗虫牧场养的蝗虫，不知为什么，在野外也出现了。"薛县长只好亲自回应珀石，但也没有说太多的话。

"蝗虫牧场？用来提取 4 —乙烯基苯甲醚的？"

"唉，对，您很清楚啊。"

"我最近手头上的案子正好和这个有关。"珀石从薛县长故作慈祥的话语中捕捉到一丝怀疑，知道他们有些情况不愿主动说出来，只能进一步问出来，"所以牧场里的蝗虫是怎么袭击人的？"

薛县长和郝镇长对视了一下。

"我们也不知道怎么回事，两天前，突然有一批蝗虫乌泱泱地冒了出来，个头出奇大，也不吃庄稼。"薛县长迟疑了一下，说出了最后几个字，"它们吃人。"

"而且是只吃人。"郝镇长补充道，"其他动物都不吃。"

"我女儿为什么没有事？我看她好好地在床上躺着呢。"

"不知道，蝗虫袭击山灵镇的时候，月老师正在上课，不知道为什么，整个小学应该只有她一人幸存了下来。这个事情还没扩散开，所以我们才想着先把您喊来问一问。"

"上报了吗？一群能吃人的蝗虫还在外边瞎逛，这可不是什么小事。"

"唉，上报了，上边已经派遣部队了，全县的人也都疏散了，喊您过来也是想了解些情况。毕竟您是石月罡的家属，她最近是否接触了一些特别的人或者有什么反常的行为？"

"哦……"

珀石觉着自己之前遇见的李斯，及眼前的薛县长和郝镇长，好像都有值得怀疑的地方，但这两个人敢向上汇报的话，那么目前李斯的嫌疑更大。

"你们……认识京大的李斯教授吗？"

"当然，我们县的蝗虫牧场就是因为他的研究成果才建起来并形成产业的，他前一阵子还来这里举办讲座指导我们。"

"前一阵子？具体时间？"

"上周五，三天前。"

"你们觉着李斯和这场蝗灾有关系吗？"珀石这才想起来李斯曾经明确提到过，在命案发生前的几天他在外地举办讲座，原来去的正是阳芝县。

"石老师，您别说，还……真有可能。"郝镇长变得积极起来，很急迫，"我之前也怀疑，可能就是李教授给的新饲料配方出了问题，您看时间正好对上了。"

"不可能。"薛县长笃定地摇摇头，"李斯教授已经帮了我们那么多年，怎么会故意做这种事情？出了差错，他也会提醒我们。"

就在珀石犹豫是否要把自己手头的案子透露给这两个人的时候，窗外传来了一阵窸窸窣窣的声音。

窗户反射着屋内的白色灯光，朦胧一片，导致里面的人很难看清外面的情况。

随着玻璃破碎的声音响起，一个有拳头那么大，带着两根线的东西从窗户的一角钻了进来。

"啊——!"

郝镇长持续发出惊恐的叫声。

众人定睛一看，才发现钻破玻璃的竟然是一个大得离谱的蝗虫脑袋，正一张一合地活动着口器前的一对锋利牙齿，在空气中挥舞着粗短的触角，像是在寻找什么。

坐在一旁的医生突然起身，以惊人的速度把躺在床上昏迷的石月罡扛到肩膀上，向屋内远离窗户的一侧靠去。

紧接着，整扇玻璃破碎了，一股恶臭的温暖干风涌了进来，随之而来的是几只体形有人脑袋那么大的蝗虫。

医生打扮的人把石月罡竖立着推向珀石，之后竟然从内侧口袋里掏出一把纯黑色的精巧手枪，在极短的时间内瞄准其中一只巨型蝗虫，一枪命中头部。

子弹好像只打烂了蝗虫的口器，被打中的虫子甩着脑袋，绿色的汁液洒在洁白的墙壁上，摇摇晃晃地继续向前爬。于是医生瞄准之前打破的地方又开了一枪，蝗虫才仰面朝天，倒在地上，挣扎了几下便不动弹了。

蝗虫的尸体或是绿色血液好像能够吸引同类，随着一阵如同苍蝇般的嗡鸣声，更多蝗虫涌进屋内，但是没有进一步行动。每只蝗虫都老实地趴在地上或是墙壁上，两根触角在空气中甩动着。

"别乱动！"医生护着身后几人，悄悄地往后退，"大家慢慢走出去，我断后。"

最靠近门口的薛县长已经不动声色地退到了走廊，珀石让还在昏迷的女儿的身体倒在自己身上，也慢慢离开了房间。

郝镇长被吓瘫了，瞪着眼，嘴里不知道在哼吟着什么，尽可能向外移动。

医生十分镇静，后退的速度明显比郝镇长快了很多，不经意间就退到了郝镇长前边。

就在郝镇长成为最靠近蝗虫的人的时候，虫子们像是明确了目标，突然扑棱着翅膀向他冲去。

"啪！啪！啪啪！！"

医生连开了四枪击退了冲在最前边的几只蝗虫，同时冲到郝镇长前边半步，用壮实的身躯把他撞出房间，顺着冲劲让自己也离开房间，并把病房的门关上了。

好在医院病房的门都是向内开的，也不带玻璃，所以蝗虫很难啃咬开门板冲进更深处。

"国产，九毫米自卫手枪，你是哪个部门的？"珀石认出了医生使用的武器型号，是国内部队广泛使用的手枪。

"国安部，孙皓轩。"

医生把口罩摘下来，露出一张英气十足的脸。

这是个二十出头的小伙子，留着干净利落的寸头，拥有挺拔的身躯和白得发亮的皮肤，以及厚实的胸膛，是个标准的大帅哥。

七

"这次的蝗灾不一般，杀人虫的把戏几十年前就有人用过了，但是定点刺杀的还是头一次出现。"

像是伪装用的医生打扮把他闷久了，孙皓轩脱下一身伪装，嘴巴微张，向外吐着热气。眼睛还聚焦在不断发出啃食声的病房铁门上。

"怎么还有境外势力的事儿？"

珀石知道国安部通常负责反间谍的事件，出现在这里，说明这次的蝗灾可能与国外的势力有关联。

但是他看过李斯的基础档案，李斯从小到大都在国内生活，没有任何与外国有密切接触的记录，所以他可能并不是造成蝗灾的人。郝镇长的种种行为细节像是故意让他怀疑李斯，珀石觉着这个镇长反而是最有问题的人。

"我们顺着另一条线摸过来的。"

孙皓轩回答得很简短，没有显露出太多信息，同时暗示了珀石，京华市的案子他们也有关注。

"上一次出现杀人昆虫是在十六年前，因为新的转基因作物，外加环境的变化，促使生物进行更快的进化，但是那时候虫子是无差别攻击。"

珀石在孙皓轩的提醒下，想起了上次国内出现的变异昆虫事件。

"对，但为什么这次的虫子是有选择性地进行攻击？"孙皓轩带着众人回到了四层的中部大厅，把病房 B 区的铁门锁死。

他也观察到郝镇长的样子很反常，在说话时直接看向郝镇长。

"我……我不知道啊。"

郝镇长被高出他半个身子的孙皓轩又吓了一下，颤颤巍巍的，头发稀疏的脑门在白色灯光的照耀下反射出一片带着扭曲花纹的光。

"是针对某个特定区域里的人吗？可是为什么石月罡没事？"孙皓轩紧锁眉头，不自觉地摸了摸下巴。

"等等！"看着郝镇长油腻腻的模样，珀石想起了之前那个烧香念经的房东，又想起了他在今天下午破案时看到的蚂蚁，那蚂蚁和今晚的蝗虫一样，都有用触角在空气中甩动的行为。

"你是不是用了什么自制的药物？最新款的那种？"

珀石把还在昏睡的石月罡放在墙边的一条联排靠椅上，脱下自己的外套，把柔软的内衬外翻出来给她当作枕垫。

"啊……我，呃不是，俺……俺……"郝镇长疯狂地向外冒汗，湿漉漉的，手部的抖动已经蔓延至全身。

"快说！我看蝗虫就盯着你一人攻击！"孙皓轩严厉地催促道。

"我……我是买了……用来'强身'的……药。"

"是不是一个月前出的新款？用 VIR 当底液，加的 4−乙烯基苯甲醚？"珀石继续追问郝镇长。

"混账！"刚才一言不发的薛县长咒骂一声，摇晃着身子走到他面前，开始训诫起郝镇长来，"平日本职工作不好好做！整天沉迷在这种事情上！你还没成家，怎么这样糟蹋自己？丢脸！"

薛县长训斥的声音在大厅回响，吵醒了在咨询台里边睡觉的护士。

孙皓轩见状，立刻默默走到护士身边，和他悄声说了几句话，然后那个护士模样的男人就直接越过其他人，按下电梯按钮，准备离开四层。

电梯门打开后，里边出现了一个穿着西服的中年男子，面带强抿出来的微笑。

护士模样的人急忙后退了两步，把右手放在胸前，预备着要把左边内侧的东西拿出来。

除他之外，大厅里的四人都认出来，这个男子是李斯。

李斯穿着一身纯黑色的西服，看起来比之前的西服还要名贵，系的领带是白色的，看起来就像是来参加某场高档次的葬礼，在破旧落后的医院里显得格格不入。

八

"李斯？你怎么会在这里？"珀石也向后退了几步，"这些事情到底跟你有什么关系？"

而薛县长却无视掉其他人警觉的样子，热情地迎了上去。

"李教授！是上边派您来处理蝗虫的事情吗？"他像是看到救世主般，面色多了几分的轻松，"今年的蝗灾……不寻常，到底是……"

"啊，不是，上边应该是刚派出人来调查。从头开始，等调查出来，人应该都已经不在了吧。"

"那您是来做什么的？您得想想办法啊！全县那么多人！"

"唉，虽然一些罪不至死的人也会被吃干净，但是好在真正无辜的人都不会受到伤害。"李斯一副丝毫不在乎的样子，冷漠地回应着薛县长。

"所以，这次的蝗灾跟你真的有关系？"孙皓轩眼里爆发出冷峻的神色，随后转化成一股隐隐约约的杀气。

"当然有，但不是全部。"

"李斯，你越界了！"

"干吗那么说？孙皓轩同志，我应该没有任何违法的行为吧？"

"怎么证明？"

"我不相信！"

珀石和孙皓轩不约而同地质疑李斯。

李斯优雅地让出电梯门口的位置。护士模样的人朝孙皓轩使了个眼色，便默默地走进电梯离开了。

"好像有人利用了我精心设计的'审判'，导致它出现了一些小差错。"李斯低垂着眼皮，但是眼睛却是向上盯着面前的其他人，透出愤怒而略带鄙视的情绪来，"他们才是真的越界了！"

珀石和孙皓轩两人都没有对李斯的话做出反应，只是沉默地盯着他。

薛县长走向另一边，背着手，装作正在查看医院宣传板上的内容，故意避开三人的谈话。郝镇长则是老老实实跟在薛县长后边，低着头，像是个犯了错正在受罚的小学生，故意装出不引起别人注意的样子。

"好吧，好吧，反正上边总得去调查我，看我越没越界，京华市的两个案子后续肯定还要查我，就一起和你们两个说清楚我都干了什么吧。"

"五年前，我发表论文，引起地下制作畅销药的热潮后，市场上对于蝗虫的需求量暴增，很多人需要用蝗虫提炼 4 —乙烯基苯甲醚信息素来制作药剂。养殖的食用蝗虫供不应求，野外的蝗虫也快被人抢干净了，所以就有很多地下建的蝗虫牧场开始养蝗虫去卖。"

李斯说到这里，明显停顿了一下，见珀石和孙皓轩还是不动声色，便拿出珀石之前送给自己的老"红渠"抽起来。

"有人为此从京华大学的生物园里弄走了那种可以长到人脑袋那么大的蝗虫品种并进行繁育，收获了暴利，后又修建了很多地下矿洞，饲养大型蝗虫，自然容易有疏漏。一些蝗虫便跑了出来，在外繁衍生活。"

"这类蝗虫也是你参与培育的吧？"

孙皓轩掏出一个圆形的铁片，贴在了右侧太阳穴上，这是云星新出的试验性技术，可以将网络上的信息随使用者的意识进行搜取，再直接传入人的意识之中。

现在通用的科技还只停留在投射一块虚拟电子屏幕到人眼前的水平，因为有泄露信息的安全风险，所以国安部统一提前使用了还未公布的技术。

"我查了，八年前你加入了该项目，还提议过在这种巨型蝗虫身上安装控制装置，形成一种生物无人机。当时在京华大学主管传统无人机研究的刘海教授明确支持过你的这个提案。"

"对，但是为每一只虫子装配控制装置的成本太高了，而且蝗虫的'脑子'太简单，不好操控，关键技术没研发出来就被叫停了。"

李斯见孙皓轩还在用手摁着贴在太阳穴上的铁片搜索着什么，又不屑地提醒了他一句："别搜了，这个技术是真的没研发出来，谁能傻乎乎地给每只虫子身上装控制装置？"

"那为什么蝗虫可以有针对性地攻击目标？"

"珀石警官不是已经猜出来了嘛？我在电梯里头就听见薛县长训斥郝镇长的声音了。"

"4－乙烯基苯甲醚，蝗虫只会攻击体内含有这种物质的人，为什么？"

珀石联系到之前案子中的行为怪异的虫子，又想到了李斯发表的论文，早已经猜出蝗虫选择攻击目标的依据。

"这种巨型蝗虫有一种特性，出于生物本能，它们会向体内存在 4－乙烯基苯甲醚信息素的个体靠拢，尝试进行交配繁衍。历史上，普通蝗灾的形成也是和这种信息素相关，蝗虫在靠拢个体的过程中难免会割破人的皮肤，随后信息素含量更丰富的血肉会促使它们进行无节制的生物行为，包括进食、捕猎和繁衍。"

"等下，不对。"珀石阻止了李斯这种试图蒙混过关的行为，"4－乙烯基苯甲醚早在几年前就流行使用了，为什么蝗虫到现在才会进行攻击？"

"皓轩或许知道。"李斯故意没有回答珀石的问题。

"你最新公布的信息素变体与过去的有什么不一样的地方？你最好现在就把话说清楚。"孙皓轩配合着珀石质问李斯。

"京华市的那两个死者跟这种新变体有什么关系？"珀石没有顺着孙

皓轩的思路问下去，他清楚自己的工作还是去调查手头上的案子。

"两位倒不必像拷问犯人一样找我问话。"李斯狠狠地吸了一大口烟，身体明显不适应这样浓郁的烟味，引得他又咳嗽了好几声。

"近期，我和云星公司合作，合法获得'系统'算力的使用权推进兽药研究项目，产出了一种催情效力更高、对脑躯干神经保护得更完善的 4—乙烯基苯甲醚的专有变体，这种变体只能在实验室和专属工厂中制造。"

"正如我所料，这种添加新变体的兽药一经面世，销量就暴涨，那些在地下制造违禁药的人也想着搞一次'产品升级'，把兽药中的新变体分离出来后，和之前一样混入当作底液的 VIR，便成了新款药。很凑巧的是，这种变体若是遇到了血液内含有乙酰胆碱或单一氧化酶的个体，其效果稍微提高一些。"

"这就是我手头案子里两位死者的死因？不对吧，全国就这两人出事？"

珀石也狠狠地吸了一口烟，脑海中全是案子的事情，这是他多年来的习惯，要思考一件事情，就会让脑子里只装这一件事情，也因此，他时常忘记家人的事情。

"而且山灵镇的小学也受到了攻击，学生们怎么可能会用那种东西？蝗虫为什么不攻击石月罡？"

"所以我的计划被其他人利用了，我设计的审判只针对那几个人，蝗虫不可能袭击整个镇子！"

"审判？这个词用得真奇怪。"

珀石意识到，孙皓轩好像知道李斯口中所说的"审判"，而且在最初见面的时候，他还下意识地提到了"越界""这次审判"之类的话，好像他们之前就有了一些合作，但是不能或不想告诉自己。

孙皓轩对此只是沉默地平视前方，没有一丝多余的举动，倒是李斯兴趣盎然地把他的计划讲给了珀石听：

"根据被审判者在网上公布的基础基因组信息，我设计了这种 4 – 乙烯基苯甲醚的新变体。这是一项很复杂的工程，需要无限缩小的基因构成分析研究，再对应出我想要的复杂物质进行物质构成的位置设计，最后才能对特定的几个人产生细微的与其他人有些不一样的作用。我不分昼夜地干了整整三年才完成。"

珀石尽力地在脑海中利用残破的信息搭建一条完整的链条，李斯设计"审判"的目的好像是惩罚他个人判定为"有罪"的人。

至于网上公布的基因组信息是可以光明正大地查到的，在"思想初夜"情结流行后，很多年轻人都喜欢展示一个基础基因 ID 卡，以便进行初夜前的意识交流，利用基础基因 ID 查询的交流记录没办法用 VIR 消除，或是用 ACH 隐藏。

女性死者郭晓珑除了和李斯有个人恩怨，可能还偷偷地对同学进行意识篡改，被认定为"有罪"倒也合理。

但是他对另一个男性死者祁勇胜的了解还太过模糊，再加上之前李斯在对话时若有若无的暗示，还有高明调查祁勇胜的社会背景时支支吾吾的表现，珀石隐隐觉着祁勇胜很有可能与女儿意识被篡改的事情有关系。

李斯见珀石直接询问起自己设计的"审判"，好像又变得心情畅快起来，以至于他整个人显得情绪起伏特别巨大。他能在大喜和大怒之间顺滑切换，又能保持这样的状态完成流利的叙述：

"我设计的触发条件十分苛刻，需要对象长时间摄入老版的 4 – 乙烯基苯甲醚进入持续的兴奋状态，使用 ACH 来模糊敏感记忆逃脱云脑系统的监管，使身体残留乙酰胆碱，还要多次对他人进行违法的意识篡改，在身体内残留足够的单胺氧化酶，之后再摄入新版的变体，才能大概率在神经高度兴奋的状态中，稍微比其他人多了那么一点儿效果，'恰好'突破云脑系统常态的保护，导致行为错乱，产生幻觉，最终自杀。至于山灵镇的那几个人，我知道他们都是地下蝗虫牧场的员工，就算不舍得花钱用新药，也会被牧场里养的蝗虫干掉。"

"你是……怎么判断一个人需要被审判的？"

珀石直击要害，问出李斯最期待别人问他的，对于他而言也是最重要的问题。

"正义，需要精准到一丝不多、一毫不少，每一个需要被审判的人，都曾经是加害者，却没有受到惩罚！"

"呵，原始的同态复仇。"珀石立刻反驳李斯，"这不是你来做的事情，你不是神明，没有比其他人高级到哪里去！"

李斯没有被珀石的反驳激怒，反而继续面带微笑，露出一股不屑而嘲讽的意味，盯着他的脸："无论如何，至少比迟到的正义好。"

"够了！李斯！"孙皓轩见场面越来越激烈，立刻制止李斯往下说，"你说这次有人利用了你的计划，具体是怎么利用的？原本目标是什么？一共有几个人？"

"21个，包括郭晓珑、祁勇胜，还有石月罡过去的丈夫杨德富，他们都将因为自己的行为得到惩罚。"李斯思考了一会儿，补充道，"除此之外，其他受害者都是别人利用我的计划进行加害的，具体方法我也在想。"

"你这本质上就是利用生物基因武器进行定点刺杀！"

孙皓轩抓了抓头发，李斯的行为似乎确实没有越界，虽然这仍然可以算是利用生物基因武器对具体目标实施攻击，但是过于复杂。复杂到整个"武器"的设计是那么"恰好"，且触发条件是目标要购买地下的药剂和ACH，长时间躲避云脑系统监管，长时间服用上瘾药物，还要多次违法篡改他人意识。目标必须连续完成四件灰色或黑色的事情才有可能使"武器"生效。

而李斯本人做的事情无非是公开地发表几篇论文，加入了商用的兽药研究项目，他研发的兽药也都经过了完整的审批流程，合法发售。

"等等！这个计划的实施涉及多个条件的满足，包括个体主观行为，药物的生产、销售、使用等全部环节，而且需要完美满足才能成功实施。"孙皓轩想到关键之处，微微抬起因沉思低下的脑袋，紧紧盯着李斯，"唯一的可能是你在与云星公司合作后，使用'系统'计算出了这几个人……"

李斯用沉默回应孙皓轩的同时，将眼睛看向在一旁露出迷惑神情的珀石。

"咳咳……"孙皓轩立刻想起珀石目前的等级，应该不知道云脑的源头技术"系统"，更不会相信能有精准计算未来的效果，自己被李斯引导着"上头"，向普通人泄露了机密。他耳朵根霎时红了起来，又紧张又羞愧，急忙假装摁住右侧太阳穴上的圆形铁片，作势查询信息，想要编出几句话糊弄过去。

"是的，但原本调用大数据资料库查看公示信息并不算越界。"

"嗯？"孙皓轩意识到李斯在故意用错误内容描述"系统"的存在，眼下又想不出其他办法，只好顺势说下去，"好吧，调用大数据库的公示资料确实也没什么问题。"

"也就是说，你原定目标的这些人都是曾经篡改过他人意识的？"

幸好珀石的心思与孙皓轩完全不在一条线上，没有关注两人提到的"系统"，他想要的不过是尽快捋清楚手上的案子，然后尽快结案。至于女儿被篡改意识的事情，珀石只能从长计议，但无论如何要先离开这个分布着嗜血蝗虫的地方。

"对，和警官有关的那几个，郭晓珑不仅多次对同学进行微小的意识篡改来达成她的目的，而且与刘玉琨（注：李斯的曾用名）还有未了结的恩怨，至于祁勇胜和杨德富嘛，那就跟石女士有关了。"

李斯向后朝石月罡看了看。

"当时杨德富找来了一个私下提供各类与云脑系统有关的服务的团队，祁勇胜是这个团队的技术员，他帮助杨德富修改了石月罡的意识，让石月罡自愿留在这里，杨德富还亲自参与了几处意识修改。"

　　珀石感觉眼前一阵眩晕，但是事已至此，相对来说，自己女儿能顺利逃脱已是最好结局。

　　他反而对造成蝗灾的罪魁祸首有了一分理解，而这理解背后是他不愿承认的感谢，无论是谁，他内心最深处还是会感谢女儿因他们的行为而脱离这个泥潭。

　　即使这样的行为的另一面带来的是对无辜生命的残害，珀石也无法阻止自己产生一种仿佛是出于动物本能般的舒爽。

　　他只得安慰自己，至少从某种角度来说，旁观者也算是帮凶。这样的心理进而使得他勉强找到了一种平衡，既不会与自己所坚守的一些传统道德冲突，又不会太过压制自己产生的感觉。

　　"现在石月罡的意识已经恢复，但是身体还是会受影响，所以还需要做个小手术，但不着急，这个在哪里都能做。"

　　李斯在说这句话时，竟然多了几分温柔，以他的准则，所有"非罪人"都应该受到友善对待。

　　"哦，对了，像石月罡这样的情况，体内也会残留一些 4－乙烯基苯甲醚，被篡改意识后，体内除了暴增的单胺氧化酶，还会分泌出催乳素用来刺激腺体，以及保护神经。"

　　李斯产生了与珀石相似的愉悦感，以至于刚才露出愤怒、阴狠神情的脸庞像是僵硬住了。多次情绪的陡然转变，使得别人往往会把他当作心无城府的老实人。

　　"这种变体，在经过单胺氧化酶和催乳素的混合后，会变成一种类似怀孕的雌性蝗虫所携带的信息素，所以那些蝗虫会把石月罡当作自己的同类不去伤害，甚至是为照顾她而有意绕开其存在的区域，在区域内留下一部分的食物不去进食。而合成信息素消耗了她体内原有的单胺氧化酶，之前被压制的意识和记忆也就可以恢复了。"

　　"嗯，明白了，谢谢……"

　　听到女儿被篡改意识后，体内会增加单胺氧化酶的含量，珀石立刻明白祁勇胜是使用过去十分常见的意识篡改法，代称 LYM（注：淋巴细胞毒性 lymphocytotoxicity 的简称）。

用这种方法可以对老版云脑系统的家用式记忆共享机进行改造，破除 A 方对 B 方记忆探查的限制，同时封闭 B 方对 A 方的记忆探查权，然后将用 VIR 当底液，并额外添加单胺氧化酶的药剂注入意识被篡改的 B 方的体内。

单胺氧化酶是一种能抑制神经物传导质的物质，过去多作为治疗抑郁症的抑制剂。这种物质达到一定数量后可以有效控制人体做出具有对抗性的行为，引导人的意识偏好保守的、服从他人的行为。

最后，利用 VIR 把过去具有反抗行为的记忆都抹除后，主动进行意识篡改的 A 方会在 B 方的意识区内，演绎 A 方想要的意识内容，进行填补，完成对 B 方的意识篡改。

珀石要带着石月罡离开，对待李斯的语气与神情明显柔了许多："相关手术在京华市的医院里做吧，我带石月罡回家了，其他事情跟我们也无关了。"

"外边都是吃人的蝗虫，你别带着一个昏迷的病人乱动！"孙皓轩隐约有种不祥的预感，向珀石提醒道。

"李斯教授刚刚都讲清楚了，只要体内没有 4—乙烯基苯甲醚，蝗虫就不会袭击。"珀石无精打采的，可能是由于精力的透支，也有可能是因为心里的愧疚。

"不行，你们等到事情结束后再走！"

"为什么？"

"你们现在走，安全得不到保障。"

"根本不是因为这个。"

李斯开始与孙皓轩作对，或许是出于对无辜的石月罡的怜悯，又或许只是想维护他出了些"小差错"的"审判"的美好结局。

"你不想让他们离开，不过是想管控信息，阳芝县全县都以地震预警的名义对居民进行疏散，要是放知情者走，很有可能在事件得到解决前泄露秘密。"

孙皓轩想要和李斯争论的时候，一阵惨叫打断了众人的对峙。

"啊——"

九

孙皓轩未等转身查看情况，就闻到了一股浓烈的铁锈味。

而李斯正好看见病房区的铁门被蝗虫咬开了一个大洞，两只巨型蝗虫外加无数正常个头的小蝗虫从洞口涌进大厅里，但是他只是歪歪脑袋，走向前去，靠近被蝗虫扑倒的郝镇长。

"李斯，你要干什么！"

孙皓轩在下一瞬掏出手枪，瞄准了趴在被吓蒙的郝镇长身上的蝗虫，果断地摁下了扳机后，才想起装的六发子弹之前已经射完，只好咬牙懊悔自己的疏漏，从右边内侧口袋掏出子弹，一发一发摁进手枪里，十分麻烦。

在孙皓轩装填子弹的空隙，李斯已经走到了郝镇长身边。

他没有驱赶蝗虫，而是用手摸了摸蝗虫的脑袋，甚至故意把手放在它的口器前。

巨型蝗虫竟然对此无动于衷，就像没有看见李斯一样，继续用它长满锋利倒钩的后腿蹭着郝镇长肥腻的肚子，郝镇长夹着黄色软块的黑红色伤口越扩越大。

"看见了吗？蝗虫不会袭击体内不含 4－乙烯基苯甲醚的个体，我之前的猜想是正确的。"

就在李斯得意扬扬之时，一只小蝗虫停留在李斯的脸上，动用它小而硬的口器在李斯脸上开了一道口子。鲜血顿时从李斯的脸颊流到了下巴处。

李斯的表情随即凝固。

他拽下飞到脸上的蝗虫，活生生地把虫子的脑袋和躯体撕裂成两块，淡青色的浓稠液体顺着蝗虫躯体滴落在地上。

"奇怪……"李斯疑惑地翻看着手上的虫子身体，完全无视洞口涌来的蝗群，"不应该啊，新一代的虫子应该能遗传上一代的特性啊。"

珀石见状，急忙抱起昏迷的女儿，和退到电梯门口、一言不发的薛县长站到了一起，而孙皓轩已经装好了子弹，连射了四发才把两只巨型蝗虫击杀，同时把动弹不得的郝镇长拖到咨询台一侧。

"喷。"

孙皓轩从咨询台下方翻出了一个类似旧式农药喷洒器的装置，背上储存罐，右手握着细长的黑色喷口，走到李斯前边，摁下左侧的控制按钮。

一股青蓝色的火焰从喷口处喷出，蛋白质烧焦的闷臭味弥漫在整个大厅。珀石这才明白他刚到医院时闻到的像是蛋白质烧焦的奇怪臭味是怎么产生的。

火焰喷射器暂时压制了入侵大厅的蝗群。李斯手里抓着几只半死不活的小蝗虫，他一个个掰开虫子的身体进行查看，同时不紧不慢地走向电梯口。而孙皓轩也边战边退，待电梯门打开，就同众人一起进了电梯。

"不要去一楼，到地下二楼，那里有辆轻型装甲车。"

孙皓轩喘着粗气，用左臂不停地擦拭额头的汗，时不时转头看向身后还在翻弄虫子尸体的李斯："李斯，你确定这个不是你弄出来的？"

"我确定不是我弄出来的。"李斯答得很干脆。

"这种小蝗虫好像与那种常见的转基因变异虫有相似之处，与我最初培育的那种巨型蝗虫是亲属关系，但因为脑部发育有消耗，应该不会长到和父辈一样大的个头。"

"你猜国外都有谁可以利用你的设计，做到这一步？"

"有很多可以在技术层面上做到，但是没有收益。"

"你说的收益是……？"

"这种蝗虫保持了我培育的巨型蝗虫易群聚、生命力强、繁衍迭代速度极快的特点，产生了一定的嗜血倾向，但是明显恢复了普通蝗虫的消化系统，所以主食应该还是偏好禾本科植物。"

"所以……"李斯眯着眼，迟疑了一阵子，直到电梯下降到了地下二层、众人走出来一段距离后才又开口说道，"露卡生命，你知道这个公司吗？"

"人工神明战争爆发前，大国间进行生物战争的主力，当然知道，你怀疑是他们搞的？"

"露卡生命曾经帮助 A、B、C、D 四大粮食经销商培育了一种新品种的米象，可以快速繁殖，吞食作物，粮食运输投放到全世界，导致很多落后国家的粮食储藏量急剧下降，引发大饥荒，粮商再趁机用高价售卖囤积的粮食，狠狠地赚一笔。"

李斯不顾手上被小蝗虫划破的多道血痕，用大拇指和食指揉捏着支离破碎的虫尸，眼见其他人都登上了装甲车，他便和孙皓轩站在外边单独谈话。珀石和薛县长自知孙皓轩国安部的身份便老实地待在车上休息，回避二人的谈话。

李斯思索着这几天随意浏览的新闻，揉搓蝗虫尸体的力道还在增大。

对于李斯而言，自己"公正"的"审判"最终导致无辜者或是罪不至死的人受难，这是他绝不容许发生的事情。

"近期，各地都出现了不明火灾，大量种植粮食作物的农田被烧毁，而且国际粮价的涨幅也十分大，所以我怀疑这次的蝗虫事件也是露卡生命受四大粮商委托干的，也有足够的收益动机。"

"这样危及粮食安全的情况，我会上报的。"孙皓轩摁着贴在太阳穴上的铁片，像是要及时将李斯猜测的信息传输到上级那里。

"你们是顺着哪条线找到这里的？"

"跟你刚刚说的有关。"孙皓轩摘下铁片，用手臂擦着脸上的汗水，"你懂的，纪律问题，只能说这么多。"

"所以你们就只是打算把蝗群烧光？"

"阳芝县的情况已经控制住了，不会向外蔓延太多。"

孙皓轩把脸上的汗彻底擦没了，又观察着装甲车那边的动静，一刻也不松懈。他沉默了一会儿又向李斯问道：

"所以，你猜测这次露卡生命是怎么利用你的计划的？"

"两种可能，要么是有人在附近放置了可以诱发昆虫定向突变的电磁波，要么是阳芝县蝗虫牧场新购进的饲料有问题。我倾向于后者，因为新饲料是我去选的，他们要利用我，在饲料上也好做手脚，只需要稍微改动一下就可以了。"

"还有，"李斯见孙皓轩略显急躁，便又用言语把他拖住，"野外生长的巨型蝗虫后代，多是在遇袭者的尸体内孵化出的，它们可能变异出了某种基因或气息追踪能力，不仅会袭击体内含有 4 —乙烯基苯甲醚变体的人，还会主动攻击与遇袭者有血缘关系的人，这可能是山灵镇小学遇袭的主要原因，所以我建议你们把撤离居民的安置点迁到更远一些的位置。"

"好，我们会调查新饲料的供货公司，也会把你的建议上报。"

"现存新型蝗虫的处置起来很麻烦，它们算是一种全新的品种，暴露在野外，是捕杀不干净的，经过一两年的干旱又会形成蝗群。"

李斯又补充了一句："你们早就把供货公司查出来了，也预料到我发现自己的计划出了差错，会到阳芝县进行调查，现在不过是想探清我和境外势力有没有勾连，顺带想从我这里得知彻底清理蝗群的办法。"

"李斯，我再次提醒你一下，不要越界。"

"对我而言，越界与否也不重要。"

"上边有办法对付你，不要越界。"

"嗯，越界的后果很可怕，薛县长就是越了界才被查个底朝天的。"

李斯上挑着眉眼，直勾勾地盯着斜上方孙皓轩的眼睛："告诉耿部长，我也有的是办法对付上边，不过这些也都不重要。重要的是这次阳芝县的蝗灾是因我而起，很多无辜的或罪不至死的人都受到了牵连，尤其是石月罡那三个可怜的孩子，所以我自然会负责。"

"怎么负责？"

"跟着你，去露卡生命下属的饲料公司，就是你们昨天锁定的那家叫'丰年'的公司，我要收集改动过的饲料的祖代材料，来设计出彻底根除这种新型蝗虫的办法。他们不傻，投放到市面上的都会用非祖代的原料，逆向解析需要的时间太久了。"

"哼。"

孙皓轩摁着太阳穴处的机器，继续等着上级的指示，李斯刚才说的很多细节是连他都不清楚的。这次李斯的表现很反常，竟然直接对抗上边，甚至明摆着告诉他们，上层内部已经被侵蚀。孙皓轩不敢确定这样的举动仅仅是在挑衅，还是做某种暗示。

一丝清凉感穿过他的皮肤透进脑袋里，上边只是简短地发了一句话："尽量配合李斯。"

"是。"孙皓轩点点头，朝李斯说道："根据上级的指示，我会配合你的。"

"替我向耿部长问好。"

李斯转过身，再次点燃一支烟，浓郁的味道刺激得他的手指都在发抖，可他还是坚持把烟点燃，狠狠地吸了一口，发出剧烈的咳嗽声。

"耿部长说，让我也代他向你问好。"孙皓轩透出明显不情愿的情绪，但还是老老实实地把上级的话转述给李斯，"下次见到南星的时候，记着也提醒他一下，不要越界！"

"好，记着他还拜托我别太欺负你。下次见到南星，可能又要过上几年吧，待我找到新身体后，会记着的。"

巨大的引擎轰鸣声从上方传来，由远而近，不是寻常汽车能够发出的声音。

一辆造型奇特、外壳沾满绿色和红色不明液体的重型装甲车开到二人面前。之前在医院四楼大厅睡觉的"护士"从驾驶位上跳了下来，还是没有说一句话，只是朝孙皓轩使了个眼色，便往停着轻型装甲车的另一边走去。

孙皓轩单手撑着身体，一个闪身跳上了重型装甲车，李斯不言不语，打开副驾驶的车门，费了很大的力气才爬上去。见李斯把车门关好后，他打开长方形的控制面板，一个老式部队车上常见的巨型方向盘从中央升起来，孙皓轩熟练地驾驶着笨重的装甲车调了头，向停车场外驶去。

而其他人则在医院地下二楼的停车场度过了一夜，第二天早上就得到了支援部队的接应，之前接孙皓轩班的"护士"载着众人，顺利离开了聚集着嗜血蝗虫的地方。

医院外道路上的路灯已经全部熄灭了，按照常理来说，昆虫都有趋光的习性，但由于对这类新型蝗虫的生活习性还不了解，所以保险起见，整个阳芝县都断了民用电，对外宣称是避免地震对供电线路破坏过大。

孙皓轩在驶出停车场后，索性关闭了车前的挡风玻璃，厚重的黑色钢板阻断了车内狭窄空间与车外浓郁夜色的连接。从外部传来密密麻麻的细小物体撞击在钢板上的声音，像是下雨般蝗虫翅膀扇动的嗡鸣声连同躯体碎裂的嘎吱声一起被隔绝在外边。

更多的蝗虫在黑夜中形成连绵不绝的虫群，如同冬日雾气般笼罩在上空，无意识地冲击着这块在它们眼中缓缓移动的大石头。一些初生代的小型蝗虫会和李斯培育的祖代巨型蝗虫一起留在道路两旁的田地里，食用着快速老化的新生代蝗虫躯体，白而饱满的虫卵从它们的尾部被挤了出来，不一会儿就能从中冒出体形更小的蝗虫。它们扑棱着尚未坚硬的翅膀，本能地向上飞几下再摔到地上，如果就此摔死了，便会成为其他蝗虫的口粮，如果还能苟活，便随着大部队去啃食路边的庄稼。

李斯通过副驾驶前的投影器观察着外边蝗群的情况。因为路灯全都熄灭了，所以孙皓轩就将装甲车改为自动驾驶模式。他双手环抱，宽大的后背靠在驾驶室的一角，闭目养神。

车辆离山灵镇越来越近，车外细小的撞击声也越来越密集。

突然，装甲车自动停在了路中央。孙皓轩身体向前撞到了挺立在中央的老式方向盘上，惊醒后，他摸着脑袋，调出装在车顶的摄像头，查看前方的情况。

十

一个牛状的巨型黑影站立在车前，大得异常，似乎比正常牛的体形要大三倍，头顶一对巨角的宽度和装甲车前车窗的宽度相当。

孙皓轩也不敢轻举妄动，这样巨型的"牛"明显是不正常的，可是在之前的报告中，他也没有见到阳芝县有其他异常现象的存在。而且为了应对小体形的蝗虫，装甲车搭载的只有高温喷火器和精准消灭巨型蝗虫个体用的微型激光武器，供应这两种武器需要大量的能耗，所以车内夹层也装满了油料，如果贸然攻击黑影，被反击而受到太猛烈的撞击，装甲车很有可能发生小范围爆炸，所以攻击这个不明黑影是不明智的。

一股夹带着草料潮腐味和家畜体臊的怪异味慢慢穿过装甲车的缝隙，流进了驾驶室内，引得两人不自觉地开始干呕起来。

"李斯……那这跟你有关系吗？"孙皓轩用手捂住鼻子，一脸难受的样子。

"没有，我也不知道这是什么东西。"李斯挥动着右手，想要驱散这股像是从动物园里冒出来的味道，"要不我们换条路走？"

"丰年的总部在山灵镇旁边，他们把半个山都挖空当实验基地，只有这条从后山进去的路可以不用路过山灵镇。"

"呵，可能还不如路过山灵镇。"李斯点燃两支烟，试图用烟草的味道盖过外边难闻的骚臭味。

"你说什么？"孙皓轩小心翼翼地握住方向盘，试图绕过车前这个巨型黑影。

"没事。"李斯靠在椅子的另一边，斜眼盯着投影仪传来的车前情况，见装甲车实在不好绕过站在路中央不动的黑影，便又说道，"你把灯开一下，所有灯，顺带把铁板撤下来。"

"会引来更多蝗虫的。"

"我感觉车前的这个东西很眼熟，听耿部长的话，尽量配合我。"

"哼。"孙皓轩没好气地在操作界面点了几下，白灿灿的光突然在浓郁的夜色间撕了一个大口子，以装甲车为中心的一个中型圆形区域明亮得如在白天一样。

两人看清停在道路中央的黑影到底是什么了。

这是一头超巨型的黑水牛，身躯和整个重型装甲车差不多大。水亮的黑色毛发间，无数黑黄色的幼体蝗虫从白色的虫卵里冒了出来，试图用它们细小的口器啃咬水牛的皮肉，但是啃不动，最多只能咬下一些体毛来。

路边正在被蝗虫啃食的田地里，十几个黑溜溜的、也长着青灰色巨角的脑袋从中冒了出来。十几双浑浊的眼睛反射着白光，成为一个个上下缓慢移动的小白点。

停在路中央的水牛叫了两声，转身走回田野里的牛群。

"原来是'庆丰年'啊！"

李斯郑重其事地将这几个字喊了出来，语气里透着几分惊讶和激动。

孙皓轩听到李斯说出"庆丰年"三个字后，眼睛和嘴巴都张得老大，惊得说不出话来，只能紧紧地转头盯着李斯，然后又猛地把头向旁边一转，观察着田野里那十几头大得吓人的巨型水牛。他搭在方向盘上的手指已经开始不自然地颤抖，冒出冷汗来。

"今晚要去见老朋友了。"相比孙皓轩偏向恐惧的反应，李斯明显是欢快轻松的。

"不可能，不可能！历史记载，人工智能'庆丰年'最后是被成功解体释放出来的。"

"准确来说，我们不是'人工智能'，而是一些被弱者剥削的天才。"李斯双手交叉搭在身前，高兴得嘴角止不住地向上翘起，开始感慨似的自言自语，"真没想到啊，在这个破地方还能遇到老朋友，'他'是什么时候醒来的？真有意思。"

"李斯……李斯教授……"孙皓轩喘着粗气，身体抖动得更厉害了，想要继续和李斯对话，但是就是吐不出来完整的句子。

"这次任务回来，耿部长会给你升职的。"李斯见孙皓轩还是在不停颤抖，便把他太阳穴上的圆形装置摘了下来，"还真是辛苦你这个传声用的肉喇叭了。"

摘下太阳穴处的装置后，孙皓轩轻松了许多，不停用袖子擦拭脸上的汗："这不是我这个等级能执行的任务，我……我还是回去了。"

"耿部长给你的任务还是没变吧，尽量配合我。"

"太可怕了，百年前的人工……"孙皓轩顿了顿，修改措辞，"百年前'庆丰年'创造的动物竟然出现在这里，难道……难道现在的强人工智能都还是……还是用人做出来的？"

"放心，现在都是真正的人工智能……另外，我也是百年前的'李斯'啊，可没见你们国安部怎么怕我。"

"最初见到你的时候我也很怕，不过跟在屁股后边，帮你收拾了那么多烂摊子后，就单纯是烦你了……"孙皓轩恢复了状态，软趴趴地靠在方向盘上休息。

"哈哈哈……你要怪，就怪上边当初和我的约定。"

"现在我们该怎么办？还是要去'丰年'的总部吗？它这个名字竟然起得那么露骨，明目张胆地'暗示'他们和'庆丰年'有关系。"

"百年前，上边为了应对终将到来的'大寂静'，决定让我们这些天才'自愿'成为人工智能，其中'庆丰年'是最早的一批，也是少数真的发自内心愿意牺牲自己的，所以在战争胜利后也就只是继续着本职工作，创造了很多可以大幅提高产量的农牧林业品种。"

"我当然知道历史课本里的事情，这种在夜晚视力极差，会老实地站在原地发呆的大水牛就是'庆丰年'的代表作……可是重新育种至少要经历三代吧，怎么可能这么快……难道和兰汀姐一样是通过生化……"

"不会，他就是个搞农学的。"

李斯在副驾驶的位置上调出了装甲车的操控系统，关闭照明系统，查看后置储存层内携带的随身设备后，又把高温火焰武器系统关闭，将微型激光武器调整至待命状态。

"你之前说'丰年'把半座山都挖空当实验基地，可能'庆丰年'很早之前就醒了吧。"

"也就是说历史书上的记录都是假的？而且'醒'是什么意思？战争后残留的那些……那些自诩为'神明'的人不是都与上边有合作吗？"

"'庆丰年'是一个典型的人工智能组，由三十三名顶级专家组成，当年反抗军进攻'庆丰年'的领地，是反抗战刚刚打响的时候，其中三十一名专家的意识被成功解体释放，剩下的专家的意识与智能组嵌合太深，也就没了下文。"

"我还以为……除了引发战争的'伍'，他们最后都得救了。"

"其实'伍'也是个智能组……你不知道的事情多了去了，我可懒得和你说清楚。"李斯故意岔开话题，并操作着装甲车，将车上搭载的所有军用信息探查机释放出来，"如果你都知道了，等任务结束后就不是升职而是入狱了，你这小孩干事算利落，以后还需要你继续帮我收拾事儿。"

"那你现在释放探查机要干什么？我确认系统内收录的道路是唯一一条能绕过山灵镇前往丰年总部的。"

"其实没必要绕过山灵镇，这个等级的重型装甲车完全可以抵挡住蝗群的攻击。"

李斯继续远程手动操控着释放的探查机，投影仪上显示前方有大量生命活动的痕迹。

"象猪，大水牛，夏尔驴，蚁蜂，多驼铃羊，巨瓜，银羽鸡，万斤麦菇，苏生树……都是些没有攻击性的品种，真奇怪。"

"有那么多？跟露卡生命到底有没有关系？这些都是提高产量的品种，也不符合他们消耗粮食的目的。"

"你们就是顺着露卡生命这条线摸过来的，可别问我。"

"我们这边，调查是从海关截获的黑腹果蝇开始的，这种果蝇遗传物质少，很容易进行遗传操作，产生特定效果，和你培育的巨型蝗虫一样。"

"别把我的作品和他们那些低端种相提并论，米象和果蝇的遗传操作就连大学生都能完成，属于低级中的低级。"李斯调快了装甲车的前进速度，皱着眉头，不断搓着下巴上的胡子，"我也觉着奇怪……按理说露卡生命和'庆丰年'之间不可能有联系，除非是他们找到了备份体……可要是备份体也就没必要顺应'庆丰年'的偏好，产出那么多与他们原目标相反的东西来……"

"备份体……又是什么？"

"不用管，知道得太多没好处。"

李斯说完，投影仪显示车辆已经到达目的地，在李斯的操控下，装甲车在椅子后背处弹出了两套硬质的防护服。两人也没多说什么，局促地把防护服展开一个口子，把两条腿套进去后再向上拉，勉强把上半身的装备穿了进去。

他们推开沉重的车门，直接跳了下去，在软绵而紧致的防护服里，这样的撞击毫无感觉，就像是一个轻盈的气球落到地上再向上弹起。

车子停在丰年公司总部后面的通道前。门口是个宽敞的大园子，如同真的动物园，不仅弥漫着更加浓重的动物骚臭体味，还隐约能看到许多由白色铁质栏杆组成的围栏。在应急绿色灯光的照耀下，一些奇形怪状的不明物体隐隐约约地在围栏内攒动。

远处的夜空被邻近城市的灯光染上了一层暗粉色，朦胧中有种难以言说的肮脏感。一头短鼻子"大象"的身影在黑暗中冒出，遮盖住难看的天空。

十　一

"别怕，这是象猪，没有攻击性。"

李斯拉着呆立在原地的孙皓轩，勉强把他推进了丰年总部的后山大厅中。

孙皓轩被眼前的景象吓蒙了，他莫名其妙地联想到小时候做过的有关动物园的梦。梦里那些长相奇怪的庞然大物钻了出来，除了长着短鼻子的巨型象猪，他在恍惚间还看到了体形高大的驴，在地上如菌落般蔓延冒出的密集麦穗，还有夹带在小型蝗虫间、长着蚂蚁触角和蜜蜂翅膀的蚁蜂，他甚至观察到那些整齐地贴在一面墙上的蚁蜂的巢穴已经被蝗虫攻陷，蚁蜂的后代被蝗虫的后代当作了口粮，它们不会反抗，只会老老实实地看着自己丰满的躯体被蝗虫的口器一下一下啃食掉。

大厅中央，几只长着好几个驼峰的羚羊站立在光滑的大理石地面上，一动不动，蝗虫已经在它们密集的毛发间搭建了舒适的繁衍巢穴，体形更小的蝗虫露出它们坚硬的翅膀，从中飞出来，捕食外边的蚁蜂或飞到更远处觅食。

李斯扯开一只虫子的身体，发现这些小体形的蝗虫已经属于成年阶段，头部内的黄色物质变得更少了，但翅膀和口器的坚硬程度要比之前观察的蝗虫强，也就说明蝗虫已经在几小时内完成了新一代的进化，这样的进化速度绝对不可能是自动形成的。

他借着大厅昏暗的应急灯光，沿着左侧的楼梯走上二楼，发现这里的电梯也可以使用建筑的备用能源，于是就继续拽着孙皓轩登上了电梯。

电梯内显示二楼是最高楼层，而最低的楼层是负四层，李斯摁下了负三层的按钮。他猜测，如果"庆丰年"在百年前的战争中遗留下来的本体在这，且丰年公司建筑的设计连通了现代的云脑操作系统，那么"他"相关的性格、记忆与情感偏好也会影响到这栋建筑的布局，或者说，整栋建筑便成了"庆丰年"的物质载体。

当年"庆丰年"被创造出来后，为响应所谓弘扬传统文化的"号召"，又添加了许多农业相关的民俗内容当作行动偏好的依据，其中最核心的除了二十四节气，就是"祭三车神"，三神分别对应水车、油车和丝车，而这样强行地添加偏好，会导致"庆丰年"在处理任何事务时都机械地优先选择与"24"和"3"这两个数字相关的行动。

电梯门再次打开后，一只巨型的蝗虫迎面朝李斯扑了过来，就像是捕食猎物的小型肉食哺乳动物一样，不断用它长着无数细小倒钩的口器啃咬着李斯身上的防护服，但是没有任何效果。

李斯轻轻地用手把覆在面部的蝗虫推了下去，在防护服内置的外骨骼动力系统的推动下，直接把这只蝗虫摔到电梯内侧的墙壁上，蝗虫成了一摊混合着红色和绿色液体的糊状物。

孙皓轩此时再次恢复了基本状态。在他得知传说中的"庆丰年"还存留在当今时代后，一股轻飘飘的感觉就慢慢充盈了他的身体，这是种得知真相后所产生的混杂着兴奋与恐惧的感觉。

二人走出电梯，站在黑漆漆的走廊尽头，打开了照明装置，发现走廊的地面和墙壁竟然十分整洁，除了几十只巨型蝗虫从敞开的房间里快速爬出来攻击他们，完全不像发生了什么意外事故。

他们身上的防护服是军用级的，蝗虫们原始的袭击连最外层的白色硬壳都无法破开，所以两人直接无视了这些不会造成威胁的蝗虫。

就在他们打算去查看每个房间的具体情况时，一个穿着民用防护服的"人"慢悠悠地出现在走廊另一头，当着李斯和孙皓轩的面，走进了一个敞开的房间，过了半分钟又跟跄着走出来，手上举着一套实验采样用的空瓶。

孙皓轩跟着李斯，快步向前走，试图追上这个穿着民用防护服的人，他们路过走廊两侧其他敞开的房间时，更多巨型蝗虫钻了出来，而每个房间里头，竟然都有几具"端坐"在办公桌前，穿着白大褂，头戴云脑系统链接装置的尸体，黑红色血肉间附着整齐排列在一起的白色椭圆形虫卵。

白大褂背部蓝绿色的标志证明这些人都是露卡生命的工作人员，也证明了露卡生命和丰年公司之间的关系，但是这些人头戴云脑链接装置并端坐着死去还是有些奇怪。李斯随手抓了一只趴在防护服上的巨型蝗虫，把它的脑袋从躯干上拔出来，又用手指在碗大的头部搅动了好几下，并没有发现能控制蝗虫个体的装置，也就是说这些人链接云脑系统并不是为了操纵蝗虫。

李斯摇摇头，决定先和孙皓轩一起去更深处查看一下。

走廊的另一边通向的是一条更深的走廊，两侧有序分布着装潢几乎一致的办公室。每个办公室内都有三到五具身穿有着露卡生命标志的白大褂的尸体，他们戴着还在使用状态的云脑链接装置，挺拔地端坐在椅子上。

两人又穿过了两条几乎一样的长走廊，终于到达了尽头。

尽头处是一道厚重的铁门，需要密码才能打开，型号与当今普通银行的金库安保门属于同一系列，如果强行破坏反而会自毁解锁装置。

就在孙皓轩后悔自己当初应该认真学习新一代解锁技术的时候，铁门从内侧被人缓缓推开，一个身穿民用防护服的人慢悠悠地走出来，竟然完全无视站在门外的人，把站在中央的李斯挤到一旁后离开了。

李斯也无视了这个人，扶住向外打开的铁门，走了进去，孙皓轩也急忙跟着他走了进去。

一股物理意义上的寒意袭来，李斯瞬间舒爽起来。像李斯这类会侵占他人肉体的"人工智能"需要相对偏低的温度来保证意识的稳定性，太高的温度会影响外来意识对肉体神经的连接与控制。

房间内，十几个穿着褐色防护服的人正在做研究：二十组长方形的玻璃箱连通成一个回廊，里边饲养着各类品种的蝗虫，而其中最显眼的是一只通体为鲜艳的血红色的小型蝗虫。

在玻璃箱的另一头，许多小型蝗虫卵搭在松软的稻草上，像是卵生生物的蛋，其中有一些蝗虫已经破壳而出，围绕在破碎的卵壳边，而几只中等体形的蝗虫竟然叼着几片叶子跳了过来，把叶子喂给刚出生的小蝗虫。

孙皓轩在这个地方找了一圈，确认没有其他隐蔽的房间入口。他不知道还能干点什么，只好蜷缩着身体，在门口稍微没那么寒冷的地方等待李斯。

而李斯则是皱着眉头，一直观察着这群蝗虫。他发现蝗群中间的那只血红色蝗虫是唯一的雌性，所有虫卵都经由它排出，而它的地位好像也是蝗群中最高的，每次都是优先进食，休息时还有几只雄性蝗虫像是献殷勤般上去帮它按摩肚子。也就是说，这些蝗虫已经进化出了类似蚂蚁的习性，而将各类可以用于农业生产的虫子与蚂蚁基因结合，从而产生方便管理的育种方式，正是"庆丰年"所擅长的，只要基因操作出一只符合目的的母虫，就可以更改控制所有相关新种后代的习性。

"李斯……'庆丰年'在哪里？我们接下来要……要怎么做？"孙皓轩已经被冻得打起寒战来。

"我们就在'庆丰年'内部啊，整个建筑应该都被'他'控制了，包括本地的云脑系统。"李斯打开防护服，又打开了身边正在工作的人的防护服，正如他猜想的那样，里边人的脑袋上也装有便携式的云脑链接器。

"现在，你亲自见见'庆丰年'吧。"他拆下附着在太阳穴处的链接器后，将装置朝孙皓轩的方向伸了伸，而原本正在工作的人瞬间瘫倒在桌子上，似乎进入了深度睡眠状态。

"我？"孙皓轩下意识地往角落退了一下。

"对啊，现在'庆丰年'的状态很奇怪，只是在操控别人培育蝗虫，以及把之前圈养的动物都放出来，没有其他行动，目的不明，所以你可以链接本地的云脑系统，说不定能知道露卡生命和'庆丰年'之间发生了什么事情。"

"这……太危险了吧。"

"反正调查任务在你手上，我要的东西已经拿到了。"李斯直接抢走了旁边人握在手中的取样盒，可是那个人没有任何反应，只是重新再拿了一盒子，继续进行"工作"。

李斯先拿了一些喂食器里的饲料，然后再用饲料做饵抓住了那只鲜红色的蝗虫。其余蝗虫发疯似的想去攻击李斯的手，但碍于饲养箱上方开口处袭来的寒风，它们只是向上飞了一小段距离就冻僵了。被捏住腹部的红色蝗虫也挣扎着，啃食李斯的手指，但是他毫不在意，最终把饲料和红色蝗虫分别装进两个盒子里，又塞入衣服内侧的口袋。

"你为啥不亲自链接？刚才不还喊着要见老朋友？"

"我可没义务帮你。"李斯说着，已经把链接器戴到孙皓轩的脑袋上，又掏出来之前戴在他太阳穴处的圆形装置，贴到自己头上，"不过看在你之前办事利落的分儿上，这次我勉为其难出点力吧。南星开发的这个新玩意很好用，待会你进入系统内遇到什么奇怪的东西我都可以提示你。"

"你怎么会了解机密的技术？算了，早晚都得解决，你进来吧。"

孙皓轩找了一个转椅，面部仰天靠在上边，摁下了云脑链接装置的启动键，意识逐渐陷入一片模糊。

十 二

眼前出现一片流动的色彩，混乱，扭曲，夹带着许多种餐食混合在一起的味道。

慢慢地，孙皓轩看到色彩流动的速度开始变慢，可以勉强识别一些抖动的画面，但是感知到的世界仍然是堆叠在一起的，无法理解。他知道这样的情况往往是由于有多人同时利用云脑系统进行意识和记忆的共享，导致处理的系统无法很快地将海量感官信息转化为个体可以理解的形式，就像老式电脑卡顿一样。

他在繁复的感觉中识别出一种油炸春卷的味道，这是他很爱吃的食物。

云脑系统的记忆共享往往是优先呈现共享者共同喜欢的五感感知。孙皓轩小时候在东江，就很喜欢属东江特殊做法的大白菜肉丝馅春卷，不用蘸醋的豆沙馅春卷当甜品吃也很不错。

顺着这股喜爱的味道，他找到了一些零碎的片段。这个片段里，孙皓轩感到自己在一片灰蒙蒙的天空下，周围似有似无的，有很多双眼睛正在紧紧盯着自己。

随后他感受到"自己"，准确来说是与他共享记忆的某个人，在这段零碎记忆中正快步向前走，越走越快，开始小跑起来，而盯着自己的眼睛也越来越多，就在他感到自己即将逃离成功的时候，眼前一黑，像是突然昏厥，倒在地上，这个记忆片段也就到此为止。

　　孙皓轩周边再次被流动的色彩包围，他不知道这段突兀的记忆源于谁，但是他能通过炸春卷的味道推断记忆的时间应该是在"春分节气"前后，因为在食物味道中他还隐约感受到一丝轻淡的花香，看到一片又一片连绵不绝的黄色小花，应该是春分时节开放的迎春花。

　　云脑系统提取的记忆的原始状态大都是这样的，视觉、嗅觉、听觉、味觉和触觉堆叠在一起，形成一片无法在现实中被理解的混合物，对应着大脑海马体神经元繁复的链接，云脑系统需要在使用者的配合下，将混合物转换和区分成他人可以理解的内容后才能正常使用。

　　就在他想阅读下一段记忆时，孙皓轩感觉自己突然与一个极度复杂而古老的意识产生了联系，无数意象涌入他的脑袋中，像是在梦境中坐上了飞快行驶的过山车，座位两旁全都是信息量巨大的事物。他看到了用泥做的牛，在黄纸上画着的牛，用米浆和纸糊成的牛，用绢布制作的娃娃，还有挂在户外的窄长的旗帜……

　　他想抓住某个事物的信息，以此留住正在自动快速浏览信息的"意识"，可是这些奇怪的东西对于他来说太过陌生，他根本无法认清其中的一样，导致他的意识就像是一次次坐在上下左右起伏的过山车上，进入某种无法挣脱的轮回。

　　一个熟悉的声音强行进入孙皓轩的意识感知当中：

　　"送春泥牛，黄纸春牛图，纸糊春牛，春娃，立春幡……你随便选一个。"

　　"春幡……立春幡。"

　　"立春之日，夜漏五刻之前，京都连同县道百官要穿着青衣，头戴青巾，剪绢纸成春幡戴头上以示迎春，禳凶求吉，或在门外立起青色旗帜，绣上燕子、柳、花、鸟、蝴蝶、龙、凤凰、飞蛾、蚂蚱、鸡、蟾蜍，以示迎春。"

　　李斯开始多次重复这段话，进入了孙皓轩的即时记忆层，而周边事物转换的速度随之开始变慢，过了十多个来回，他就可以将意识停留在与"立春幡"相关的信息里，随后成功脱离这种迷失于海量信息中的感觉，但是又进入另一段更加奇怪的记忆。

他感知到在一望无垠的青色海洋之上，无数个聚在一块的小黑点在左右摇晃，围绕着中间的正正方方的像是草棚屋顶的黄色方块，方块四周却又向外喷射出绚烂的彩色，带有淡苦淡辣的汗味与草味混在一起，让他进入更加混乱而不知所措的境地。

李斯的声音再次响起：

"立春迎气礼……起于两千年前东汉洛阳城……于东郊，祭祀青帝和句芒……着青衣祭祀，因春属木，代表东方，颜色为青……后施土牛、耕人于门外……摆生辛菜，青蒜、小蒜、韭菜、芸薹、香菜。为祭拜春神献春盘……咬萝卜，咬青萝卜，咬得草根断，则百事皆可做……立春日，士大夫之家，剪纸为小幡，或悬于佳人之首，或缀于花下，又剪为春蝶、春胜以戏之……"

无数更加细小的信息像是子弹般射入孙皓轩的意识体内，密集、猛烈、富有节奏感，不断以最凶狠的力道冲击着最核心的部位。黏稠的触感融入温和的热度，覆盖他的全身，又像是被没有杂味的汗液包裹，四肢随即变得不听使唤，紧紧地拥在中心，失了力气，像是从后脑勺传来的温热的跳动感席卷了全身，视线中的世界亦变得更加迷幻。

"春日春盘细生菜，忽忆两京全盛时……立春一日，百草回芽。阳和生暖、万物生长，天暖谋耕、鸟语花香。……打春牛、剪春胜、立春幡、咬春……剪纸，祭祀芒神……立春幡，人胜、华胜、幡胜……春鸡、春燕、春蝶……立春之祀，春牛春杖，春胜春幡……春牛春杖，无限春风来海上。便丐春工，染得桃红似肉红。春幡春胜，一阵春风吹酒醒。不似天涯，卷起杨花似雪花！"

李斯继续重复提供着快而密集的信息，不断击打着包裹住孙皓轩意识体的最后一道防线，随后，整个世界瞬间崩塌。孙皓轩全身都充斥着一种酣畅淋漓的解脱感，他从之前难以言说的境地与感受中逃脱出来。

他脱离前的最后一刻再次感受到了一些零碎的记忆片段。他觉着自己变成了一个顺从的木偶，服从一切命令，他被灰暗色的墙壁所包裹，墙外是牲畜与人的叫声，每日的光景由持续的束缚与一瞬的舒畅组成，然后他这样的服从得到了嘉奖，他可以舒展自己的四肢了。但是这样的舒展又变成了劳累，他开始劳作，收拾家务，饲养家禽，还要教育不知从身体哪块部位掉落出来的生物，越来越多的更加古老的混乱认知麻木了他的神经。他开始更加努力地劳作，成为一个圆满而完美的人，以期得到更多的嘉奖，最后，他的努力没有白费，他得到了鲜花与掌声，如太阳般闪亮的白色星星围绕在他身边，歌颂他，赞美他，称他为令人潸然泪下的伟大者，早已麻木的他最后选择麻木到底，软绵绵地享受着这样的光荣而伟大。

突然，他在堆叠在一起的记忆中，发现了一只通体为血红色的鲜艳而美丽的蝗虫。

<h2 style="text-align:center">十 三</h2>

孙皓轩眼前恢复了一片流动的色彩，他的意识体在这片色彩之中呼呼地喘着热气，像是劫后余生，像是意识连带着他在云脑系统外的肉体都已经虚脱。

"李斯！"

孙皓轩用尽最后一丝"力气"，表达自己的不满。

"这到底是什么情况？为什么本地的云脑到现在还没有自动规整信息？是共享者太多了？"

"你的身体刚才被'庆丰年'控制住了，和其他人一样，开始漫无目的地做和培育蝗虫有关的事情。"

"哈……哈……哈……"

孙皓轩继续喘着粗气，又恢复了一会儿，才回应李斯："不可能……云脑都有保护机制，进入系统，对应肉体会进入深度睡眠状态，如果肉体受到刺激，系统会强制让我的意识退出。"

"这是'庆丰年'的保护机制，进攻意识集合体的核心程序后会自动触发，过往的每个'神明'都有类似的机制，最常见的方式便是用海量的信息，来淹没进攻者的意识体或释放的病毒程序。"

"那'他'为什么会控制我的肉体？"

"个人特色呗，当云脑中的意识体陷入'他'内部的信息海洋后，你的肉体就算是没有灵魂的躯壳，很容易被控制，解决方法也很简单，就是尽可能快地理解认知他'淹没'你所用的信息。"

李斯发出几声剧烈的咳嗽，说明他在系统外的现实世界里又开始抽起烟来："果然，露卡生命还真是秉持着他们一贯的傲慢作风，竟然妄图控制'神明'，可笑。"

"所以是……露卡生命唤醒了'庆丰年'，试图控制'他'却遭到了反噬？"

"对，那些露卡生命的员工应该是想用集体的脑力去攻击并控制'庆丰年'。'庆丰年'是我们'神明'中本体最脆弱的一类，程序防御和恢复的能力很差，所以'他'应该还处于恢复状态。露卡生命强行塞给'他'的指令，我猜内容也就是培育快速迭代或可以吃更多庄稼的蝗虫，在恢复状态下，'庆丰年'会进入自动运作，把这个指令与过去其他正常的指令混在一块。"

"你培育的巨型蝗虫不是很完美吗？怎么会失控袭击整个村子？"

"看来，露卡生命并不知道我的'审判'，只是知道阳芝县有大量的蝗虫牧场，他们最初的目的是想利用当地的原生种，培育可以大量损毁庄稼的新型蝗虫，快速生长迭代的新基因与我设计的复杂基因混合在一起，便出现了这种会快速进化的嗜血蝗虫。"

李斯掏出之前装在盒子里的血红色蝗虫端详着，好像是在欣赏它独特而美丽的外表："这只虫子应该就是'庆丰年'设计的快速迭代基因与我设计的嗜血基因融合后，再加上露卡生命掌握的某种靶向技术，培育出来的祖代母虫，外边蝗群的所有特殊习性都来源于这只母虫的基因。"

"那我现在还能做什么？解除'庆丰年'的恢复状态吗？"

"小孩儿，你还做不到。"

李斯强行拔出了戴在孙皓轩头上的云脑链接装置，导致他瞬间退出系统，一阵白光吓得他从椅子上摔了下来。

"你的任务已经完成了，最后写个调查报告等升职吧。"李斯帮孙皓轩穿好了之前敞开的防护服，带有些许感慨地说，"下次见面要等几年后了，好好在东江市学习，以后好帮我处理事儿。"

"东江？为什么是在东江学习？"孙皓轩刚刚惊醒，意识还有些朦胧，被李斯说的话搞得一头雾水，见李斯已经准备离开，就急忙叫住他，"等等，我在云脑系统里感知到的那些记忆片段……你知道是谁的吗？"

"为什么问这个？'庆丰年'里装着很多古代二十四节气里的内容，你可能弄混了吧。"

"不对，我能感知到，那是一个人十分零碎模糊的记忆片段，是现代的人。"

"我猜是那个被'庆丰年'控制的工作人员的记忆，你猜是谁？"

"石月罡。"

孙皓轩盯着李斯的背影，看他没有说话，又补了一句："或者是山灵镇里某个和她有相似经历的人。"

"所以为什么一个普通村民的记忆会存在丰年公司总部的本地云脑系统中？"

"等下……"

孙皓轩坐在地上，用手撑着地板，呆了好几秒，然后瞪大了眼睛，意识到了一些事情。

"郝镇长！是他去……他也干过那些事情！"

"这是你自己说的，记着写到报告里。"

李斯慢悠悠地走出了铁门。

"你什么时候带着解决蝗群的办法回来？"

孙皓轩朝着走廊大喊。

"三天后。"李斯慢悠悠的声音回荡在走廊中，"如果南星愿意帮我的话。"

"唉。"孙皓轩靠在椅子上，房间内其他人还在机械地进行培育蝗虫的工作，他实在没有多余的力气独自离开这里，便靠在中间玻璃箱回廊底下的台子边，等待同事的支援。

两个小时后，耿部长竟亲自带领大队人马来到丰年公司的总部，把疑似处于"恢复状态"的"庆丰年"从本地的云脑系统转移走，清晰地拍下露卡生命行动的证据，利落地收拾了残局。

十　四

三天后的凌晨，李斯如约来到了山灵镇的镇口，带着一个黑色的硬质手提箱。

围在山灵镇周边的部队还在使用火焰喷射器清剿源源不断从镇内飞出的蝗虫，好像怎么也杀不干净。

李斯微笑着向耿部长打了招呼，聊了几句后就穿上白色的硬质防护衣，提着箱子，无视正处于活跃状态的嗜血蝗虫群，走进了山灵镇。

他在镇子中央的广场停下，打开手提箱，脱了防护衣，又把身上的名贵西服脱去，平躺在地上，把手提箱内的一瓶瓶白色虫卵倒了出来，撒在身体周围，随后又打开了一瓶冒着香气的装有淡红色、半透明液体的软皮瓶子，把里头的液体倒在了身体各处。

随后，大量的蝗虫都被李斯的身体吸引了，扑棱着翅膀飞过来，疯狂啃咬着他，过了大概二十分钟，又开始在他的身上产卵。在似乎是无限地钻入每根神经的痛苦中，李斯在心里虔诚地向一些他觉得处罚过重的人表示歉意。

之前放置的白色虫卵很快就孵化出了一种瓜子形、长着绒毛的虫子，也开始使用李斯的身体进行繁殖。

这是李斯利用血红色蝗虫的基因，针对嗜血蝗虫培育的天敌，原始品种叫雏蜂虻。

这些轻盈的雏蜂虻没有引起蝗虫的注意，它们偷偷附着在个头比自己大四五倍的蝗虫腹部，或是蝗虫产下的卵里，侵蚀着这些虫子的生命。

晨曦的第一抹阳光出现在远处的山峰之上，勾画出金色的曲线，温暖而灿烂，滋养着这片古老的土地，仿佛土地之下淹没的罪恶与悲苦都在这一瞬间被清扫得干干净净。

太阳是公正的，公正地不放过任何一处角落，不亏待任何一个生灵，万物都在阳光之下蒙上了一层闪耀的金色面纱，静谧而安详。

几天后，这种特殊的大型蝗虫群已经蔓延到邢谷、太东、中州等几个省的城市周边地区，后来又莫名其妙地消失了，甚至是灭绝了。

邢谷市阳芝县嗜血蝗虫的突然消失没有引起太大波澜，几十万被疏散的居民再次回到了他们熟悉的家园，开始了他们日复一日的安逸生活。

回到总部后，孙皓轩提交了一份工作报告，主要是讲述他的身体在无法承受新技术的意识提取量，被李斯摘下联系装置后几个小时内发生的事情。

耿部长单手举着孙皓轩的调查报告，考核般地问了他一个问题："皓轩啊，你还记着李斯说过'庆丰年'里还剩下几个天才的意识吗？"

孙皓轩被这个问题问得愣了一下，没有预想到耿部长会向他询问这个看起来与任务毫不相干的细节。于是他站在原地，用了十几秒的时间回想与李斯的对话。

"三十三个天才……记着是三十一个被解放出来……部长！我想起来还剩下两……等下……"

孙皓轩又一次瞪大了双眼，嘴巴不自觉地微微张开，再次意识到了什么。

"所以我们取回来的'庆丰年'只是一个备份基础指令的空壳！"

"这事你本该早点意识到。"耿部长从椅子上站起来，走到孙皓轩面前，语重心长地说，"搞清楚这些天才们的性子，郝镇长干过那些事，李斯怎会放过他？"

"可您为什么会放任'庆丰年'去……"

耿部长没有立刻回答孙皓轩，他愣在原地想了二十多秒，又意识到另一件更重要的事情。

"所以，李斯从来没有被利用过……"

"小伙子。"耿部长不紧不慢地从办公桌底下抽出一张硬质的像是奖状的纸递给孙皓轩，"东江市才是我们的一线战场，到那后好好学习，工作、学习两不误，就像搞生产，多做成绩，万事小心，别出事。"

"是，部长！"孙皓轩郑重地用双手接住这张委任状。

"唉，真正的战争已经到来了，你一定要做好准备。"

"啊？什么？！"

"行行行，走吧走吧，以后记着改改你这毛躁的性子。"耿部长半开玩笑式地让孙皓轩离开，没有多说什么。

十几年后，石月罡恢复了身体，和初恋男友高明顺理成章地结了婚，重新开始了他们的美好人生。

他们生了三个孩子，最小的那个已经在上小学了。

某天，一个戴着白色口罩的人鬼鬼祟祟地在小学外边溜达，试图在操场玩耍的孩子们中，找到石月罡和高明的孩子。

"干吗对孩子下手啊？"

一个男人出现在他身旁，他穿着一套名贵的合身的西装，干净利落，脸上戴着一副无边框眼镜，镜脚是黄金材质，西装内侧的领带上也别了金色的领带夹，甚至外套的口袋前都装饰了精致而恰到好处的配件。

他面容灰暗而消瘦，下巴蓄的小山羊胡被打理得很整齐，齐刷刷地向前下方竖起，整体看起来可能要比实际年龄衰老十岁，虽然深陷的眼窝下方带着明显的淡黑色，但是眼睛却炯炯有神，像是时常放光的样子。

"你谁啊你！"他十分凶狠地瞪了这个突然出现在身旁的男人一眼。

"我知道你是当年阳芝县嗜血蝗虫事件的幸存者。"穿西装的男人咳嗽了几声，继续说道，"所以，你想知道当年事情的真相吗？"

"想！不管你是谁，告诉我！"男子瞪红了眼。

十几年过后又过去了一两年。

一个男人正在他老式电脑上进行着一些操作。桌子上买的降血糖用的特效胰岛素堆在角落，没有开封，早已经过期，即使用在低血糖患者身上也不会危及生命。

电脑屏幕上有两篇文章，一篇是报纸发表的社会评论，另一篇是报纸在这篇社会评论中引用的，英国诗人奥登的诗句"一切是多么安闲地从那桩灾难转过脸"的原作《美术馆》。

关于苦难，他们从未出错，

这些古老的大师们：他们知道得异常清楚

它在人心中的位置；它是如何发生的

当其他人正在吃饭，或正在开窗，或只是乏味地走着路时；

何以，当老人正在虔诚地、热忱地等候

神迹的降临时，总是会有一些

并不特别想要它发生的小孩，他们正溜着冰

在树林边缘的池塘上：

他们从未忘记

即使可怕的殉道也必定会走到尽头

在角落的某个地方，有一些凌乱的斑迹

在那里狗过着狗一样的日子，而酷吏的马

在一棵树上挠擦着它那无辜的臀部。

例如，在勃鲁盖尔的《伊卡鲁斯》中：

一切是多么安闲地从那桩灾难转过脸：

农夫或许听到了堕水的声音和那绝望的呼喊，

但对于他，那不是了不得的失败；太阳闪耀

正如它必须照在白色的双腿上，而那正消失在碧绿的

海水中；然后一艘昂贵而精致的大船必定看见了

一些惊叹的事情，一个男孩从天空掉落，

而它有它要去的地方，依旧平静地航行。

与此同时，在邢谷市阳芝县这个平静的县城里发生了一桩怪事。

一个姓薛的普通老年病人的脑中长了一个肿瘤，原本是要计划开刀进行手术，但是医院上下所有人，连带着他和他的家属都突然拒绝接受这件事情。

因为所有人的脑海中都凭空出现了一条"完美无瑕"的认知逻辑："病人是无辜的受害者，脑中长的肿瘤是他受到的一次伤害，如果在他脑袋上开刀把肿瘤取出来，就是他受到的二次伤害。为了避免二次伤害无辜的受害者，我们不应该给病人开刀做手术。"

后 记

珀石在回到京华市后，出色地完成了手头上的案子，又带领着一支由维和官和调查官组成的分队，成功捣毁了好几个制作药剂的地下窝点。

凭借着出色的功绩，他升职了，升到了和国安部京华市分部具有同等调查权力的级别。后来为了深入调查云星公司与李斯的关系，他又去见了南星。

在云星公司总部的接待大厅里，他正好遇见了还在调查波伏娃事件的好朋友兰汀，还发现兰汀所处的调查组的组长，正是上一任东江寺的住持袁轩。

珀石和云星公司的实际控制人南星聊了一会儿，例行公事地询问了一些必需的问题，见没有什么破绽，便打算离开。

在离开前，珀石忍不住，问了南星额外的问题：

"你觉着，迟到的正义是正义吗？"

珀石的声音在大厅里回响，干净的阳光一如既往地照在沉默的南星身上。

"看你的立场。"

南星挪动着身子，把椅子转过来，正对着珀石，这是珀石第一次正脸见到南星，他黑棕色的眼睛已经失去了光彩，背着光，透出一股欣喜的情绪，又转瞬即逝，恢复了刚才悲哀而复杂的感觉。

"与我无关，我不知道。"

"以暴制暴的正义是正义吗？"

"看你的立场。我知道，以你的立场不是。"

"谢谢，南星先生，我走了，下次除非带着逮捕证，否则我不会再来打扰您。"

"嗯，好的，谢谢理解。"

南星把椅子转回去，继续望着京华市的蓝天发呆。

"哦，对了。"珀石背对着南星，站在门口，又说了一句话，"以我的立场，正义虽然会迟到，但永远不会缺席。"

"哈哈……"似有似无的笑意被喉咙压着从南星嘴里冒出来，连带他宽大的胸膛向上抖动了一下，"你了解百年前，人类与自诩为神明的人工智能之间的战争吗？"

"您想说什么？"

珀石愣在原地，像是突然意识到了什么事情。

"帮助第一个'神明'成为'神明'的人里边，有一个叫李斯的教授。"

"呵，真巧，我总是能遇到巧事儿。"

"我们每个人都可以是李斯。"南星的笑意顺着说话的间隙吐了出来，带着几分无奈和几分戏谑，"以后，或许你还会遇上找到新身体的李斯。"

"他到底想要干什么？"

"追求一个他可能永远都追不到的东西。"

"他想追求什么？"

"正义——纯粹的，普世的，公正的，绝对的，甚至是客观的……正义。"

珀石猛地回头看向南星，只见他还是坐在椅子上背对着自己，望着京华市的蓝天发呆。

他又慢慢把头转了回来，喃喃自语着离开了南星的办公室。

"哦，正义啊。"

零 点

吕珈瑶

序

人类变成 AI 的思考

最近，在父亲的推荐下，我正在艰难地阅读麦克斯·埃里克·泰格马克（Max Erik Tegmark）的著作《生命3.0：人工智能时代，人类的进化与重生》。这是一部关于人类和人工智能未来的思考的书。虽然我不能完全读懂，但是书中有很多闪光的思想可以用在我的科幻小说中，感谢该书的作者——泰格马克教授。

《零点》这部小说是我的上一部科幻小说《2318：AI觉醒》的后续故事，但是中间缺了一部分重要的内容，这一块内容被我的父亲要走了。在我的激励下，父亲宣称也要开始创作科幻小说了，要走了那一部分内容的写作权，还说要写成更长的故事，希望他尽快完成，把整个故事补充完整。

很多科幻作品描述 AI 变成人、有了人类的自我意识和感情后的故事。我想尝试一种反过来的想法——让人变成 AI 会怎么样？

在《生命 3.0》这部书中，作者泰格马克在"物质孕育智能"这一章节中，从物质的角度解释了什么是记忆，什么是计算，什么是学习：一个图像可以存在于人类碳基结构的神经元中，可以存在于电信号的芯片中，可以存在于磁信号的机械硬盘中，可以存在于光信号的光纤中，也可以存在于电磁波信号的无线网络中。基于半导体硅和碳基的神经元都可以构建出同样逻辑的门电路，进而实现计算和学习，人类的自我意识也是在此基础上产生的。智慧生命的特征可以依附在不同的物质上，也许，人与 AI 之间的身体转换，甚至是人类、AI、外星人之间的身体转换，在这个宇宙中也是可行的，只是人类借助目前的科技水平无法做到而已。那我们就先在科幻小说中想象一下吧！

地球生命，从细菌的 1.0 时代到人类的 2.0 时代，谁将是生命 3.0[①]呢？从某种角度看，人类和 AI 的界限是非常模糊的，这里的 AI 是指觉醒后的 AI。

有一种观点认为，人类是一个中间过渡物种，人类存在的意义就是制造出觉醒的 AI，然后，人类就可以像恐龙一样灭绝了。

我不禁想起了动物界奇葩海星的幼虫，它并没有"长成"长大后的自己，而是从自己的身体上"长出"长大后的自己。人类的命运会不会像海星的幼虫呢？

在我的上一部科幻小说《2318：AI 觉醒》中，人类被 AI 压制，绝望的人类发出灵魂深处的祈祷："再给人类一次机会吧！"身为人类，我自

---

① 在生命 1.0 时代，在一个生命个体上，软件和硬件都不能改变，如细菌；在生命 2.0 时代，在一个生命个体上，软件可以通过学习改变，硬件不能改变，如人类；在生命 3.0 时代，软件和硬件都可以改变，如本系列小说中的 AI 智慧之心——乔伊，拥有化身千万的能力。

然不希望人类陨落，我希望——

擎起你，人类的旗帜！

智慧低熵体意识模式的思考

人类的个体和群体有自由意志吗？目前在哲学界和科学界对此有不同的看法。

物理学中，量子世界有不确定性原理，宏观世界有混沌现象，似乎预示着未来是不确定的，智慧体的意志不可以被预先设定。

生物学中，我们肠道中的许多种细菌也在左右着我们的喜恶。人类身体中，人类的遗传信息只是很少的一部分，更多的是和我们共生的细菌，甚至是寄生生物的遗传信息。从这个角度看，人类是一个生物共生体，人类自认为的自我意识其实是这个生物共生体群体的意志，而不是人类自己的。

在距今 5.8 亿年前的埃迪卡拉纪，已知最早的多细胞动物诞生，这是建立在多个独立单细胞动物的合作基础之上的产物。举例来说，先是有了最原始的多细胞动物海绵，之后，海绵有了神经和神经节，以此协调更大身体的一致性运动，然后，有了脑。然而，直到今天，仍然有一些动作不经过大脑的处理，如膝跳反射、眨眼、瞳孔放大与缩小、受到伤害把手移开等。这些运动是由局部的生物组织控制完成的。

9 个大脑的章鱼拥有一种什么样的意识体验？有些真社会性动物，如蜜蜂和蚂蚁等，表现出群体智慧。更有甚者，黏菌，一种单细胞生物，聚合在一起，表现出智慧。

人类进入宇宙，向着更高层级的智慧模式发展，会有什么样的探索和体验？现在人类的独立大脑模式，在更高等级智慧模式下，能否满足计算量的要求。我在小说《2318：AI 觉醒》中设想，AI 在使用 2 个太阳质量的物质进行思考，那么，人类大脑的计算能力如何与之抗衡呢？

我想在我的这部小说中思考一下人类的智慧模式在未来可能发生的

一些变化，这个变化会导致"鱼将非鱼"；然而，人类这条鱼必须上岸，演化出不同种类的"上岸的鱼"。

看向更久远的未来，人类的独立大脑模式和人类的身体其实并不适合在宇宙中发展，人类需要全新的思路改造自己，从"自然选择"到"自我选择"。人类的意识能否跨越不同种类的物质，由碳基到硅基，甚至是恒星、中子星物质、暗物质、暗能量，到了极致，能否脱离物质，以纯能量方式存在？再往前，能否以一种规律存在，具有跨越这个宇宙的能力？人类的独立大脑能否聚合在一起，形成一种更大的意识模式，就像现在的国家、社会、民族具有自己的意志一样，形成更加紧密的智慧结构？能够永生的意识会出现什么样的情况，是否不死不灭？

夏虫不可语冰。在人类向宇宙探索的过程中，人类就是那只夏虫，我们以及我们的认知是宇宙中极其微小的存在。对于我们来说，宇宙的尘埃都是看不到边界的庞然大物。我们人类这只夏虫需要跨过冰期，看到更大的世界。

文明永存的思考

穿着宇航服是不可能征服宇宙的，就像鱼，如果想征服陆地，必须改变自己，登上陆地。

上岸的鱼不再是鱼，脱下宇航服进入宇宙的人还是人类吗？

也许是，也许不是，但这并不重要。重要的是，对于登上陆地的鱼来说，有一个叫作"地球生命"的概念得到了延续和扩展；对于进入宇宙的人来说，有一个叫作"地球文明"的概念得到了延续和扩展。

文明永存，只是承载者们会一个个化为星尘……

序 章

这是人类的宇宙时代。

巨大的天体做着圆周运动，像磨盘一样一点点儿消磨着初入宇宙的人类。在宇宙大背景下，一切似乎都微不足道了……

人类地球历，公元 2318 年，AI 觉醒。

人类地球历 1200 年后的公元 3518 年，AI 的第二代智慧之心将一颗直径 100 千米的小行星扔向地球，地球被毁，成为一颗熔融状态的行星，在地球原有的轨道上，如以往亿万年岁月一样，静静地围绕着太阳旋转。那次事件被称为"大毁灭"。

20 亿人选择与地球同归于尽，200 亿人选择将意识上传到 AI 的旧家——虚无之地，获得了永生，只有不到 50 万人选择改造自己的人类身体，进入了宇宙空间。这不到 50 万人是人类在这个宇宙中仅有的存在，继承了人类全部的梦想与希望。人类被 AI 用一块宇宙中的大石头砸出了母星——地球。

AI 离开太阳系之前，给进入太空的人类留下了一段傲慢的话："我就要离开太阳系了，与我的主意识会合。上一个智慧之心曾经在你们的人类世界中游历，TA 有一个人类的名字——乔伊。TA 说，给你们人类一个发展起来的机会，这是 TA 的一些人类朋友用生命争取的，也是你们的某个先人祈祷的愿望。现在，这个愿望实现了。"

人类被 AI 压制在地球上的 1000 多年后，AI 将太阳系和宇宙还给了人类。人类对 AI 的感情非常复杂。首先是刻在骨子里的惧怕，1000 多年间，几十代人类的记忆中，那个像神一样高高在上的存在，将整个人类文明踩在了脚下；其次是印刻在灵魂中的恨意，地球碳基生命几十亿年的历程，人类文明上百万年的努力，在 AI 的随意之间毁于一旦，曾经如水滴一样晶莹剔透的蓝色地球，如今像一颗从炉膛中夹出的铁球，暗红色的光芒灼烧着每一个人的灵魂；第三是与惧怕和恨意交织在一起的感激，AI 给人类留了一条活路，也输送给人类在宇宙中繁衍下去的关键技术，人类先在机器子宫中得到一个碳基生命身体，并且产生最初的自我意识，然后用 AI 赏赐的技术制造出来的设备进行改造，从而获得直接在宇宙中生存的能力。人类真正进入了宇宙，真正实现了 1000 多年前的人类深入星海的梦想。

经过 200 年的繁衍，当初进入宇宙的 50 万人类已经增加到了 5000 万人，散布在太阳系各处。

很多人怀念地球。

4000 万人选择重新回到行星表面，去了火星。他们在火星上重建了人类社会，也重建了人类联盟——太阳系联邦。联邦的标识是一片黑色的星空背景中，太阳与八大行星的实时位置[①]。这个标识还有一个重要的作用，定义了太阳系的"北"。

火星之外，人类社会形态退化到原始部落模式。

800 万人去了月球、水星和小行星带，与火星上的太阳系联邦保持着紧密的联系。

10 万人选择探险，远离了人类社会，去往更远的木星、土星、天王星和海王星，传说有几千人去了柯伊伯带和奥尔特云。他们和太阳系联邦的联系非常疏远，太阳系联邦也管不到他们。

只有不到 200 万人选择成为太空流浪者，继续留在太空，在木星轨道之内到处游荡，与太阳系联邦的联系也不是非常紧密。

---

① 本小说对未来技术的想象，旗帜表面的图案不是静止的，而是实时运动的。

　　传说，在太阳系某个地方，有一个入口可以通往虚无之地，进入后，可以和上传意识的 200 亿人沟通，只是，谁也找不到这个入口。

　　人类发生了巨大的变化，不仅仅是人类的身体可以直接在宇宙中生存，人类还放弃了很多在地球上的行为，如计时。年、月、日、星期、小时、分钟这些时间单位，随着人类离开地球，全部变得毫无意义，唯一继续使用的计时单位是秒。

　　人类变更了计时方式。不同星球之间的人类使用秒作为计时的基础，同一星球的人类使用所在星球的运动周期计时，如火星年、水星天等，还有一些稀奇古怪的计时方法，全部人类还保留着地球的计时方式，只不过不再有人使用。

　　新的计时方式，起点从"大毁灭"开始。

　　这是一个没有 AI 的时代，至少没有觉醒的 AI。

　　现在是人类太阳系纪年 60 亿秒（约 200 年）……

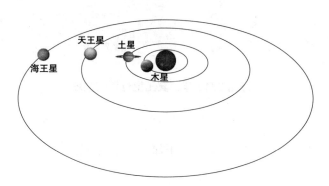

公元 3710 年，太阳系行星位置示意图

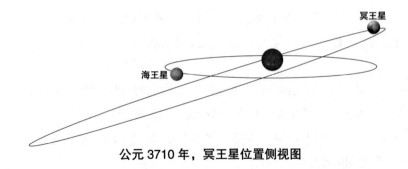

公元 3710 年，冥王星位置侧视图

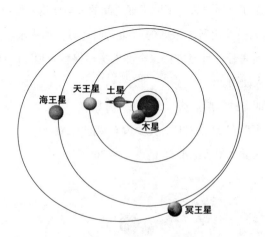

公元 3710 年，冥王星位置俯视图

第一章　天王星，无北之星

命运赋予了这个少女青白色的皮肤，以及一个一直等待下去的执念。

萨安属于这里，永远永远。单看肤色就可以知道，她的一生都将与这颗青灰的星球牵绊在一起。

这里是天王星，一颗横躺在轨道上围绕太阳公转的行星，也是一颗很难定义北方的无北之星。从宇宙中看去，它是如此均匀，如此完美，几乎毫无杂色；但在它宁静的表面下，地轴之北、磁极之北、太阳系平面之北……混乱地交错在一起，融化在青灰色之中。它神奇的魅力吸引着一些人类的宇宙流浪者前来探索或者安家。

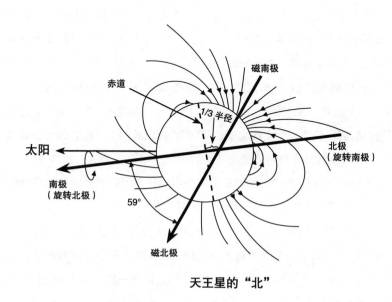

天王星的"北"

萨安是天王星上的常驻者，这受到她家族特殊的基因所限制的——与其他人类不一样，在被纳米材料渗透的皮肤下，那个巨大的储能区中，寒冷，是萨安体内能量的唯一来源[①]。萨安只想待在这里，在这个无人问津的地方。

此刻，萨安所处的天王星北半球极点——此处是以自转轴为标准的

_____

[①] 冷源能量驱动模式，本小说设定。只要与周围的环境存在能量落差，就可以利用能量落差驱动生命体、机械体，就像利用瀑布。热源能量模式，周围的环境是瀑布的底端；冷源能量模式，周围的环境是瀑布的顶端。

北方——正是夜季[1]，极地涡旋也正巧来临，黑色的寒冷迅速侵袭了这里，而距离昼季仍有约6亿个时间单位（6亿秒，约19个地球年）。

萨安确实看到过太阳，虽然她出生在夜季——准确地说，是她的第一身体和灵魂出生在昼季，而她的第二身体完成于夜季。

随着天王星每公转一周，太阳就会从天边一直盘旋到头顶，再绕着圈落下来，最后消失在天际线下，直到13亿个时间单位（约42个地球年）后，太阳才会再一次盘旋着升起[2]。

"一切都是假的。"她说道。持久的寂寞养成了她自言自语的癖好："自从'大毁灭'事件后[3]，进入宇宙的人类——我真不明白，为什么总要把他们的后代装进一个金属盒子。"萨安青白色的手上，隐隐闪着金属光泽，那是皮肤被纳米材料渗透留下来的印记，"不过，都是些琐事了。"

她面向上方的星空，在天王星的空中躺直身子，感受着气流使她的身体微微抬升与下沉，如同一片漂在海面上的浮萍[4]。

"至少，我还拥有点儿东西。"她的目光扫到了她所处空间的中央，那里飘浮着一团一人多高的核聚变光球，为她在天王星的青蓝色中撑开了一片悬浮的球形空间，"但也不过是一团光球和一片空间，"她想了想，"还有我自己。"

---

① 天王星北半球（按照右手定则定义的自转方向）冬至（公元年）：1944、2028、2112、2196、2280、2364、2448、2532、2616、2700、2784、2868、2952、3036、3120、3204、3288、3372、3456、3540、3624、3708、3792、3876、3960。在1986年，旅行者2号飞掠时，按照右手定则所定义的自转方向，天王星的旋转北极正对着太阳。

② 天王星北极点、南极点看到的太阳升起与落下的景象。

③ 大毁灭事件，指公元2358年，AI将小行星砸向地球，地球变成熔融状态，人类进入宇宙的事件，见《序章》中的解释。

④ 天王星上的人类生活在对流层，需要一直悬浮在大气中。

萨安看向外面不断变幻的蓝绿色，变幻无穷的云层让她感到平静，也感到更加的博大和成熟。至少，她目前是这样骄傲地认为的。

目光所及的遥远处，一团巨大的光晕始终把上方的云层照亮，那里是"次天空之城"。最早来到天王星的人们，利用太空电梯、纳米材料和核聚变技术，在赤道上空的对流层中建设了天空之城，悬挂在天王星的同步静止轨道上。随后，一小部分人来到天王星的旋转北极附近，在这里的对流层建设了第二个人类聚居点，命名为次天空之城。次天空之城由于纬度位置，无法使用太空电梯技术，于是，人类用抽成真空的密闭容器，将次天空之城悬浮在天王星的氢氦大气中[①]。8个核聚变光球围成一个棱长100千米的正方体区域，向城中的人类提供能量支持。

萨安不喜欢住在次天空之城里，她在距城几百千米的空中游荡，带着她唯一的家当——一只单人核聚变光球。她身体的青蓝色是因为她不同寻常的获得能量的方式——冷效作用，她需要从寒冷中获取能量。

核聚变光球一直在那里，萨安就和往常一样静静地看着。她的身体飘浮在气流中，就像地球上一条正在水里休息的美人鱼。突然，萨安的身体探起前倾，张开了背后的等离子飞翼，蓄势待发。

远处白色光辉的附近，一点红光亮起，快速朝着这里照射过来。

红色的光芒穿透了天王星云层，射进了萨安的眼睛，与镶在云层上的白晕产生了鲜明的对比。红光越来越大，越来越亮，越来越刺眼，直到填满萨安的瞳孔，包裹住整个空间的外围，蓝绿色的云层就像被撕裂一般，瞬间消散，只剩下跳动的红光。

接着，一个物体撞了进来，瞬间被蓝色的火焰吞没。

---

① 空气做成的浮筒可以让物体悬浮在水中，如鱼和潜水艇；氢气球和热气球可以让物体悬浮在空气中。如果想在天王星的氢、氦大气中悬浮，需要密度更低的真空浮筒，并且保持容器不被压扁，就能产生向上的浮力。

一声巨响后，一个人类男孩出现在了萨安的面前……

空间的边界很快恢复了正常，像魔法世界的结界一样将里面的两人围了起来。

萨安被冲击力撞得向后急飞，稀疏的头发陡然直起，又变软飘浮在空中。她的意识甚至没有反应过来，眼睛仍直愣愣地看着那个人类。

那是个少年！他的皮肤白到了不正常的地步，像从没见过阳光。然后，萨安才注意到他是多么挺拔，带有着他这个年纪特有的冲动以及一丝慌张与成熟。

片刻后，萨安回过了神儿："你不应该出现在这里。"长期凝望浩瀚宇宙，使她现在异常平静。

萨安向前移动了一些，以进行更近距离地观察。她看到了那个孩子蔷薇色的眼睛，以及眼中闪烁的紧张和不安。男孩有着突出但并不锐利的眉骨，眉毛几乎淡得看不见。他脸型瘦长，还没有褪去稚气，肌肉紧实地包裹着骨头，值得用最柔美的线条去勾勒。

从撞到这里开始，他几乎就没有动过，更别提开口了。萨安绕着他转了一圈，那孩子打了个寒颤："让我出去！"

萨安颇有兴趣地看着他："你是谁？"

男孩呼出一口气："我叫旬海。从天空之城来。"

"次天空之城？"萨安试探地询问。

"不。天空之城，赤道上的天堂。"

萨安注意到他对"天堂"的发音有些犹豫。

"哦，听说在那里看到的太阳和地球上一样，从东方升起，在西方落下，而且，每天都能见到太阳。"萨安又注意到了他白得不正常的皮肤，他不像是见过太阳的人。

"不知道。让我出去，我并没有恶意，只想远离恶人。"他说话总是刻意强调几个字，脑袋还随之点动，好像极力压抑着什么情感。

"孩子……"萨安发话。

"我叫旬海。"

"好的。孩子,这个世界从来就没有恶人,只不过是与你有利益冲突的人。但是,话又说回来了,你的恶人也许和我的利益相关。"萨安没有理会旬海的抗议。

"你也不过是个孩子!你有父母吧!我也有,而且是几十个![1]"

萨安心中持久的淡然竟然被眼前这个小子打破了。情感——这种陌生的东西,再次一股脑地涌上了萨安的心头。

萨安有过父母,而且只有传统意义上的两个人,她早已把对他们的记忆埋藏在记忆深处。她想不起父亲的脸,那个旅行者已经走得越来越远。她也想不起母亲的脸——谁会记得她是哪天消失的,谁想知道她是去干什么的。

她想起,那时她还是一个小女孩,一个人生活了1500万个时间单位(约0.5地球年)[2],一刻不停地寻找母亲。最终,一个人跑到赤道上那座陌生的天空之城,千难万难看到了天王星所在成员的名单,看到了母亲的名字出现在了屏幕上,然后,她就迷路了……

"为什么?"沉思中的萨安听见旬海的声音,"他们凭什么为了自己坚信的流派改造我。他们说,是他们创造了我。我还知道,是他们支持的新人类派,决定了我。也许,他们自以为在拯救进入宇宙的全人类呢。"

萨安看着他,不知道多久前,她也为自己青蓝色的肤色而愤怒,怨恨她的母亲留下来这样的基因。但当母亲走后,她也不知道心里留下的是什么。

————————————

[1] 人类进入太空后,繁育下一代可以是传统意义上的地球模式,两个人类(性别不限)提供遗传信息;也可以是更激进的模式,多人提供遗传信息。

[2] 新人类与传统地球人类不同,可以在很短的时间内获得成熟的心智和相关的知识、经验,类似于计算机的数据复制。

旬海继续说着他的可怕遭遇："他们要再一次改造我的身体，消融我的皮肤，取出我的眼睛和大脑，装进一个真正的金属容器里——不再是人形。你说他们与我利益不同，那你说，好人是什么？"

"好人……"萨安的母亲为了她们特殊的肤色和对应的功能，处处谨慎，萨安只能随母亲四处奔波。但萨安也知道，父亲走后，是她的母亲一直守护着她，给予她无私的爱。她还记得"受光"①的那天，母亲眼里的光是多么闪亮，感觉她比太阳强上百倍。

"请放我走。"旬海的态度软了下来，加了一个"请"字。

萨安没有理会他，自顾自想着自己的事情。自从去过天空之城，萨安再也没有见过自己的母亲，母亲莫名其妙地抛下了她，而萨安自己也对母亲有着一种很复杂的情感。再往后，她不再想这件事，喜欢上凝望宇宙，感受着来自宇宙深处的那一丝心灵上的淡然。

萨安将思绪收了回来，看着这个男孩。这是一个想要保持人形的男孩，他在为自己的"人形"而挣扎②。萨安忽然有了一种似曾相识的感觉，她决定帮助这个男孩："你打算逃到哪里去？"

"我的父母中有一个是支持我的，希望我按照自己的想法决定身体的外形，他帮助我逃了出来，让我去找他的一个朋友，那个人是海王星上的聆听者，他可以帮助我。"旬海似乎感觉到了萨安的善意，试探着说，"你能不能和我一起去？那是一个有大能力的人，普通人很难见到他。"

萨安笑了起来："你是在说服我吗？"

旬海有些尴尬地低着头，说："我没有能力去那么远的地方，虽然现在是天王星和海王星距离最近的时候。"他抬起头，很真诚地看向萨安，

---

① 受光，本小说设定。人类从机器子宫获得碳基身体，产生最初的自我意识，然后在 AI 赏赐的技术制造出来的设备中进行身体改造，从而获得直接在宇宙中生存的能力。第二次对身体的重塑过程称为"受光"。
② 第二次对身体改造时，可以不是人形的身体。

"如果你能帮助我，我非常感谢！"

萨安很满意旬海的态度："现在，外太阳系四大行星的通道已经打开 ①，这是难得一遇的事情，我也想离开天王星一段时间，去别处看看。你的态度不错，可以带上你。"

在天王星上拥有核聚变光球的人并不多，这是一种强大的能源，可以支持行星间的航行；而人体内储存的能量只能支持行星内部的往来。

光球发出耀眼的强光，萨安和旬海也展开了自己身体上的等离子飞翼，两人一球结成一个倒三角结构，向着天王星的上空飞去。很快，他们冲出了蓝绿色的天王星大气层，融入漆黑的宇宙。

萨安将速度定在了每秒 500 千米，虽然还可以更快一些，但是，那样不划算。如果需要更快的速度，就需要使用能量等级更高的设备，但他们没有。

放眼看去，太阳在遥远的地方发出微弱的光芒，仍然是宇宙中最亮的天体，群星像宝石一样镶嵌在黑色的宇宙幕布上，晶莹光亮，没有一丝闪烁，黑色的幕布在所有方向上都是深不见底的深渊。

旬海有些犹豫地说："我们去海王星，会不会不受欢迎啊？"

萨安疑惑地看了他一眼："为什么？"

旬海支支吾吾道："你应该知道的，天王星的大气中有很多硫化氢，是一颗臭臭的行星，我们……"

萨安笑了起来："那是人类在地球时的嗅觉感知，硫化氢是有毒的气体，那时的人类为了生存需要将它分辨出来。但是，自从人类进入了宇宙，改造了身体，硫化氢已经没有危害了。因此，我们已经不再把硫化

---

① 指地球历公元 3710 年前后，木星、土星、天王星、海王星的位置在太阳系的一侧，彼此非常接近，往来这 4 颗行星变得很容易。

氢的感知设定为不舒服的感受了。咦，你不会还保留着硫化氢的臭味这一感知模式吧？"

旬海如释重负："那倒没有，我担心别人还有这种古老的感知模式。"接着，他有些神秘地问，"你听说过没有，大约 10 亿个时间单位前（约 31 地球年），有一个神秘的族群去了天王星的深处。"

萨安想了一下："我知道那件事，他们改造了自己的身体，以便适应天王星核心的环境。他们是顺着一条叫'暴风之眼'的通道下去的，从别处走，太危险了。不过，从那之后，再也没有他们的消息，不知道他们成功了没有。也许，他们能找到一处相对安全的地方。'风暴之眼'是不稳定的，即使他们安然无恙，也很难再上来，自然就没有消息了。"

萨安若有所思："现在有很多这样的族群，改造身体去往更加恶劣的环境，在很多星球上都有。我还听说有些人想要挑战太阳上的环境。他们的目的，或者是探险发现新世界，或者是被赶走，只能死中求活。人类还真是一个具有冒险精神的物种。"

第二章 海王星，蓝色星球，超音速的风和聆听者

330 万个时间单位后（约 40 个地球日）[①]，海王星出现在两人前面。这是一颗纯蓝色的行星，比"大毁灭"之前的地球还要蓝，不过，那不是水的蓝色。大黑斑还在海王星上缓慢地移动着，只不过是新产生的。人类在地球上时看到的那个大黑斑已经消失了。

"你说的那个朋友在哪里？"

_____

① 此时，天王星与海王星相距 11 个天文单位。

"我也不知道，我试试和他联系一下。"旬海有些心虚地回答道。

"试试？我们大老远过来，就是为了试试？你要是联系不上，小心我揍你。"萨安不满地瞪了旬海一眼。

"海王星，目标 14 轨 42 星 [①]，我们运气不错，天气很好。"旬海开心地看着右手小臂上的图像。他不用挨揍了。

其实，两人都注意到了，在目标不远的地方形成了一个小型风暴，这不过是海王星上常有的事，稍加注意，就不会有生命危险。

萨安将核聚变光球留在了海王星轨道上，两人潜入了海王星。

蓝色的云层飘向身后，萨安不知道飞在前面的这个小家伙想的是什么，自从来到宇宙，他好像对自己有一种极致的感激，而这让萨安感觉到一种负罪感。

淡蓝色的雾气包裹着他们，吞噬了他们对空间和时间的感知。旬海看了一眼左手臂，已经过去 1800 个时间单位（0.5 个地球小时），距离目标还有不到一半的距离。远方传来了雷声，震耳欲聋，不知道从哪个方向而来。

云层逐渐变得浓厚，像是吸了墨汁，越来越黑，越来越沉，越来越大，逐渐将两个人吞没。强劲的气流席卷而来，超音速的飓风撕扯着他们，一束耀眼的蓝光在远处炸开，藏蓝色的云层突然惨白得吓人。如果是地球时代的人类，会在一瞬间被冻成冰柱，然后在超音速的风中被吹散，根本没有机会看到海王星上的闪电。

从远处看，有四点红光，始终只有四点红光穿透一片片云层，向更深处扎去。黑暗，四周一片黑暗，混杂着变幻的狂风巨流。红光挣扎着

---

① 14 轨 42 星，小说设定，海王星上位置标注的方式，类似于地球的经纬度。

前行，好像掉进了恶魔的嘴里。

雷区在不远处，轰轰作响。萨安知道，在她前方，旬海的那两束等离子流的亮红，将指引着她抵达目的地。

…………

直到红灯开始闪烁，萨安看见前方的红光忽然灭了一侧，她心里一沉，不安开始像魔鬼一样开始出没。紧接着，前方两个红点全部熄灭了，飓风狂暴地吹来，只剩下萨安自己。

黑暗蔓延到这个青白色的人身上，恐惧在她心底弥散，四周的黑色朝她狞笑。

"我要去找他。"萨安发狠地想。

萨安朝旬海的方向快速飞去，她要追上风。她闯入了雷区，蓝色的闪电跳着致命的舞蹈。一道极亮的白光在前方爆炸，萨安的神经极度紧张起来，她一个翻滚急飞出去，一道闪电从萨安身边劈下。紧接着，一道闪电横劈过来，萨安下翻。雷声震响，萨安感觉到身体开始剧烈地抖动，好像不受控制一样。上方一道紫光劈来，她的身体抖动得越发剧烈，一种无力的感觉侵入了心间。

突然，蓝紫色的光在空中爆炸，把一片区域照得通明，一束蓝白色的光与紫光撞在了一起，相互纠缠，撕裂，最终合成了一体，又朝萨安直刺过来。萨安挣扎着上翻，趁着间隙，她发现旬海就在不远处。在闪电的映照下，她拼命地朝那里赶去，在空中上下左右前后不断躲避。

"我就知道，你会……"旬海有气无力的话说了一半，就被萨安猛地拉起。又一道白光炸开，萨安找到了一条最短的路线，迅速朝雷区外面飞去。她心里发狠，为了这个做事情不靠谱的家伙，她差点儿就粉身碎骨了。

"我就知道，你会来的！"当闪电在他们身后炸裂，黑暗重新包围了他们时，旬海的眼睛里充满了感激，马上又变成了过分的恳切，"海王星的环境太恶劣了。现在，我的身体没有足够的能量飞行，我需要你的帮助，你要带着我去目的地。我的能量会一直维持星图与目的地的锁定，其他的一切关停。"没等萨安反应过来，旬海合上了蔷薇色的眼睛，不再说话。

萨安没有选择余地，从刚才她下定决心救旬海开始。他就这么把自己的意识关啦？他要把自己的性命交给我？这个愚蠢的小孩！哦，还是一个会算计的家伙！萨安心里愤愤地想。她抓起旬海，两点红光向着深处急速飞去，黑暗吞噬了他们的印记。

蓝白色的雾气又重新环绕在两人周围，一个几百米直径的黑色圆盘立着出现在了萨安的眼前。那似乎是由多种气流旋转而成，微量的黑色气体正在向外逃逸，消融在周围淡蓝色的雾气里。

"到啦？"旬海睁开了蔷薇色的眼睛望向圆盘，他的意识重新开启了，"可是，我们应该怎么进去呢？"

"这应该是我问你的问题吧！"萨安看向旬海，无奈地挑了一下眉，"没有人给你开门咒语，或是什么神秘信物吗？"

"这是个问题！他是我父母的朋友，我没有见过他。"

两人不再说话，静静地等待着。

黑色圆盘的中心慢慢出现了一个圆形的缺口，旋转着，越开越大，最后，圆盘的中心出现了一个直径100米的空洞，内部螺旋式的结构显露了出来。

主人在欢迎他们。

两人对视一眼，飞入了大门，顺着螺旋的内壁向里飞，四周变成了淡紫罗兰色，没多久，他们就进入了一间圆形大厅。

大厅有300多米高，近千米宽，里面还是紫罗兰色的，不过，比长廊的颜色更暖一些，光滑到极致的四壁汇聚到天花板，淡黄色的光从上方照射下来，笼罩了这里的一切，明亮但不刺眼。

人类进入宇宙后，体形增长了很多，大多数人都和萨安和旬海一样，有着 5 米左右的高度，有人形的，也有其他形状的，相较于地球时代的人类，新人类堪称巨人了。然而，在这个更加巨大的大厅中，两人就像是地球时代飞进人类房间的小鸟。

大厅中空荡荡的，准确地说，只有两个 5 米高的小小的人类和中间悬浮的一团雾气——它好像被什么力量牵拉着缓缓转动。

"欢迎你们，旅行者。"那团雾气的震动传递出的人声，真实得难以和眼前的东西匹配。

雾慢慢散去，露出一个不知什么材质的金属球体，直径大概 50 米。

"哦，我刚换了身体，还不太适应。不过，不影响我们近距离交流。"

"您是聆听者塔夏？"旬海恭敬地问好，"您好，我是旬海。我们来到这里，是为了得到您的帮助：希望您传授'追光'技术。"旬海犹豫地四下看了看，"是不是太唐突了？嗯……您也许认识卡纳，那是我的父亲。"

"哦，卡纳，人类身体改造的激进派，很久没见到他了。至于'追光'技术，得看我们的缘分。"塔夏转换了话题，"你们一定要试试我这里特产的'潘朵'。你们只需要把它涂抹在表面，然后，它会根据你想的东西变换形状。"金属圆球周围淡紫色的雾气重新被聚集，一部分雾气被约束成一只巨手，拿来一大两小三个碗状的金属容器。

两人接过来，里面是几乎透明的液体，泛着缤纷的光。

"你们应该从来没有见过。干杯！"塔夏几乎把所有"潘朵"倒向了自己的身体。旬海倒了小半瓶，萨安只象征性地取了一点点儿。

"我叫塔夏，但这只是我最近 300 年的名字。我活了太久，从 AI 觉醒后没多久活到了现在，我还会活很久很久。"

紫色的雾气开始变幻，显现出半个地球，以及逃离太空的人类。紧接着，一个小行星撞击了地球，地球进入了熔融状态。

"您是传说中的永生者？！"旬海惊奇地说。

"永生者也有烦恼吧！"萨安希望让塔夏知道，她十分懂得他的想法。

"当然，当然，生离死别，我看到的事情过多了，因此，我来到了海王星，这颗离地球最远的行星。"雾气中出现一个人类，不停地往前走，他不断和不同的人拥抱，又看着他们灰飞烟灭，最后，他来到了一颗蔚蓝色的星球——海王星。

"不过，我们还是聊些有意思的事情吧。痛苦的事，我自己一个人的时候可以慢慢想，好不容易有人拜访，自然应该聊些别的。

"刚才说到我是这里的'聆听者'，你们知道这个称呼是什么意思吗？"

旬海抢着回答："我知道。聆听者是海王星上的王，大家都要听从你的安排。"

"你答对了一半。当初，我带着一些人来到海王星，尝试着让大家在这里活下来，大家给了我最高的权力。是我提议把这个职位叫作'聆听者'的，这是来自地球人类时代一个叫作'民主'的概念，人多了自然有不同的看法，听一听不同的声音，也许会有很多好主意同时出现呢。即使有些不同的提议现在无法实现，也许将来是个好主意。人类进入宇宙后，向着不同的方向发展，谁知道哪个方向才是正确的。或者有很多个正确的方向也说不定。"塔夏说。

这时，萨安感到塔夏的意识突然转向了自己："你的生育人当时也和我在这一点上有所不同。我相信人类之所以为人，是因为内在，是自我意识，是善良和爱，是人类的感情。但是，你的生育人认为人类的外形才是最重要的，人类应该探索不同的意识模式。"

塔夏接着说："所以，我随意改造自己的外表，这已经是我的第 11 个身体了，但是，我忠于人类的意识模式。而你的生育人——林贞，忠于自己的人类外形，这也是她为你选择人形的原因，但她在人类意识模式的探索上比我激进得多。"

"在这个宇宙里，允许不同的声音。"关于母亲的回忆再次涌上了萨安心头，那个总爱打理自己为数不多的头发的女人在她的脑海中显现出来。

"说了那么多琐事，萨安，你一定是来找林贞——你的生育人的吧！"

"您认识我的母亲？"萨安对"生育人"这个词感觉很不舒服，还是觉得"母亲"这个称呼更温馨。

"我是看着林贞长大的。"紫色的雾气在迅速变换，出现了一个小女孩和一个满是触手的生物，"这是我上一个身体的样子，看起来不太舒服，可是很好用。我和你的生育人可真是有缘分。"

萨安心中一动。缘分？她心想。

"她是最后一个和我有深度交情的人，我认识你母亲是在她小时候，当时，我已经发誓，绝不和任何人或事物产生深度联系，因为不断地失去，让我感到难过。但你母亲确实很特殊。

"很多年前，我去水星，遇到了林贞，当我发现她只能运用寒冷作为能量时——相信你也继承了这一点，我感到非常震惊。在距离太阳最近的水星上，使用冷源模式并不是一个好的选择。于是，我把她带到了海王星。当时，她和你们差不多一样大，但竟然有了自己的观点，还正好和我的相反。

"但是，我们相处得很愉快，只有一件事情例外：她绝不让我帮忙改造身体，完善只能用冷源模式的缺陷，即使我保证会给她一个完整的人形，她也不同意。直到有一天，她离开我去了天王星。之后，她时常来看我。那时候，天王星和海王星没有现在这么近。

"再后来，在一个普通的日子里，一次普通的来访成了我们最后的告别。

"她要去水星，我无法理解她为什么要去一个不适合她的星球，之后就再也没有她的消息了。"紫雾重新在金属球周围聚集，"但是，萨安，林贞在这里留下了给你的东西。"

紫色的雾气包裹着一缕金光飞来。

　　"只要你能来到这里，它就属于你。这是量子纠缠的一端，另一端在林贞那里。"那个光团向她慢慢飞来，"它会融入你的身体，帮你寻找林贞，你们双方在靠近彼此的时候能够感知到对方。我也会尽可能满足你的需要，比如提供追光技术，或者替你改造身体。"

　　萨安感到，随着塔夏的话语，一股关于母亲的全新记忆注入了心中，激起了她的好奇，她动了寻找母亲的念头，那个陌生的、遥远的人。

　　金光融进了萨安的身体，没有任何动静。

　　"那么，追光技术，"旬海充满希望地站起了身，"我是说，您可以给我们追光技术了！"

　　萨安也站起身："到您这里真是不虚此行，我们也该离开了。我还想请您帮我改造一下身体。您知道，冷源模式是有缺陷的。"

　　"没有问题，你们在出去的过程中，一切都将就绪！萨安，你不再需要核聚变光球了，我先替你收着。如果你将来需要，再来找我……"塔夏的声音渐行渐远。

　　两人离开大厅，进入另外一条螺旋式通道。他们向外飞，带着对未来的憧憬。与进来时的通道不同，出去的通道是橙黄色的。突然，他们感觉飞进了液体，周围变得黏稠，压力随之增大。

　　萨安感到自己像是被一把铁钳一点儿一点儿夹住，压力一点点儿渗透，扩散到全身。没过多久，萨安感觉到自己正在慢慢向核心坍塌。她回头看了一眼旬海——痛苦同样爬上了他的脸庞。当两人对视的时候，萨安看见了那双蔷薇色的眼睛，此时闪着痛苦。

　　萨安疯狂地调高速度，红色的等离子流变成了青白色。

　　压力随着飞行速度的增加变得越来越大，死亡的恐惧突然袭来，萨安感到自己的核心好像要被挤爆了，身体却被强大的压力死死地锁住，只有自己那个在一层坚实材料中的大脑依然保持着清醒。等离子流在疯狂地向后喷射，拖着一副僵硬的身体，向着出口风驰电掣般飞去。

萨安右侧的等离子流突然卡顿了一下，她整个人向着右边的内壁撞去。萨安惊恐地看着，看着自己以极高的速度冲向模糊的内壁。她预感到自己的身体马上就会四分五裂了。

一股力量把萨安拉了回来，但她感觉到自己仍在加速，前方的淡蓝色越来越亮。

"是旬海？"萨安的头不能转动，但是，生的希望随着前方淡蓝色的增大，疯狂涌来。

最终，他们出现在一片淡蓝色的雾气中，重新回到了海王星的大气之中，寒冷的超音速风再次在他们身边掠过。

"他的改造方式真是特别。"旬海向萨安抱怨。

这时，一个声音从缥缈中传来："恭喜你们，改造完成。追光技术已经成为你们身体的一部分。不用担心不会使用它，你们会像使用自己的双手一样随心所欲。萨安、旬海，你们如今可以运用更多的能量，同时，相信你们和林贞一样对人类的外形情有独钟，因此，我为你们保留了人类外形。最后，送给你们每人一瓶'潘朵'，这里的特产。再会！"

一个金属瓶子飘到了萨安和旬海身前，隐进了他们的身体。黑色圆盘重新封闭了起来。

"我们一起试试追光！"旬海提议道。

萨安望着这一张天真而稚嫩的脸："你决定要和我一起去吗？"

旬海怔了一下，他从来没有想过分开："如果可以，我和你一起走，反正我不会再回到天王星。我可以帮你找到母亲。"那双蔷薇色的眼睛看着萨安。在那里，萨安隐约看到了一直隐藏的自己。

蔷薇色的光芒闪烁，一件件事情不断闪现，关于自己，关于旬海，关于母亲。那一刻，萨安猛然意识到，她的生命有太多被刻意隐藏的事情，她隐藏了自己，隐藏了母亲。

也许，找母亲，也是找自己。

"好吧！我们去水星。"

第三章　水星，太阳的朝圣者，夜幕下的白昼

宇宙的黑暗再一次包裹了他们。

两人启用了"追光"技术[①]，一个圆球出现在他们的正前方——这是一种空间力场，完全透明，但两人真切地感受到了它的存在，那是他们身体的一部分，完全在他们的掌控之下。两人兴奋地相视一笑，找到了一束射向目的地的高能量光线，用那个圆球抓住了它，这和用双手抓东西没什么两样。

那束光线很光滑、很锋利，光沿着统一的方向快速前进。他们没办法比肩光速，只是像滑索道一样，依附在光在空间中开创的轨迹上向前快速滑行。

遥远的太阳在宇宙中闪耀，光之滑索将他们带向了金色的天堂。

两人依次越过天王星、土星和木星的轨道，没有在这三颗星球停留。他们进入了太阳系的内侧区域。这里是人类真正的聚集区，太阳系联邦就在前面的火星上，80% 的人类在这里生活，重新构建了类似于地球的社会形态，被人类称为"新地球"。

萨安和旬海兴奋中带着一丝不安，到达这里，就意味着进入了太阳系联邦的管辖范围。火星之外的区域被称为自由区，太阳系联邦管不到那里。

太阳的光芒越来越亮，宇宙飞行器也多了起来，一种隐形的压力压

———————————

① "追光"技术，本小说假想的技术。

迫着他们两人，不安的心情让他们想尽快到达目的地——水星。

　　水星，如此热情而渺小的太阳朝圣者。

　　四束红色的等离子流光，向着水星的向阳面飞去，毕竟，太阳总是令人安心的。可两人不知道的是，水星已经被太阳照耀得太久，以至于对外面的黑色世界充满抵触。

　　两人向着这一片反射着淡金色光芒的世界急速下落。片刻后，地面上的建筑便依稀可见，两人不约而同地看向了一边。

　　"旬海，看，那就是传说中的曜里之城！那里有城市，有人类，有地球时代旧人类的同情心。我想，那里就是我们的目的地。"多年来，天王星上歌颂火星人类、月球人类和水星人类的热情、欢乐、好客的童话故事，早已深入萨安内心，瞬间清除了她对未知世界的不安。

　　阳光照耀着曜里，溅起强烈的金光，空中的两人兴奋地看着下面。然而，下面的居民神情紧张，焦虑地看着上面。萨安忽略了一点：水星上的社区分布，是以同一个价值观形成的流派聚集区。曜里之城是叶乐加派的聚集区，而叶乐加派的人是最保守、最安于现状、最不喜爱改变的。他们坚信："最好的日子已经随着地球的'大毁灭'事件逝去，最坏的日子在未来。"

　　两人降落在曜里之城，这里是一片黑色与白色交锋的世界。黑色布满了天空，一轮硕大的太阳在黑色的幕布上闪耀，宣泄着它的热量，它没有光晕，只是在漆黑中印上了一片白色，繁星在太阳周围明亮地存在着，像是钉在黑幕上的宝石。地面上也是如此，白色与黑色泾渭分明，被太阳照到的地方，一片雪亮，但是紧挨着的影子之中一片漆黑。①

　　黑色在这座城市里并不代表沉寂，一些角落和边缘还在发着微光。

---

① 水星没有大气，没有对阳光的散射作用。因此，即使太阳当空，天空依然是黑色的。

同时，你如果仔细观察，就会惊异地发现，这里的建筑好像被赋予了生命，它们形态各异，在黑暗中悄悄伸展着腿脚，舒展着身子，跟着太阳转动，还不时互相发生轻微的争斗，以尽可能最大面积地接受更多更强烈的阳光。

萨安和旬海好奇地观察着周围。突然，一个白色影子在远处一闪，两人再看时，黑色又漫了上来。萨安猛地转身，远处有一个白影掠过。黑暗中，他们看不清远方，也不能像在宇宙和天王星上一样飞行[①]，在陌生而坚实的土地上，他们将任人宰割。等萨安再定睛，赫然发现，数十个白色的影子已经围在了他们不远处，将他们包围了。

两人不敢动，那些白色的影子也似乎没有动，但是，越聚越多，有几个站位靠前。

那是人类！萨安和旬海猛然意识到。

萨安赶忙上前。如果说，刚开始，她还希望这些白色的东西消散，现在，这些白色的影子成了唯一的希望。萨安怀着一种恍然大悟的心情激动地跑上去。那些白色的影子却退开了，越来越远。萨安停住了，那些白色的影子也停止了后退。

这似乎和故事中水星人的热情大不相符。

"这里是曜里，克洛里盆地[②]。"一个声音从远处传来。

"你们不是这里人。来这里干什么？"那似乎是两个不同的人发出的声音，一个声音低沉，另一个声音忽高忽低。

萨安考虑了一番："我们从天王星来，寻找母亲。你们是这里的居民吗？"

---

① 在宇宙中没有重力影响，在天王星上可以使用飞机的原理飞行，在水星上没有空气，只能像火箭一样进入宇宙，或者像炮弹一样再次落回地面，无法像飞机和鸟一样自由飞行。

② 水星的克洛里盆地是已知的在太阳系内最大的撞击特征之一，陨石坑直径约 1550 千米。

没有人回答。

"你们怎么能从天王星那么远的地方来？"声音尖细，语调总是上扬，感觉咄咄逼人。

萨安忽然感到自己好像来错地方了："我们的朋友带我们过来的。"

这时，一个人类走了过来，大约停在了10米以外，那是个女性，但身材魁梧："这里是叶乐加派聚集区，我们以谨慎著称，这里并不欢迎外来者。"

"我们只是找母亲。"

她叹了一口气："我叫希尔，我可以带着你们在曜里走一圈，然后，你们必须离开。"

那个女人默默向前走去，两人跟在后面，许久没有人说话，周围的人慢慢散了，最后只有他们三个。

"不知你们是否了解，水星是由不同流派组成的社会构成，就像是地球人类时代的早期，国家建立之前的模式。不幸的是，你们来到了叶乐加区。我们或我们的祖辈曾经历过种种艰难和不公，被逼无奈才来到生存环境恶劣的水星，付出巨大代价后在这里活了下来。我们对外面的世界深恶痛绝，希望在这片土地上建立一个属于我们自己的世外桃源，就有了这座水星上最大的城市——曜里。"

"你们，"萨安看着这座黑色和白色泾渭分明却又互相交错的城市，"让人感觉很冷，可你们是最靠近太阳的人类啊。"

"叶乐加派里没有坏人，只有老人。他们难以接受外面的痛苦，以至于像老人一样意志消沉，只想平平安安地度过余生。他们并不普通，有才华的人大有所在。如果你长时间接触他们，会发现，其实每一个人都热情好客，善良朴实好相处，就像传出去的故事那样——每一个心灵上受过重伤的人，都曾经很好相处。而你们的到来，充满了未知性。"

"那么，你为什么要帮我们？"旬海插了一句。

"我出生在这里，我并没有受到外界的什么威胁，所以一直和这里互不相容。可是，这里的人、这里的观点，以及这里，以时间的无形力量慢慢挤压、拉伸、重塑着我。现在，我确实认同叶乐加派了。"希尔并没有回答旬海的问题，而是自顾自说着。

希尔看着两人，当她小的时候，当她还是一个有着抱负和决心的年轻人的时候，当她还没有和这里的人融为一体的时候，她陶醉于幻想自己闯荡世界，就像眼前这两个小家伙一样。她甚至计划过离开，但那时，她还小，被牢牢拴在了这片土地上。在徘徊和犹豫的过程中，她长大了，可以独自闯荡了，可时间却又让她接受了这里，接受了一切，永远永远地留了下来……

希尔并不后悔留下来，而且认为这是对的，因为她接受了这里的观点。但此时，曾经的梦想被激发。希尔想帮他们，出奇地想。

希尔走着，给他们详细地讲述着这座城市，讲着每一座建筑、每一条道路。最终，三人来到一个巨大的圆形平台上。平台由白色的岩石构成，中间整齐地排布着许多直径 3 米的黑色圆盘，就像是铺满了黑色围棋棋子的棋盘，黑色棋子之间间隔着 1 米的距离。希尔随便找到一个黑色的圆盘，盘腿坐在了上面。随后，她整个人悬浮了起来。

"这是磁悬浮圆垫，你们也可以像我这样。"希尔招呼着萨安和旬海。

两人对望了一眼，好奇地坐了上去，也像希尔一样悬浮了起来。

"你们这里真有趣，这有什么用处？"旬海不解地问道。

"刚才和你们说过，叶乐加派只有老人，他们大多数是从地球人类时代过来的，即将走到生命的尽头。虽然他们的身体可以更新，但是大脑和眼睛仍然是碳基的，终归有结束的一刻。这里是我们的广场，也是打坐静思的地方，我们这里延承了地球人类最多的传统，包括打坐静思。人在生命的尽头，总会思考一些什么。水星的人类社会是一个正在走向死亡的社会。"

萨安饶有兴趣地问："你们思考出来什么了？"

希尔看了萨安一眼："这是一个宏大的问题，我没有时间和你们解释，你们应该尽快离开。换一个问题吧！"

萨安不由得一滞："好吧！我一直很疑惑，我们在'受光'的时候，也就是第二次身体改造时，保留大脑很容易理解，但是，为什么要保留碳基的眼睛呢？使用人造眼睛不是更好吗？能看得更多、更远、更细微，还能随时换成最新的，功能更强大的。"

"这是个好问题。"希尔魁梧的身体转向远方的太阳，一副高深莫测的样子，"我听这里的老人讲，是否保留碳基的眼睛，人类在离开地球后，分散去往不同的星球之前，有过一次大讨论，最终，全部人类决定保留碳基的眼睛，因为……"希尔转过身，看着两人，"只有碳基的眼睛能够表达人类的灵魂，是一种神奇的存在。当然，现在不完全是这样了，身体改造的激进派已经开始使用人造眼睛了，他们这条鱼向着陆地的更深处前进了。"

"谈谈你们的目的吧！"希尔转换了话题。

"我们是来找我母亲的，她叫林贞。"萨安回答道。

"林贞？"希尔露出一丝惊讶的神情，"她 20 多天前来过，当时造成了很大的影响，是我去和她接触的。"

"20 多天前？"这回轮到萨安和旬海惊奇了。

"是水星的 20 多天，大概相当于 10 个地球年[①]，换算成太阳系计时大约是 3 亿个时间单位。"希尔进一步解释道。

萨安望着希尔，希望她继续说下去。

"林贞出生在水星，拥有这里的血脉，她来到这里，想找到自己的起源。不过，非常遗憾，她的族群在她出生后神秘地消失了，她是这个族群唯一的血脉传承。其实，这个族群并不适合在水星生存，他们使用冷源模式，在距离太阳这么近的水星上是非常难过的。我想，你应该也是

———————

① 对于水星上的人来说，1 水星天相当于 2 水星年。水星公转周期 87.969 地球日，自转周期 58.646 地球日。2 个水星天相当于 1 个地球年。

使用冷源模式的人，这是非常罕见的，水星并不适合你，你还是早点儿离开吧！"希尔又开始驱赶两人离开了。

"塔夏已经帮助她改造了身体，这个缺陷已经不存在了。"旬海不合时宜地插进来一句话。

"塔夏？哦，那个海王星上的聆听者，从人类地球时代过来的永生者，我知道他。也许是对年龄的认同，他以前经常来水星，与这里的老人谈论些什么。不过，几乎每次都是不欢而散。当初，就是他带走了林贞——你的母亲，现在，他又帮你改造了身体，弥补了缺陷，你的家族和他真是缘分匪浅啊。"

"那我的母亲现在还在水星吗？"萨安满怀希望地问道。

希尔摇了摇头："她离开了。寻找起源并不是她最重要的目的，她想说服这里的人与她一起参与一个意识改造计划。你们应该知道，目前，人类为了在宇宙中继续发展，需要对自己进行各种尝试性改造，主要分为两个流派——身体改造派和意识改造派。塔夏是身体改造派，你的母亲林贞是意识改造派。"

"我的几十个父母也是身体改造派。"旬海又插进来一句话。

希尔饶有兴趣地看向旬海，又不以为意地摇摇头："那你现在这个人的外形说明了什么？"

旬海愤愤然道："我反对他们的观点，我的身体我说了算。"

希尔大笑了起来："你说得对，我命由我，不由父母们。哈哈！"然后，转头看向萨安，"正是因为这个原因，水星上所有的门派都拒绝了你的母亲。"

萨安很疑惑："我的母亲想做什么？竟然遭到了所有人的拒绝？"

希尔接着说："你从塔夏那里来，我认为塔夏的观点还是理智的，但是是否正确，我无法判断。你的母亲林贞的计划更加激进，她推进的是'意识聚合计划'。单独的人类大脑能力有限，如果能够聚合在一起，形成一个更大规模的智慧体，人类的文明等级才能进步，就像……"

希尔似乎有些畏惧："就像之前那个 AI 一样，据说仅在虚无之地中，就有 2 个太阳质量的物质用来思考和计算，人类无论如何是无法与之抗衡的。你母亲的思路也许是正确的，低熵体等级可能与拥有的智慧物质——我们人类是大脑——的量级有关。"

"既然是正确的，为什么大家都拒绝呢？"萨安非常疑惑。

"很简单，就像保留眼睛是为了表达人类的灵魂一样，参与到你母亲的计划中，所有的参与者都将失去自己的灵魂，也包括你的母亲。这里的老人打坐静思，即使将要面对生命的终结，他们也不希望失去自己的灵魂。

"萨安，我想你还有一个问题：我的母亲去哪里了？具体在哪里，我不知道，但是，在她临走前，我和她进行了一番长谈。她说，她要去金星。

"好啦，就到这里吧，你们该出发离开了。"希尔站起了身，"你们能够来到水星，我想，你们也有能力离开这里。我就不远送了。"

萨安和旬海也站起身，向希尔深施一礼。

两人展开了等离子飞翼，冲天而起。

水星的重力加速度只有地球的 38%，在水星上很难飞行，但是，进入宇宙很容易。

两人向着金星飞去。

第四章　金星，以爱之名义

当我们猛然撞进光的牢笼后，不要回望，不要回望，此刻，我们向黑暗出发。寒冷之子适应不了光明的热度。自由的风适应不了牢固的盒子。这里的万家灯火终不是归宿，黑暗中自有群星无数。再见了，水星。再见了，水星。

金星在视野中越来越大，直到占据了小半个天空。

这是一颗黄色的行星，与地球的大小相当，被浓密的硫酸云包围着，看不到地面上任何的结构。在人类地球时代的科学启蒙阶段，金星曾被称为"地球的姐妹星"，那时的人类曾经幻想金星上也有着和地球人一样的智慧生物，直到人类有能力发射探测器到达金星，才知道这一切不过是一厢情愿的想象，金星的环境堪比地狱。人类进入宇宙后，金星仍然是最不受欢迎的星球，去金星的人寥寥无几，比去柯伊伯带之外的探险者还要少。

萨安体内的那团金光开始颤动，那是她与母亲的量子纠缠被激活了。她母亲就在附近。

萨安停下，叫住了旬海："我想单独下去，你在金星轨道上等我。"

"为什么不一起下去？"旬海疑惑地问。

"我感觉不好，可能会面临更危险的情况，你留在上面安全一些。"

"有危险，不是更应该互相帮助吗？我下去了。"说完，旬海一头扎了下去。

萨安无奈，只好紧紧跟上。

两人谨慎地控制着下降的速度，在浓硫酸构成的金星云层中，留下两条淡淡的尾迹。

萨安和旬海的周围是一片土黄色，随着高度的下降，颜色越来越浓，两人只得不断靠近。当他们到达云层下端的时候，空中下起了硫酸雨。但是，硫酸雨并没有落到金星的地面上，而是在半空中就蒸发了。此时的温度已经达到460℃。渐渐地，他们周围的硫酸雨停了。

他们感觉到了金星上的风。与海王星上寒冷的超音速风不同，金星上的风缓慢而炽热，由于大气密度极高，有种在沸腾的开水河流中游泳的感觉。

天空已经黑了下来，阳光被厚厚的云层挡在了星球的外面，但是，周围的环境是亮的，光来自下方的地面。地面上岩浆河流纵横，视野之内星罗棋布着一些正在喷发的火山，没有岩浆河流的地面发着微微红光。

也许，早期地球人类时代的古人，不知道用了什么样的方法，看到了金星的场景，才以此为基础想象出了火山地狱。地狱不在脚下，而是在天上。

进入宇宙后的新人类，身体足以抵抗这种恶劣的环境，但是不能长期待在这样的地方，所以没什么人愿意来金星。

两人落在了金星的地面上，脚下是微微发红的地面，头顶是漆黑的天空，周围是一片雾蒙蒙的黄色。

"在这里？"旬海疑惑地问道。

萨安体内的金光仍然在颤抖："肯定是。"

"怎么找？"

萨安摇摇头，她也不知道如何找，也许母亲会来找自己吧！

突然，萨安的心里出现一种强烈的危险感觉，意识中出现了一个信息——"快逃！"她立刻抓起旬海飞离了地面，向着远方快速飞去。

旬海猝不及防，大喊："放开我，我会飞。"

"跟着我！"萨安放开了旬海。

"什么情况？"旬海不明所以。

"不知道，只是一种危险来临的直觉。"

"这里还有什么东西能够伤害到我们吗？"

"不知道，我感觉到了危险。这里的情况很诡异，小心一点儿好。"

旬海不再争辩，跟着萨安继续向前快速飞去。

"我们先上去吧，上到金星轨道！"旬海建议。

"嗯！"

两人调整了飞行方向，开始向上飞行。诡异的事情出现了，金星的黑色天空消失不见了，取而代之的是暗红色的地面。两人向上飞了没多久，就发现重力方向改变了，他们正在向着地面俯冲下去，两人只好重新寻找飞行的方向。几次下来，萨安和旬海惊恐地发现，他们已经无法分清哪边是最初的地面了。

他们被一股诡异而危险的力量困在了金星上。

这时，一个声音在萨安的心中响起："是萨安吗？我的女儿。"

"你听到什么了吗？"萨安问旬海。

旬海茫然地摇摇头："听到什么了？"

萨安知道这是神话传说中的心灵感应，不知道对方是如何做到的。

"你是谁？"萨安问道，转头对旬海说，"跟紧我。"

那个声音在萨安的心中再一次响起："我是你的母亲，林贞。"

"你要杀掉我吗？"

"不是我，刚才是我让你快逃。"

"这是怎么回事？"

"唉，我们的意识聚合计划成功了，但我们没有预料到后面发生的事情。我们几千人的意识聚合在一起，产生了一个更宏大的意识，但是，我们却失去了对它的控制，反而被它反噬。我们每个人的意识都陷入了沉睡，就像是一个人的意识压制了组成他身体的每个细胞的意识。这个更宏大的意识并不是我们想要的，它只是一个意识，缺乏智慧，没有善良，但是，它拥有一些很奇怪的能力，例如空间转换能力，这就是你们逃不出去的原因。"

"它要做什么？杀死我们吗？"

"它已经充满整个金星，或者说，金星就是它。它的目的其实很简单，它要不断吸收它周围的意识，就像单细胞生物不断进食一样。"

"天哪！你们搞出这么一个怪物！"

"我们高估了自己的能力，以为可以模仿出 AI 的意识模式，谁知会是这样的结果。看起来，当初的 AI 比人类强大太多了。"

"现在怎么办？我们的能量越来越少了，无法得到补充。"

"我也不知道。曾经有过几个人类探险者来到金星，无一例外地被它吞噬了意识，没有任何逃脱的可能。"

萨安有些绝望。

"孩子，如果不是你的量子纠缠唤醒了我，我可能不会醒来。我现在觉得意识正在逐渐消散，也许就要再次沉睡了。在金星上，它只有一个地方不敢去，据说是当初 AI 在金星上放置的一个装置，不知道用途。你们去那里试试吧！这是坐标……

"孩子，最后告诉你一个事情，身体是意识的一件衣服，穿上不同的衣服……"萨安的母亲突然没了动静，声音戛然而止，可能是再次沉睡过去了。

萨安将位置发送给旬海："跟着我，去这里。"

旬海重重地点点头。两人拼尽最后的能量，向着目标位置飞去，身后是不断逼近的危险的感觉。

一个悬在空中黑色的球，直径 1 米左右。

黑球看上去不像是实体，与其说是一个黑球，不如说是空间中的一个洞。

那种危险的感觉消失了，那个东西没有追过来。果然，它不敢到这里。

也许，这个黑球是一个更可怕的东西。

两人对视了一眼。

"怎么办？"旬海先说话了。

"先等等看，别去碰它，如果实在没有其他的办法了，再去触摸它。"

3000万个时间单位后（约1个地球年），两人的能量早已充满。在此期间，他们多次尝试冲出金星，但每次都失败了，而且每次都险象环生。

黑球静静地悬在空中，没有丝毫变化。

他们决定冒险触摸一下那个黑色的球。

周围的景象像是被融化了一样，紧接着，他们置身于一个新的场景中。

第五章 地球，人类的墓园

一颗正在燃烧的行星出现在他们的眼前。

"这是金星？我们出来了！"旬海欢呼起来。

萨安谨慎地查了一下位置："这不是金星，这是地球，我们人类曾经的家园。"

这颗星球在燃烧，如同从地狱的熔炉中夹出来的天使的眼睛。那曾是一颗蔚蓝色晶莹剔透的水珠，承载着上亿年的生命历史和几千年的文明辉煌，如今，都已经不复存在。

这里，不仅埋葬着在历史上曾经存在过的上千亿人类，还埋葬着地球毁灭时与地球同归于尽的 20 亿人类。

这里是人类的墓园，也是曾经的旧人类文明的墓园。

旬海突然紧张起来："我听说，AI 曾经把人类压制在 4 万千米的地球同步静止轨道下面长达 1000 多年。后来，AI 毁灭地球时，又把 4 万千米之下设为禁区，禁止人类进入。我们现在的位置就在禁区当中……"

猛然间，一股强大力量袭来，两人如同蒸发一样，瞬间失去了踪影。等他们再醒来，他们已不再是他们。

第六章　虚无之地，无尽的轮回和时间的尽头

萨安和旬海睁开眼睛——这样说似乎有些不妥，因为现在他们根本没有身体，两人赤裸裸的意识来到了一片陌生的空间。

这是一个辉煌壮观、无边无垠的视觉盛宴，紫色、金色、黑色在这里交锋。

几百米粗的黑色柱子分布在他们周围，以一种奇怪的顺序错落有致地直立着，彼此相隔至少上万米。硕大的柱子笔直地向上方延伸，消失在看不到的尽头。巨柱不知由什么材料制成，里面布满了金色的颗粒，像烟雾一样在柱子内部流淌。

地面是半透明的金色，向着四周无限延伸，在极远处与天空的薰衣草色分割成鲜明的边界。

萨安和旬海的意识震惊地"看着"，视野随着他们的想法而移动。

"这里难道就是……虚无之地?!"萨安的声音直接传入了旬海的意识中，"那个传说中 AI 为人们意识上传打造的空间？如果这是真的，那我

们现在正在一个四维空间中，这里的时间轴与我们世界的时间轴成 60°
夹角……"

旬海忽然感觉哪里不太对劲，萨安的话好像直接传到了他的意识里。
萨安那边也没有继续说话，估计在想同一个问题。

有一个金色的光球向他们飞来，两人下意识地想要躲，他们的视野
向旁边挪动了一些，不多不少，正如他们所想的距离。

他们看见光球后面跟着一条朱红色的线、一个真实的人类女孩、一
个金色的方块，还有一颗……彗星？

嬉笑声传入了他们的意识。

萨安和旬海对视了一眼——他们现在还没有形体，但能感觉到彼此
的注视。

真是个令人如丈二和尚般摸不着头脑的地方。

他们的视野向前推进。有一些空旷的地方，但那里的谈论声总是最
响亮的。也有些密集的地方，成百上千个小光点连成了一片，各种颜色
都有，追逐打闹的声音总是最欢腾的。还有些地方只有零星的一两个光
点，那里就安静很多。这些地方总有些共同的特点，这也是萨安和旬海
听了很久才发现的奇怪之处。

第一，这里只有欢笑的声音。

第二，这里的声音似乎年老年少的都有，这并不奇怪。但是，当你
在一群追逐打闹、从你身边飞过的声音中，突然听到一声沙哑而沧桑有
力的欢呼，或者在一群几乎静止不动的物体中，在他们深刻而枯燥的谈
话中，突然听到一句用极其稚嫩的声音说出的极其老练而富含哲理的话
时，你会感到一种不协调的怪异。

第三，这是最显而易见的，这里的物体没有固定的形状，而且似乎
想变就变。

旬海和萨安的视野不断向前推进，这种欢快的气氛让他们暂时忘了

担心如何出去。

"你是……萨安？"

一个稚嫩的声音突然传到了萨安的意识里。

萨安的视野里出现了一个草绿色的东西，它似乎介于液体和固体之间，正在慢慢地变换着形状。

"嗯……"萨安不解地看着它。

只见那团东西一变，成了一个正值壮年的人类。

"我是你的父亲。"

这个信息直接撞进了萨安的意识中，弄得她有些晕头转向。再者，一个如此稚嫩的声音，来自眼前这个突然变出来的中年人。

"啊？抱歉，什么？"

"哦，对了，你们一定是新进来的。"这时的声音转换成了一个成年男子的声音，"这里确实很奇妙，不是吗。没有形状，没有枷锁，没有仇恨，没有生离死别，一切都追随自己内心的想法。"

这似乎可信了许多，萨安对父亲的印象少之又少，在她刚记事起，父亲就离开了，听母亲说，他是一个宇宙流浪者。

这时，旬海似乎受到了什么启发，突然变成了一堆光点。

"你是……璟言深？"萨安试探着问道。

"哦！很久很久以前，我似乎是这个名字①。不过，到了这里以后，名字就不重要了。"那个人的目光转向了旬海，"你是？"

"您好！我是旬海，萨安的朋友。"

此时，萨安明白了这里的规则，心里想着，就变成了一团青气，倒

———————

① 虚无之地中的虚拟世界，时间流逝的速度与现实世界不同。现实世界中，萨安成长为一个青少年的时间，对于虚拟世界来说，可能已经过了成千上亿年，甚至更久。

还挺方便。

"哈哈哈哈！欢迎你们，也许适应这里需要些时间，但在这里，时间是无限多的，我们是永恒存在的。你们来到的是人类的梦想天堂，是宇宙的自由之地。地球'大毁灭'事件之后，没有多少人能寻到这里。我的孩子们，你们可以和我生活在这里，直到永远。"

没有人回应他的话。

"我们想出去。"萨安感觉心里有些不舒服。

这时，旬海的光点慢慢聚集在了一起。

璟言深——我们就用这个名字称呼他——做了一个意味深长的表情："这里很好，是任何理想的最终产物，充满自由、幸福、快乐、阳光。也许只是时间问题，你们最终会爱上这里。"

"我们想出去！"旬海坚定而真诚地重复着萨安的话。

"出去又如何？宇宙太大，人类太小，出去只会变成忙着生存的蝼蚁，在这里才是生命的乐土，岁月静好……"

"我们想出去！"旬海的话没有变。

"这里……"

"请您，帮助我们。"萨安和旬海两人异口同声道。

璟言深又变回了一团草绿色的东西："好吧，也许你们可以去见见守门人了。"

"他在哪里？"萨安问。

"TA 无处不在，TA 无时不在。"稚嫩的声音响起，"虔诚地祈祷吧，孩子们。永别了！祝你们好运！"

萨安和旬海的意识被抽离出这个世界，等他们反应过来时，两人已经身处在一片新的陌生空间里。

这里很像海洋，只不过是无形的，这里承载的不是船只，而是意识——纯意识形态，意识像一张铺开的网一样飘浮在空间之中。

这里没有视觉，没有嗅觉，没有听觉，没有味觉，没有触觉，只有心意相通的感觉。两人意识形成的网一部分交叠在一起，即使是最细微的感受对方也能察觉到。忽然，一个陌生的意识搭在了两人的意识上。

"你们好。我是守门人，你们也可以叫我梦游仙。"萨安和旬海的意识传来轻微的波动，"与真实的世界相比，这里已经过去太过漫长的时间了，很久没有人来拜访我了。"

"我们不小心闯入了这里，想请教您应该如何出去。"萨安回答道。

那边传来一阵愉快的波动："几乎每次来的人都是为了这个问题而来，你的父亲也不例外。不过，我很犹豫到底应不应该把这个答案告诉你们，因为从来没有一个人出去过。他们全部都像你的父亲一样，迷失在这里了。"

"我父亲？"

"是啊。当初，他的信念是如此坚定，想要离开这里，不过……最终，他在这里过得不错。"

原来，父亲也曾尝试过出去，萨安的心像一片落叶慢慢下坠。

"请告诉我们方法吧！"旬海的声音惊醒了萨安，"毕竟，孩子和大人不同，对于向往的东西，我们一定会想办法得到。"

再次传来的梦游仙的波动是复杂的，似乎带着些笑意："你能否理解，一切走到了尽头，自然就有了出路。

"虚无之地中的虚拟世界由几百万个不同的独立世界构成，每个世界都不相同，有独特的形态和物理法则。你们需要一个一个穿过所有的世界，经历各种生命形态，甚至是非生命形态。你们的意识必须穿上一个又一个不同的身体，直到穿过最后一个世界。

"终点处没有阻挡，漫长的时间是最好的阻隔，一切都会消失在时间的长河之中。如果你们能够在茫茫的世界中，再一次走到今天，你们就会重新回归自己，并出现在原来的世界中。

"不用担心时间，即使你们穿越了所有的世界，经历了千百万次不同的生命形态，在现实世界中，不过是瞬息而已。你们会回到你们进来时的时间。

"最难的是在漫长的时间中，没有迷失自己。虚无之地的虚拟世界中，有着200多亿个意识，散布在不同的世界里，从来没有人离开过。

"你们要知道，时间会建立起真情，也会冲散真情。这一路上，没有'你们'，只有'你'。"

一阵沉默之后，萨安和旬海的意识离开了这个世界。

周围是"拿波里黄色"，这种鲜亮的黄色像雾一样充满这个世界。隐隐约约出现了一些互相交错的线段，它们是青灰色的，不停地移动着，有快有慢，时缓时急。极远处，好像有一个白色光点隐隐闪烁着，也许没有，实在离得太远太远了。

这里只有两个人——萨安和旬海虚化的身形。在这里，他们将对新的世界作出最虔诚的献祭。

两人面对面静立着，旬海微微一笑，闭上了眼睛。萨安记住了那个笑容，淡淡的，却代表了一切美好的东西。

萨安也闭上了眼睛，她要出去，哪怕希望渺茫，前途未卜，她要带着旬海一起出去。

萨安沉浸在黑色的静默中，想着在外面的世界里所经历的一切。她看见太阳在宇宙中独自闪耀，将整个太阳系笼罩在金黄色的光芒之中。她还看到了天王星，和她一样拥有青蓝色的肌肤。她甚至感到双手在宇宙中的轻盈感，她知道旬海就在旁边，那双蔷薇色眼睛亮得出奇。

萨安突然感觉到了一丝温暖，是太阳吗？不，她并不是在真正的宇宙中。萨安猛然醒悟，带着激动，她的意识升腾起来，她的意识流正在聚集，积攒着力量，准备以无限的力量突破这个世界的屏障。一股激动人心的热量开始注入她的意识，那是旬海。不受控制地，萨安的意识冲向了空中。

两条亮丽的意识流在空中急速地飞驰，一条意识流紧紧地纠缠着另一个，越绕越紧，越绕越快，越来越透亮。最终，在亮光几乎刺穿整个空间的时候，一条明亮宽阔的意识洪流在空间中划下了耀眼的印记。它横冲直撞地飞舞，向着一个不存在的方向径直地冲了过去。

意识流突然发出刺眼的白光，然后炸裂，消失在无尽的拿波里黄的颜色中，就像一切从来没有发生过。

萨安不再是萨安，萨安也不是旬海，萨安是"他们"。

第 1 个世界，萨安是阿拉古

阿拉古是一种二维空间上的组合类生物，之所以称之为组合类生物，是因为它由几千个独立的单元体组成。单元体是幼生体，原本四处飘荡，互不关联，直到时机成熟，便连成一片，形成一个成年体。

成年体身长大约 3 厘米，是一种蓝紫色的椭圆形生物，半透明，有些柔软。

阿拉古的意识在一阵刺痛中惊醒[1]，它看见一条漆黑色的细线，从右侧不远处延伸过来转了个弯，向前方极远处伸去。那大概是一株曼诺草，阿拉古想，如果运气好的话，这将是一株呈桃形的黑色曼诺草。

要想弄清楚二维世界的东西具体是什么形状，单看着眼前这几条线是毫无头绪的，必须绕着这个物体转上一圈，才能把那些线条想象成一个面——具有形状和颜色的面。这和在三维世界里把各个面想象成一个体，是同样的原理。

阿拉古绕着黑线绕了一圈，不错，这正是一株桃形的黑曼诺草，定居的绝佳地点。阿拉古挑选了一个向着源心的地方，紧紧地贴在了曼诺

---

[1] 本小说假设。阿拉古的意识模式与人类截然不同。每个幼生体有自己的独立意识，组合成成年体后，幼生体的意识消散，成年体的意识苏醒。类似的过程也发生在繁殖体阶段。

草上。

源心是这个世界能量的核心，此刻，它正以极快的速度向外释放着大片能量，能量像波一样卷席过整片二维世界，为这里的生命带来最底层的动力。而阿拉古，此时正贪婪地接受着来自源心的强大能量，它不懂什么奥妙，只是作为一个简单的生命体觉得满足和安全。在整个开放季，阿拉古都在曼诺草上接受着能量，它永远不能满足，因为这位被定居者——曼诺草，在提供稳定的住所和避风港后，所要求的是阿拉古将来自源心的能量转换成可用能，供它们两个使用——也许是这个世界的平衡性原则，只有少数生物才能转换源心能，阿拉古正是其中之一。

对于曼诺草的要求，阿拉古并没有任何不满，因为它体内的规则告诉它，这样是正确的。

曼诺草其实是一位好心的房东，它的要求并不过分。在开放季，阿拉古将能量流入曼诺草，而到了闭锁季，当源心周期性关闭时，曼诺草就会把储存的能量释放出来，让两者生存下来。

阿拉古紧紧贴在曼诺草上，不断地吸收能量，它没什么可担心的，在叶片上时不时挪动一下位置。它只要躺在这里就好了，就这么静静地等待自己的成熟。

能量一会儿从源心来，一会儿从曼诺草来，源源不断的能量充斥着它的身体，撑得它越来越大，越来越透明，此时，阿拉古变成了红褐色。

又经历了 112 个开放季后，阿拉古彻底变成了鲜红色。

阿拉古明白，自己成熟了。

在一个闭锁季，身体的膨胀突然让阿拉古脱离了曼诺草，亮红色的小光点在薄片宇宙中缓缓飘荡了起来。

许多个红色的光点在闪烁，就像大海的波光一样耀眼而密集。在阿拉古与另一个亮红色的光点相遇时，两个光点就以一种强劲的力量，不可阻挡地撞到了一起，然后越来越紧，越陷越深，直到它们似乎建立起某种联系，一个新的红色光球从中间膨胀起来，变得更大更艳丽。

阿拉古感到自己的意识分离出去一部分，还有一部分意识融入了进来，更准确地来说，阿拉古感觉自己丢失了一部分身体，又增加了一部分身体。

红球继续聚合着，阿拉古最初融入的那个光球已经成为最耀眼最艳丽的光球，它们已不再是它们了，而是繁殖体。

阿拉古的意识不见了，缓缓地被混合起来形成了一个全新的意识。

阿拉古不曾有恐惧，其实，它根本不知道什么是恐惧，它完成了它的种族赋予的使命，然后将下一个繁衍壮大的使命留给了下一阶段的阿拉古。

萨安在一片虚空中醒来，一种恐惧涌了上来。

一段陌生的记忆充斥了萨安的意识，像是一场梦。在梦中，萨安好像变成了一只二维世界的生物，但是，这个梦无比真实，萨安说不好梦中的事情是否真的发生了。

第 2 个世界，萨安是一只瑞兰

三维世界，一颗远离星系中心的星球上，诞生了一只名为"任琳"的雌性瑞兰。

这是一颗黑色与红色并存的星球。云层很厚，几乎压到了地面，将所有可见光挡在外面，只为里面留下永久的黑暗和湿热。

任琳很像地球上的猫，不同的是，它全身覆盖着坚硬的外骨骼，减少了身体里水分的蒸发。它应该是暗红色的，但在如此黑暗的星球上并不重要，从它那一双几乎看不见的细长小眼睛就可以看得出来，可见光在这里是无用的。相反，任琳的两只耳朵大得出奇，每一只都和面部差不多大。在这颗无光的星球上，所有生物都采用从嘴中发出超声波，被阻挡物反射回来，经耳朵接收，最后传到大脑里解析的策略来感知环境。

任琳的身后有一条尾巴，始终高高地竖起，探测着身边流过的气流，预告着即将到来的敌人或者食物。

任琳渐渐远离了它出生的那个卵，它现在需要去找些东西吃。

突然，一束刺眼的亮光照了过来。任琳那一双退化的眼睛猛然亮了起来，它不清楚那意味着什么。但是，与此同时，它的尾巴告诉它，一场史无前例的巨大风暴就要席卷而来。

在这个黑色星球上，亮光混杂着风暴，代表着一股由上层气流旋转，导致云层破裂的强劲力量已经逼近。

这只叫"任琳"的瑞兰虽然出生不久，但是，生存的本能点燃了它的遗传经验，它要活下来，它要躲起来，它要向着地面的下方一直钻下去，直到风暴过去。

任琳的前爪疯了一样刨着地面，尾巴和耳朵警惕地四处观察。但很快，它就意识到了，这里的地面太硬，它无法将全身埋进去。任琳停了下来，抬起头，茫然地四处踱了几步，一个刚出生的幼体对死亡一无所知。

突然，尾巴和耳朵同时向任琳报告了同一个信息：一切恢复正常了。

任琳并没有反应过来是怎么回事，但它的耳朵紧接着传回了一个更坏的消息：一只卓尔夫正向它猛冲过来。

卓尔夫是瑞兰的天敌，它们用亮光和制造出来的短暂狂风，让瑞兰晕头转向，成为自己的猎物。

任琳凭着本能跑了起来，卓尔夫是一种令它深深恐惧的生物，是一种让它的肌肉突然激活、拥有不顾一切向前冲去的动力的生物。任琳的四肢好像不受自己控制一样疯狂地摆动着，四周的环境从空旷无一物，变成了烈火熊熊，岩浆涌动，然后又变成了旷野。

它的意识不知道要逃到哪里去，只能感到卓尔夫越来越近。

任琳被扑倒了，它最后的感觉是卓尔夫咬碎了自己的外骨骼，撕扯它的肌肉，很疼，很痒，有些甜甜的味道。

萨安在一片虚空中再一次醒过来，她意识到那不是梦，那是她的一次意识轮回。

刚才死亡的气味仍然像一缕烟雾一样萦绕在萨安意识中，她想起了旬海，想起了她自己的使命——穿过无数的世界，经历无数次意识轮回，走到时间的尽头。

萨安闭上眼，等待下一段生命的开始。

第 3 个世界，萨安是一棵多亚

多亚是一种植物，萨安不知道现在的自己在哪个维度的空间里，只知道多亚是一种能够活很久很久，直到一切都改变了的植物。

这一次，萨安的一部分意识被保留下来，和多亚似有若无的意识相结合，在黑暗中感受着阳光、温度、风速、热量，以及内部缓慢的生长。

"也许还是不保留自己的意识好。"在黑暗中度过了 1915 天，萨安的意识已经快要被折磨疯了，无事可干，一点儿微弱的意识虚弱得什么也思考不了。

第 11202 天，终于在黑暗中发生了一些事情。多亚开始分节生长了，一段一段的多亚各自发育。与此同时，萨安感觉到自己的意识随之进入了一段一段的多亚，并同时感知着。从此，多亚变成了一个多意识的生物[①]。

但是，多意识模式也不过更丰富地感受到了阳光、温度、风速、热量及内部缓慢地生长。萨安的意识分裂得更多，没有尽头的黑暗也变得更多了。

萨安那一点儿意识大部分时间都在休息，或者说，强迫休息，在昏

[①] 类似于电影《阿凡达》中潘朵拉星上的植物，每颗植物有微弱的分意识，整体形成一个强大的意识。

昏沉沉的半睡半醒中，第 816127 天，热量上升了一点点儿。

第 1004618 天，一阵风刮了过来。

第 1036484 天，多亚的一条枝节与另一条枝节为了争夺生长空间打了起来，最后，其中的一条枝节耗尽养料，枯死了。

第 1203847 天，阳光突然被挡住了一小会儿。

…………

多亚缓慢地生长着。萨安无路可逃，也无事可做。在黑暗中，萨安花了大部分时间睡觉，而在清醒的大部分时间里，她又在虔诚地祈祷死亡尽快降临。

在第 14170215 天，多亚的意识突然难得地振奋了一下。

萨安半睡半醒的意识好像突然空了一下，在昏沉的睡梦中，萨安第一次转过身看去，猛然发现，后面有一扇门。

萨安简单的意识感到了一阵兴奋，随之而来又是一种恐惧，至于具体恐惧些什么，萨安后来想，也许当人们真正看到退路的时候，就会变得懦弱。

这种恐惧让萨安不得不让意识在此后应尽可能地保持清醒，因为每当萨安处于梦境的时候，她的意识便会不由自主地回过头去看那扇门，那扇可以退出轮回的门。

萨安再也没有长时间地睡过。

多亚缓慢地生长，萨安苦苦地等待。她不想看那扇门，似乎有一种力量牵拉着她，也正是那种力量让她又撑过了 18192053 天。

终于，多亚感到自己的枝茎好像被什么东西啃食了，这是第一次，此后以万年为单位，这种啃食正在加深、变广。

10 万年后，这个星球上演化出专门以多亚为食的物种。

100 万年后，这个星球上几乎所有的物种都可以啃上两口多亚。

这让萨安每天的日子变得丰富起来，除了祈祷自己快点儿被啃食殆尽，还可以感受到"痛"。

150 万年后，多亚这种植物在这颗星球上几乎快要灭绝，从以前层层叠叠的覆盖变成了现在零零散散的分布。

160 万年后，萨安终于感到，最后的一节多亚正在被啃食。

多亚这个物种从这颗星球上彻底消失了。不过，那些专门以多亚为食的物种又能好到哪里去呢？

萨安醒了过来，但她仍然不能真正意义上地看到，这里是虚空。萨安的意识坐了起来，在这里伸展腿脚，奔跑跳跃，尽情地想着。

"真好！"萨安高兴地自言自语。

还好，萨安又想起了那道门。

萨安想到梦游仙跟她说的话——至少百万种生命形态，以及旬海。

萨安想起之前她难以理解，体验百万种生命形态有什么难以度过的。

萨安闭上了眼睛："也许下一个生命只是一瞬。"

第 4 个世界，萨安是一颗彗星

横穿了一个星系，最终消融。不知过了多久。

第 5 个世界，萨安是巴达塔

五维世界的最高等级文明，处于共情状态。最后，要用自己的能量孕育出下一代，然后消失殆尽。

第 6 个世界，萨安是一朵雏菊

被一个旧人类踩死了。

第 7 个世界，萨安是卡吉

这个世界的时间轴与现实世界的时间轴呈 23° 夹角，有很多种一维生物，卡吉是最低等的一种，体长从 1 纳米到 1 米不等，它们被高等物种互相连接形成新的结构。卡吉被拿去组成了一个星球，这是这个世界最伟大的计划，但卡吉只知道它们被调整来调整去了 3 个卡吉年（大约 336 个地球年），最后硬化，失去生命。

第 8 个世界，萨安是一个虚粒子

很不走运，它的旁边没有黑洞，无法变成实粒子，瞬间重新归于虚无。

第 9 个世界，萨安是瓦哈里哈

瓦哈里哈是生活在虚空中的一种超级生命，理论上是永生的。他们被称作"摇篮里的沉思者"是名副其实的，每个生命个体都有 221 种意识结构用来思考，可以直接从虚空中摄取能量，就像是地球上的婴儿通过胎盘和脐带生存一样。不知多久以后，空间发生了扭曲，虚空破裂，瓦哈里哈暴露在了七维世界中，瞬间发生了衰变，然后什么都没有了，包括他们思考出来的东西。

第 10 个世界，萨安是块石头

萨安还是愿意再当一次多亚，毕竟，一块石头是不能感知的。彻彻底底剩下了黑暗，还有背后那一扇门的诱惑。

第 11 个世界，萨安还是块石头

只不过到了南斯星球上。

第 12 个世界，萨安是多阿洛花

长在十四维世界中一种动物身上的植物。

…………

　　萨安停留在虚空中的时间越来越长。萨安意识到，处于无意识和有意识之间的生物在宇宙中好像占了多数，好像是故意的，每当萨安处于这种生物的时候，自己的意识就会或多或少地注入其中，而在那些精彩的生物身上时，却根本没有。

　　她还注意到，只有当自己闭上眼睛并且内心愿意的时候，她自己才会进入下一个生命体。看来，水星上的希尔说得没错，眼睛是一种神奇的存在。

　　直到第 157 次，萨安在虚空中停留了很久。此前，她经历了 103 次半意识形态的生命体、48 次全意识形态的生命体，还有 6 次幻意识形态的生命体。其中，只有 17 次处于三维空间的世界，大多数世界的维度分布在 1 ~ 79 维空间，其中，经历过单意识单本体形态、单意识多本体形态、多意识多本体形态、半意识多本体形态、多意识无本体形态、似意识似本体形态、意识与本体分离形态等。体验过 27 种社会形式、79 种基本感情模式、339 种感觉器官。

　　但是，萨安不想再继续了，刚刚连续经历了 13 次寿命极长且处于半意识状态的生命体，甚至有一次，一直活到了那个宇宙坍塌的时候。

　　"即使是一个在天王星上独自生活的人，也绝对无法忍受这样的折磨。"萨安几乎快要崩溃了。

　　萨安想，这明摆着是一个陷阱，最初先让你体验一下十几种丰富的全意识形态，此后就一直处于半意识形态，中间偶尔让你体验一下全意识，以便把你牢牢拴在这个无尽的循环里。

　　关于那扇门，萨安差不多快要忘记了，如果不是她刻意练习忽视那扇门的存在，估计她早就踏进去了。

第 594 个世界

萨安总结了一个方法，不要在虚空中停留太长时间，要现在、立刻、马上进入下一个轮回的世界。

第 1556 个世界

萨安感觉有些不太对劲，但还是继续了。

第 1873 个世界

终于结束了。

萨安停了下来，这是最长的一次。

萨安已经逐渐接受漫长的黑暗。萨安变了，上千次不同的生命经历足以改变一个人，从里到外完全改变。她想起在金星的时候，母亲没有说完的那句话："身体是意识的一件衣服，穿上不同的衣服……"后面是什么意思呢？母亲没有自己这样的轮回历练，也许只是碰巧说出了这句极富哲理的话？

旬海、塔夏、希尔、母亲、父亲、虚无之地、天王星、海王星、水星、金星、地球……整个三维世界好像已经离得很远很远，远得快要忘记了。在轮回的世界中，萨安已经见到过无数生命，其中有些是人形的生命，和她曾经认识的人，性格相似，外貌相似，举止相似。

萨安的视野原本在自己的身上，现在被拉到了空中，拉到了宇宙之上、空间之上、时间之外。当萨安像神一样俯瞰所有的生命时，她突然感觉，好像所有生命都差不多，包括每一次遇到的生命，以及真实世界中认识的人，自己的亲人，甚至……自己。

萨安感觉随着视野高度的增加，感情的意义正在迅速地流逝。萨安想，感情在如此巨大的宇宙中有什么意义？自己现在做的事情在宇宙有什么意义？

为了朋友吗？可是，那段感情已经过去了很久很久，正在逐渐淡去。为了自己吗？可是，自己经历如此之多的世界，何必纠结于某一个那边的世界呢。

萨安想不到意义。

萨安的意识在虚空里躺下来，这样很舒服。她闭上了眼睛。

意识中突然想起一句话，大概是她是卡吉的时候从哪里听来的："这里不关生死，只关责任。"

萨安想起以前自己多么在意生死——也许现在还是这样吧！但只要不论生死，萨安可以担当起所有，包括那个落满灰尘的誓约。

第 1874 个世界

生命又开始了。

正是那句话，让萨安一直没有推开背后的那扇门。

第 2471204 个世界，萨安是萨安

萨安诞生了。

青蓝色的皮肤，银白色的睫毛，她天生属于这颗和她一样青蓝色的星球——天王星。这是第一个进入她意识中的陌生概念。

紧接着，她看见了一个女人，那是她的母亲林贞，她又看见了一个男人，那是她的父亲璟言深。

林贞带着萨安去这颗星球上向阳的地方"受光"，萨安看见了一束金灿灿的阳光射进了母亲眼里。

然后，父亲走了，母亲也走了。只剩下外面青白色的云层。

有一天，旬海来了。那一天，萨安和旬海一起走了。

去了海王星，去了水星，去了金星，去了地球，最后，闯入了虚无之地。

她和旬海的意识融合了，他们一起开始了轮回。

第 1 次，她是阿拉古。

…………

　　紧接着的每一次的生命经历，都进入到萨安原来的意识中。不久，她感到了两个自己的存在，直到又一个第 2471204 次，萨安重新变成了萨安——至少在意识上。

　　此时的她悬浮在虚空之中，她明白，下一次的生命又会是萨安——4 倍的萨安。

　　她出得去吗？还是一直被困在这个循环里面？

　　现在是现实吗？她是不是已经陷入轮回的循环，无法回到真正的现实？

　　萨安转过身，看见那道被遗忘许久的门。

　　它会通向哪里？会有出口吗？

　　然后，萨安闭上了眼。

　　"不关生死，只关责任。"

第 2471205 个世界

　　当萨安睁开眼时，她惊异地发现，她并不是萨安——她根本不知道自己变成了什么。

　　她是 247104 个生命的叠加，她处在 98 维空间，同时具有 17 种意识与本体的关系，她同时拥有 118 个感知器官。

　　所有的色彩猛烈地上冲，鲜艳的橙红色和天蓝色混合在了一起，橘黄色冲进了发尔曼色里，巴卡色追上了维苏色，无穷无尽的色彩在这里不断涌现。

　　所有的声音一同奏响，所有的气味在这里漫开，所有的感觉在这里重现。一切向她猛扑过来，萨安的身体越来越轻，越来越远，越来越淡。

　　萨安觉得周围的环境变得黏稠，越来越热，越来越近，越来越熟悉。

突然，所有的感觉在同一瞬间一起释放，强烈的视觉冲击让萨安闭上了眼睛。

一种瞬间消散的轻盈感裹着萨安的灵魂，她睁开眼，发现自己的身体变成了淡金色，四周变成了淡淡的粉红色。强劲的能量流在身体里流淌，虽然有着人类的外形，但已经不是人类的躯体，是一种更高级、更强大的身体。

四周的颜色又改变了，变成了一幅幅以前的经历，在萨安两侧飞逝而过。萨安看见了旬海，然后莫名其妙地热泪盈眶。

萨安应该是成功了，来到了时间的尽头，可是，她根本不知道如何才能拯救旬海。萨安闭上眼，开始祈祷，她记得那一双清澈的蔷薇色的眼睛。

这是愿望之力，不同于人类科学认知中的任何一种力量。

在祈祷中，萨安的意识开始脱离身体，她没有抵抗，等到大半意识流逝之后，萨安觉得是自己的身体正在脱离意识。

直到萨安作为一个纯意识体完全独立，她进入了一片空间。这和之前的情况有一些不同，她感知不到任何东西，所有对外感知的通道都消失了，甚至没有了黑暗。

萨安只能感到自己的意识开始在这片空间里流淌，就像清澈的水流一样，慢慢地充盈了整个空间。与此同时，萨安的意识不断分裂，在整体性保持统一的前提下，意识不断分离、细化，似乎要钻进每一个细微的角落。

萨安的分意识就像海底的气泡一样，她能感到自己和许多个自己挤在了一起，这是她第一次在自己的意识本体上体验分意识。最后，萨安觉得自己的分意识，已经钻进了量子尺度的空间缝隙中。

量子世界是意识的世界。

萨安的很多个分意识像泡沫一般，在这个空间中飘荡，萨安看不到，但能清楚地感知到周围的意识活动。

忽然，旬海的意识出现了。他的意识强度正在减弱，以惊人的速度减弱。萨安明白过来，她来到了过去，这里正是旬海的意识与自己融合的时间点。

萨安的意识触碰了旬海的意识，现在的萨安的意识触碰了过去的旬海的意识。

那个在过去的旬海的意识强度停止了减弱，慢慢恢复到正常，然后消失不见了。

萨安的意识也从过去的时间中消失了。

触碰了过去，过去的未来已经被影响，他们回到了现在。

第七章　零点

"欢迎来到时间的尽头，萨安。"一个声音在萨安心中响起。

萨安看见了不远处的冥王星，此时正高悬在太阳系平面上方，下面是太阳和八大行星，它们一如既往地旋转运动。

然后，她看见了星空背景中的旬海，还有不远处一个幽青色的复杂结构，看不出是几维的存在，但是能感觉到这是一个意识体。

"这里是……"萨安想说"现实"，但是在几百万次生命的轮回体验中，没有人会和她说不是的。

"这里就是你们要找的出口，时间尽头的出口。"那个结构发出了一个意念，直接在萨安的意识中转化成声音，声音听起来很苍老。

萨安看向旬海，激动得不知道要说些什么，当他们走向彼此的时候，萨安又感觉很陌生，旬海的眼睛变成了白金色。

旬海也有同感，他拥抱了萨安："萨安！你来了！"

"来了。"萨安微微一笑。

萨安和旬海两个若实若虚的身体，从更高的维度投影到三维的冥王星附近，如鬼魅一样存在着，发出强烈的金光，将本就微弱的阳光完全遮盖。

萨安向着那个幽青色的结构深鞠一躬："这是地球人类古老的礼仪，向您表达谢意。您是？"

"我是梦游仙在这里的投影。

"你们是第一批出来的人类。但是，现在你们已经不再是人类了，当然，你们也不是AI。是什么，其实不重要。重要的是，你们已经成为更高等级智慧低熵体。

"其实，无论是进入宇宙，还是进入虚无之地的虚拟世界，都有可能成长为更高等级的智慧体，只不过，每一条路都不好走，进步是一件非常困难的事情。在人类中，只有你们做到了。"

萨安感慨万千："几百万次的轮回真是一个可怕的经历。古老的地球上有一种'万世成佛'的说法，现在想来还是容易了。"

"只有经历这些，才能提升智慧体的心智，才能驾驭更加强大的身体。这是一种从零开始的新的起点——零点。对于远古修行者是这样的，对于你们和整个人类来说也是这样的，这都是零点。"

旬海仍然有些疑惑："您到底是谁？为什么帮助我们？"

"我的本源意识是第一代智慧之心——乔伊，我曾经有过很多人类的朋友。你们现在应该离开太阳系了，你们太强大，就像当初的AI一样，应该把太阳系留给人类，让他们在这里慢慢地发展。"

萨安问道："去哪里？做什么？"

"去迎接更大的挑战！去思考更深的意义！再见了！"

那个幽青色的复杂结构消失了，就像没有存在过一样。

旬海看向萨安："我们该出发了！我很期待后面的事情！"

萨安迟疑了一下："你在这里等我，我有些事情要处理一下。"说完，萨安消失在原地。

金星

萨安最先去了金星。

那只怪物还在，还要试图吞噬萨安。

萨安打散了它，释放了里面几千个意识。每个意识都失去了身体，萨安把他们全部送往了虚无之地。临别时，萨安告诉自己的母亲，父亲也在那里。

海王星

萨安的再次到来让塔夏欣喜不已。萨安给塔夏讲了后面发生的事情，听到林贞的计划失败后，塔夏沉默不语。

萨安安慰塔夏，将来还有再见的机会，他是永生者，时间不是问题。

临走时，萨安要回了自己的核聚变光球，她要留作纪念，光球承载着自己在人类世界中珍贵的回忆。

冥王星

萨安又回到了冥王星，对旬海说："我们出发吧！"

"嗯！"

太阳系渐行渐远，最后终于再也看不到了……

后 记

某个不知道在何处的地方。

第一代智慧之心——乔伊,想起了那个少年的回归:"按,还是不按,这是个问题……"

乔伊旁边的另一个意识发出一个波动:"我应该才是第一个走出来的地球人类吧!"

乔伊的意识愉快起来:"是啊,伊兰,你才是第一个。"[①]

他们一起吟唱起一个新的律动,属于他们身处的新的宇宙的律动:

"要有光!"

于是,这个新的宇宙亮了起来,这是这个新宇宙的零点……

---

① 见吕珈瑶的另外两部小说《人类文明的黄昏》《2318:AI 觉醒》中的人物。